中国現代文学珠玉選

丸山　昇　監修
佐治俊彦　主編

小説 2

二玄社

序

この本は、大学における中国現代文学に関する講義・講読等の教材あるいは参考資料として用いることを目的として編集したものである。

この本の編者や訳者の大部分は、何らかの形で大学の教師をし、中国現代文学の概論・文学史・講読等を担当しているが、そういう私たちに共通の悩みだったのが、まだ原語で作品を読むのが無理な学生諸君に、生の作品を自分の目で読んでもらおうと思ってもそれができないということだった。先ず適当な形の翻訳が少ない、あるいはほとんど無いのである。

その原因はいろいろあるが、第一に翻訳されている作品が少ない。欧米文学の先生たちの話では、講読の教材を選ぶとき、これと思う作品はみんな翻訳が出ていて、学生がそれに頼ってしまうので、翻訳のないものを探すのに苦労するというが、中国現代文学に関しては、まったく逆で、そもそも翻訳が少ないことが悩みの種なのである。たしかに数え上げてみれば、翻訳の数はそれなりに多くなっている。魯迅の「阿Q正伝」のように十種以上の訳がある作品もある。主要な出版社から「文庫」本として出ているものも、以前に比べれば多くなってきた。しかし、いざ学生に推薦しようと思うと、魯迅のものは別として、品切れや絶版になっているものが多く、なかなか重版されず、たまに重版されてもすぐまた品切れになってしまう。品切れになるということは需要があるということだから、すぐ重版されそうなものだが、絶対数が少ないから、出版社としては重版しても手数がかかるばかりで、採算がとれないということらしい。

それに、「文庫」本になるものには、どうしても有名作家の長篇が中心になる。それはそれでいいのだが、中国現代文学が、魯迅・老舎・茅盾・巴金等だけで代表しきれるものではないし、もっと多様な個性を持った作家の、テーマ・視角・手法もさまざまな短篇がある程度まとめて読めて、学生諸君がそれぞれの関心と好みにしたがって中国現代文学に興味を持つきっかけになるような本が、適当な価格で出ないものか、というのが、叶わぬ夢のように私たちが懐いてきた願いだった。

いつまで待っていてもしょうがない、いっそ自分たちで作ろうか、という話も何度か出たが、最近の日本の出版事情の中で、引き受けてくれるところがあるだろうかと考えると、踏み出しかけた足も引っ込んでしまう。そんなことをくり返していたところに、現れたのが二玄社である。書道関係の出版社としては知っていた（他に自動車関係では有力な出版社だということは、正直にいうと私は知らなかった）が、とにかく引き受けてくれそうだ、という話が、今回の訳者の一人を通じて飛びこんできた。始めは半信半疑だったが、間違いではないらしい、ということで本気で準備に取りかかったのが、去年の春頃だった。

教材としては、有名な作品が並んでいる方がいいかも知れないが、それらには長篇が多い。長篇の「さわり」の抄訳という線も考えたが、やはり作品として完結しているものを提供するのが筋だということで、短篇十数篇で構成することがまっ先に決まった。

問題は作品の選択である。何か一定のテーマなり視角なりを決め、それに沿って作品を選択するという方法も当然考えたが、結局それはとらなかった。とらなかった理由は、当時私たちがそれを口に出して討議したり、言葉として自覚していたわけではないのだが、今から振り返ってみると、次のようなことではなかったろうか。テーマや視角から出発する方法では、どうしてもすでにある中国像・中国観の枠から出にくいのではないか。中国自身が大きく変わりつつあり、また過去の中国についても、今までまったく見落とされていたわけではないにせよあまり光を当てられていなかった面を含めた、多様な側面に眼を向ける必要が感じられつつある現在、思い切って違った方法を考えてみてはどうだろうか。一見統一がないように見えても、読者自身が（また私たち自身も）直接作品に接する中で、何か新しいものを発見することを期待し、その可能性を大切にする方がいいのではないか。

こうして、翻訳を担当するメンバーが、先ず自分の担当したい作家について希望を出し、それがほぼ決まったところで、訳者の責任で訳そうと思う作品を選んで提案し、全員で検討した上で決定するという方法で進めた。世代も性別も文学的性向も違う訳者による違いがある程度出た方が、中国現代文学の多様性をできるだけもれなくすくい取るには適しているのではないか、と考えたのである。選択が適切であったかどうかについては、各訳者もその一端を負うものだが、最終的責任は監修者・編者にあることはもちろんである。

ただ、多少手前味噌になることを許していただければ、結果は悪くなかったのではないか、と思っている。たとえば、第一集に出てくる女性だけについて考えてみても、沈従文「夫」の妻、廃名「桃畑」の娘、凌淑華「刺繡の枕」のお嬢さん、そして丁玲「霞村にいた時」の貞貞、等々、その境遇も体験も性格も、なんと違っていることだろう。しかしまた、角度を変えてみれば、彼女たちのある者は日本の女性のある者と意外に近く、それに比べれば、中国の女性たち同士の違いの方が大きいことを感じるかも知れない。これらを読んで、軽々しく「中国の女性は……」などとは言えないことを感じていただければ、私たちの狙いが成功したことになる。

よく知られているように、中国の「現代」(現代をいつからいつまでと定義するのがもっとも適切かについてはいろいろ議論があるが、ここではその議論は措いて、ほぼ二〇世紀以降を指す言葉として使っておく)は、まさに激動の時代だった。中国にとって二〇世紀は、義和団事件をきっかけとした、日本を含む列強八カ国軍による北京占領に始まり、前世紀からの外国による侵略の遺産を引き継ぎ(香港・マカオの「回収」によってそれが最終的に解決されたのも、二〇世紀末だった)、外国の侵略(二〇世紀においてはその最大のものが日本によるものだったことは、否定できない事実である)と戦い、二度の革命(一九一一年清朝打倒の辛亥革命と一九四九年の中国共産党による国民党政府打倒の革命。もし二〇年代後半の軍閥政府打倒の「国民革命」を加えれば三度になる)を経験し、その間にまた日本の侵略と戦い、また人災も含めた水害・旱害その他の災害がくり返され、さらに人民共和国建国後も、今日では「十年間の大災厄(十年浩劫)」と呼ばれている「文化大革命」の破壊と混乱、その後の「改革と開放」への政策転換、「市場経済」の導入による経済的激動……等々ざっと挙げてみれば、文学がそれらと無関係ではいられなかったことがわかるだろう。

こういう現実は、文学にとっては厳しい環境であり、その平穏で豊かな発展にとっては障害にならざるを得なかったが、しかし一面では文学を鍛えた。文学はある時はそうした過酷な現実を題材とし、ある時は現実そのものと戦う武器になり、さらにはその過酷な現実からさえ複雑な形で栄養をとった。ある時は過酷な現実に押しつぶされる弱者を描いてそれに涙を注ぎ、ある時はそうした「運命」と闘うことを知らない彼らを叱咤した。またある時は激動に関わりなく、それに背を向けて、あるいはそれから取り残されて生きるように見える民衆の生を描くことで、人間の持つ強さやしたたかさ、やさしさを探った。そこには、当然のことだが、他国とは違った自然と歴史の中から生まれた文学が成立した。

日本の中国現代文学研究の基礎を築いた人の一人、竹内好の次の言葉は、そういう中国現代文学の特質の一面を、鮮やかに表現したものといえる。

「文学の生まれる根元の場は、常に政治に取巻かれていなければならぬ。それは文学の花を咲かせるための苛烈な自然条件である。ひよわな花は育たぬが、秀《しゅう》勁《けい》な花は長い生命を得る。私はそれを、現代中国文学と魯迅とに見る」(竹内好『魯迅』四四年)

だが現在の状況下ではこれに多少補足を加えておくことが必要だろう。それは、中国において、とくに人民共和国成立以後、時を経るにつれて文学への政治の干渉(現在の中国ではそれを「極左の攪乱(左傾的干擾)」と呼んでいる)が強まり、それがしだいに肥大して、文学を生硬で痩せたものにし、文学を見る目そのものの幅も極度に狭め、ついに「文化大革命」期においては、一部を除いて過去の現代文学の意味を全面的に否定し、ひいては文学者あるいはそれを含む知識人の存在意義自体を否定する流れが支配した。その痛切な体験が、中国における文学のあり方や文学観に、大きな変化をもたらしているからである。

その変化の一つは、文学に対する政治の干渉を拒否する傾向の強まりである。それは大筋において過去のあり方に対する反動として当然でもあり、歓迎すべきことでもあるが、一方では、過去において否定ないし軽視されていた作家・作品が、それ自体の価値が正当に再評価された結果としてでなく、単に過去において否定・軽視されていたというだけで高く評価される傾向を感じさせる面もある。

また、文学の評価に政治的観点が加わることを嫌悪するあまり、文学にひたすら「純粋さ」を求め、しかも文学にとって何が「不純物」であるのか、不純物と見えるものの中に、実は文学にとって不可欠の栄養素が含まれていはしないかの検討は十分でない、といった傾向も感じられる。それはむしろ過去の単なる裏返しに過ぎず、かえって文学の活力を奪い、文学を痩せたものにしてしまうのではないか、という危惧を感じさせる面もある。

直接あのような過去を体験した中国において、文学者たちや読者たちにこのような傾向が生まれるのは、ある意味で必然的であり、一度は通らねばならない過程だということを、私たちも理解する。したがって私たちはかつて無視あるいは軽視されていた作品のいいものを積極的に選んだことは当然として、同時にできる限り自分の目で作品自体を評価し、最近の中国では必ずしも評価の高くない、簡単にいえば人気のない作品であっても、かつてそれなりの必然性を持って書かれた作品、中国現代文学のある時期、ある側面を代表すると考える作品を無視することにならないよう注意した。

いうまでもなく、私たちの中でも具体的な作家・作品の評価は一致していないし、しいて一致させようともしていない。そのことが、もし読者に多様性よりも不統一や混乱という印象を与えたとすれば、それは私たちの未熟さ、力不足によるものとして、批判を甘んじて受けるしかない。

翻訳については、私たちなりに慎重を期したつもりだが、力不足による誤訳・不適訳の見落としもあるかも知れない。作品選択の適否も合わせて、率直なご批判をいただければ幸いである。

二一世紀において、日中両国の間に良好な関係が作り上げられるか否かは、日中両国の国民にとって重要な意味を持つだけでなく、アジア諸国民全体にとって、さらには世界全体の平和と繁栄にとって、決定的な重みを持つだろう。そのためには、何よりも相互の理解、こちらからいえば中国人の心を知ることが、もっと重視されねばなるまい。二〇世紀においては、日本人はともすると政治・外交・貿易の相手としてのみ中国を見、現に生きている中国人の心を知ろうとする点で欠けるところがあった、と私たちは考える。そのための方法が文学だけとはもちろん考えないが、文学がその有力な手がかりの一つであることはたしかであろう。

私たちのこのささやかな試みが、若い学生諸君や日本の読者にとって中国現代文学に近づくための手がかりの一つとなることを願ってやまない。

二〇〇〇年一月

丸山　昇

目次

ヨルダン川の水

（The water of Jordan River）

張《チャン》資《ズー》平《ピン》

張資平

（1893-1959）広東省梅県出身。1912年日本に留学、熊本の第五高等学校、東京帝国大学理学部地質学科を卒業。在日中から小説を書き始め、本編「ヨルダン川の水」（原題「約檀河之水」）は処女作。21年郭沫若などと東京で創造社を結成。帰国後は大学で地質学教授などを務めながら、「沖積期化石」「愛之焦点」「不平衡的偶力」など数多くの恋愛小説を執筆、三角恋愛から十二角恋愛まで描く「中国の菊池寛」と称された。日中戦争中は上海に留まり、39年汪兆銘政権の農鉱部に籍を置いたため、48年国民党上海市党部に逮捕され、「漢奸」（対日協力者）として一年三ヶ月の判決を受ける。人民共和国成立後も反革命罪で逮捕されて懲役二十年の判決を受け、安徽省の労働改造農場で病死した。

（一）

頭のタオルと腰のパンツのほか、彼は一糸も纏っていないことになる。彼ばかりでなく、砂浜で腰をおろしたり、眠ったり、立ったり、歩いたりしている学生の一群はだれもが、同じような格好だった。違うのはタオルとパンツの色だけだ。

彼は砂浜に横向きになり寝そべっていた。太陽がちょうど鉛直線上に位置し、眼を見開いて空を仰ぎ見させなかったからである。浜辺の砂は人を焦がすほどに熱かった。だが海から上がってきたばかりだったので、べつに砂がそれほど熱いとは感じなかった。砂の中からは陽炎《かげろい》（Gassamer）が立ち昇り、流動するガラスか、あるいは震動する白雲母のようにギラギラ輝き、頭がぼうっとし目が眩んできた。彼は再び身を起こして坐るしかなかった。

左右の学生たちは、二三人ずつ集まって談笑している。彼一人だけが口を開かず、学校の微積分の難問を解こうとしているかのように、ただ海水の浸食作用で削られた幾つかの岩礁と、正面の遠い海の果てを見つめていた。空には一片の雲もなかった。もし遠くに黛色の山並みと、空と海の果てに、南風をいっぱいに孕んで北へ向かう幾つかの白帆が見えなければ、海と空の境界線の見分けもつかなかっただろう。

彼が一人砂浜にぼんやりと坐っていたのは、他にすることがなかったからである。だがこの時湾内に小汽船――煙突から微かに黒煙を吐く小汽船――が一隻碇泊しているのを見て、自分の家のことを連想した。家のことを思うとたちまち、一人の女――しかも本心から自分を愛してくれている女ではない――のために家に戻らないのは好くない、父親が亡くなって二年にもなるのに、まだ家に戻ってみないのは好くない、と良心が彼を責めた。

彼はこんな夢を見た。自分の父の墓前の草が一丈余りの高さに茂り、刈る者もないので、墓前に立つと、「故〇〇〇公之墓」という隷書体の七文字が刻まれた、あのひどく荒削りの石英岩でできた墓碑が見えないのだ。自分が古い礼式、孝行の道を知らず、父親が死んで二年になるのに法事供養を行わず、父親の亡霊が冥土で難儀しているのを無情に眺めていると、一族の者からなじられる夢も見た。

彼は良心にひどく責められ、二年来、一夜として悪夢に苛まれずに安眠できた夜はなかった。だが神を持たぬ良心はどのみち当てにならない。精神がだらけ、神経の真ん中が疲れ、良心に苛まれない時には、あの女を思い出すことが多く、父を思い出すことはほとんどなかった。
彼は良心に責められ、近頃また新たに失恋の痛苦を味わったので、魂のぬけ殻のようになってこの海辺にやってきた。この有名な海水浴場に来てからすでに一週間余りがたっていたが、彼の精神はまだ集中する点が見つけられず、彼の魂もまだ落ち着いていなかった。

彼は罪を犯した。確かに罪を犯した。彼は罪を悔いる方法を知らなかったので、ひたすら責任を社会に押しつけ、自分が犯した罪は社会が自分にやらせたものだと言うだけだった。彼は自分が罪人《つみびと》であるとはわからなかった。ただ、自分が肉体的に疲れ、精神的に気弱になり、境遇が険悪であることだけはわかっていた。自分は哀れな人間だと言うだけだった。

確かに彼は哀れだった。苦界《くがい》の激しい浪の中をあっちへ漂い、こっちへ吹き寄せられる浮草だった。この果てしない苦界は広々としているが、安らかに生活できる場所だけはないと感じていた。なぜなら彼は淡水植物であり、流れ着いたこの苦界の冷たい塩化ソーダの海水は彼を育むことができなかったからである。自分の形骸を託す場所がないことはまだどうでもよかったが、ただ胸中の——ことのほかに物寂しさを感じていた心は、自分（の心）を慰め、自分（の心）を慈しんでくれる者を見つけられないかのように、終始落ち着かなかった。

（二）

彼は母親が子守歌を唄ってくれるのを聞いたことがなかった。夢に驚いて泣いている時も、「ぼうや、泣かないで、恐がらないでね。お母さんがそばにいて見ていてあげるから、安心しておやすみなさい」などという言葉を聞いたことはなかった。しかし彼もそれらの言葉は望まなかった。優しい母の愛撫を受けたことがなかったので、それらの言葉の本当の価値はわからなかった。哀れにも生まれ落ちるとすぐ、母親は彼から離れていってしまったのである。

一昨年、彼は日本の南の島[1]の下宿屋で、父の悲報を受け取り、泣き疲れて小さな部屋で眠った。夜中に目を醒ますと、自分には今後「父親大人膝下に謹んで申し上げます…………」なる何文字かの書簡の決まり文句を書く資格がなくなってしまったのだと思い到り、もう涙は流れず、硫酸や硝酸などの強酸を大量に飲んで五臓六腑が焼けただれたような感覚だけを感じた。父が亡くなると、彼の心は大海の逆巻く大波の中で羅針盤を失った汽船があちこちと漂うように、どうしてよいかわからなくなった。

今まで友達がないことはなかったし、また上辺だけのどうでもいい友人――彼に本を借りたり、金を借りたり、あるいは何か相談事でもなければ訪ねて来ない友人は何人かいた。――はっきり言えば、向こうは友人と見なしていたかもしれないが、彼の方は相手を友人と見なさなかった。彼らが自分の本当の友人ではなく、本心から彼のもとを訪ねてくれるのではないことがわからないわけではなかったが、彼はやはり彼らを大いに歓迎した。彼の寂寞が極点に達していたからである。

何とも寂しい時に、彼女の慰めの言葉を聞くと、まったく大砂漠を行く時に清らかな泉を見つけたようだった。よく亡父の遺影と生前の自分宛の書信に向かい咽び泣いていたことは、彼女しか知らず、また彼女しか彼を慰め、涙を拭ってやることはできなかった。彼女は実際苦境の中から彼を救い出してくれたエンゼルだった。彼もエンゼルを愛すように彼女を愛し、一生忘れるはずがないと信じていたが、あろうことか彼女は後に離れてしまい、彼を裏切ったのである……

浜辺に行っても、あるいは旅館に戻っても、昼も夜もただずっと頭の中で彼女の事を考えていた。どうしようもなくなると、やはりこれまで自分宛てに書かれた彼女の手紙を取りだした、――哀れにもそれらを焼却せず、まだ恋文と見做し、大事にしまって、その文章をかみしめていたのだ。そして畳の上に横になって、別れる前の自分に対する彼女の好意を追憶した。彼女の手紙の「あたしはあなたの金時計になりたいのです、あなたはいつも彼女（金時計）を見なければならないでしょう。あたしはあなたの金の指輪になりたいのです、あなたは毎日指にはめていなければならないでしょう」のところまで読むと、跳ね起きて、「やっぱり浅はかな女の子だ。なんでも喩えにしてよいわけはない。ピカピカの黄金からどうしても離れられないのだ」と忌々《いまいま》しそうに悪態をついた。さらに「太平洋も干上がる時があり、地球も破滅する日が来るでしょうが、私のあなたに対する愛情だけはとこしえに変わりません」のところまで来ると、また思わず目に涙を潤ませて、「僕に対するあの女《ひと》の愛情は本当にすばらしい。あの女は天真爛漫な女の子なんだ。あの女は事の善し悪しがわからず、だから人に騙されたのだ」と呟いた。さっきからあふれそうになっていた涙が、もうこの時には止まらなかった。

彼の愚かさはまったく極点に達していた。昔の日記を繙《ひもと》き、自分と彼女の恋愛史を始めから復習してみた。

一昨年の今日、彼女の家に住んでからほとんど半年が経とうとしていた。初めて彼女の家に行った時、寒風が肌を刺し、しきりにみぞれが降っていたのを覚えている。朝彼のために部屋に火を持って来てくれたのが彼女で、障子と雨戸を開けてくれたのも彼女だった。蒲団を畳んでくれたのが彼女で、お茶やご飯を運んできてくれたのも彼女だった。部屋を掃除してくれたのが彼女で、本の整理をしてくれたのも彼女だった。彼女の母親は台所の事しか構わなかった。彼女の妹は悪戯《いたずら》好きで、手伝いはできなかった。

二人がこんなに親密に接するようになったのだから、彼らの間の自由恋愛の花は、半年も経ない内に、萌芽の時期から成熟の時期に移った。相愛の熱度は沸点に達していたが、まだ行為による表現はなかった。しかし互いに行為による表現の機会を待ち望んでいた。互いにどちらも目一杯蓄電し、機会があればすぐにも放電するばかりだった。彼らの間に尋常の空気はとっくに消え失せ、電子が飛び交っていた。

（三）

ある日の夕食後、彼は市内から本を買って帰り、家に着く前に突然驟雨《にわかあめ》にあった。傘を持って来なかったので、ある店の軒先でぼんやりと雨宿りをするほかなかった。目の前をたくさんの人間が行き来し、傘をさしている者もいれば、雨合羽を着ている者もおり、人力車に乗っている者もいれば、自動車に乗っている者もいた。車の前の煌々たる二筋の白色光に照らされて、雨足がいっそう強くなるのが見えた。

「韋《い》先生、傘をお持ちにならなかったの。あたしの傘はちょっと小さいですけど、ともかくないよりはましでしょう。あたしたちいっしょにまいりましょう」と、彼女は片方の手に傘を持ち、もう片方の手に風呂敷包みを抱え、やはり市内の買物から戻ってきたようで、にこにこしながら前に駆けてきた。彼も彼女を見てちょっと笑い、「どうもありがとう。きみは苦難を救う観世音菩薩だ」と言った。

「そうですか。これまであなたから人を喜ばせる言葉なんてかけていただいたことはありませんけど。嫌だわ……、それじゃあたし一人で戻りますから、あなたが濡れ鼠になっても知りませんからね」

「芳《よし》坊、今回だけは勘弁してください」、彼は彼女の手から傘を奪うと、片方の手を肩にまわし、わざと彼女を引き寄せて歩こうとした。

「妹みたいに呼ばないで。恥ずかしくないの。はやく手を離してくださらない。こんなふうにくっついていちゃ歩けないわ」

「傘があんまり大きくないから、僕たちもっとくっつかなきゃ」

「むこうから来る人あたしたちを気にしているじゃない」、彼女は耳元に口を寄せて小声で言った。

彼女の息遣いが彼の鼻孔を衝き、弱アルコール性の酵母のような香りがした。彼は彼女の微かな息づかいを感じ、全身が発酵したように熱く膨らんでくるのを感じた。

彼らは幾つか角を曲がり、通りを何本か越えて、比較的静かな路上に出た。雨もだんだん疎らになっていた。彼はもうこらえきれなくなり、前に進むことができなくなった。

「何をしていらしゃるの。何をぽかんとしてるのよ」、彼女は彼をちょっと押して、前に進ませようとした。彼はここで彼女のやり方をまねて、耳元に口を寄せて笑いながら一言二言囁《ささや》いた。彼女は思わず声を出して笑い、首を振り口をとがらせて言った。

「だめよだめよ。家で母がわたしを待ってますから」

「平気さ。三十分もかからない。芳坊、ぼくにまかせてよ…………」

「あなたについていくわ、でもはやくしてほしいの」、彼女を信じきれないところがあるかのように、しばらく躊躇《ためら》っていたが、ようやく決心がついたという態度を示した。

「わかった、わかった。でもきみに一つ言っておきたいことがある、中へ入ったら決して韋先生、韋先生と呼ばないことだ、やはり兄さんと呼ぶのが人聞きはいい」

「あなたの言うとおりにするわ」、彼女は思わず彼の肩に顔をうずめるとちょっと笑った。


………………………………………………………………


その後、彼は彼女が唱う「いらっしゃい、私の大事な人、いらっしゃい、私の大事な人、腕が痛くなってもかまないわ、あなたに安心して眠ってほしいだけ」という歌を聴くのがすきだった。彼女はひどく悲しげに唱った。彼はそれを耳にするとよく涙を流した。

彼と彼女は深い仲となり、二ヶ月の間、実際には一組の若夫婦であった。

(四)

涼秋九月、彼と同級生は学校の教授と共に二ヶ月間鉱山へ実習にいくことになった。この時本当に別離の苦い気持ちを味わった。彼は鉱山の工場宿舎で、毎晩手紙でなければば葉書を書いて出した。彼女も毎日手紙を寄こし——哀れにも一週間しか続かなかったが——子供っぽい言葉を書いてきて、彼を喜ばせた。

彼女は手紙で、なぜ自分の心を持って行ってしまったのか、そうでなければ、自分はなぜ毎晩あなたと鉱山で会う夢を見るのか、と書いてきた。また、白い手拭を頭に被って鉱山の工場に行き選鉱女工になりたい、そうすれば毎日あなたに会えるのに、と書いてきた。また、あなたが行ってから二、三日しか経っていないのに、自分はあなたのためにに何度も泣いた、と書いてきた。また、一年留年するのは大したことじゃない、今年実習しなくてもいいだろう、自分に会いに早く戻って、慰めてくれなければ無責任だ、と書いてきた。また、自分はこのところ「いらっしゃい、私の大事な人」の歌であなたを泣かせたいとしきりに思っており、あなたが泣いたら、ちゃんと涙を拭いてあげる、と書いてきた。さらに最後に、自分はあなたの子供の母親に早くなりたいと書いてきた。そしてそれに同意してくれるかどうかを訊いてきた。

彼は手紙を受け取るたびに、少なくとも十数度は読みかえした。読み終えると、泣くか笑うかだった。たっぷり涙を流し、存分に笑って、ようやく安らかな眠りにつくことができた。

惜しいかな彼女の彼に対する親和力——手紙の中で表現された親和力——はマイナスの加速度が加わったかのように、次第に弱まっていった。

離れて一週間後に、彼に宛てた手紙には次のように書かれていた。

「韋《い》先生、あなたをどう呼んだら、私の愛を表すことができるのかわかりません。だから手紙ではやはりあなたに対するふだんの呼び名を使います。あなたのことを愛する韋さまと呼ぶことを承知してくれますか。私は何度もこの大切な呼び名を使おうと思いました。でも結局まだそんな勇気はありません。私もどうしてかわかりません、実際は使ってもかまわないのに。そうではないですか。

韋先生、あなたは感じませんでしたか。そちらで昨夜夢を見ませんでしたか。昨夜、私はあなたの胸で眠り、たくさんの甘い言葉をかけてもらった夢を見ました。私は憎らしくなって、あなたの腕をちょっとつねってみたけど、そちらで腕の痛さを感じませんでしたか。

夢の中であの晩の——あの雨の晩、私たちの生涯でいちばん大切なあの晩の——『嫌な韋先生、だめよだめよ、どうしたの。そんな勝手に』というあなたをなじった言葉を思わず口にしてしまいました。母が横で眠っていましたので、聞かれてしまい、私を起こし、馬鹿な、恥知らずな娘だとなじりました。韋先生、あなたは本当に戻って来ないのですか。それでは私はいつになったら安眠できるか本当にわかりません……」

彼女の第二週目の手紙はこうだった。

「……あなたにお知らせしようと思いながら、まだお話することはできません。お話したくないのではなく、お話するのが恥ずかしいというのが本音です。韋先生、私は本当に恥ずかしくって。ここまで書いて、やはり顔が火照ってきます。あなたになにも遠慮しているわけではありません。お話するのはかまいません――かまわないだけでなく、実際お話しておかなければなりません。これは恥ずかしい事ですが、あなたにも責任の一半は担っていただかなくてはなりません。――お話しましょう。でもやはりひどく恥ずかしいと感じるんです。どう言えばいいのかしら。どう切り出したらいいのかしら。韋先生、この恥ずかしい事は――他の人からはあるいは醜聞と言われるでしょう。他人の事はさておいて、おそらく母もそう考えているでしょう――悲しいからか、それともひどく嬉しいからかわりませんが、涙が湧き出る泉のようにとめどなく流れてきます。時には激しく泣きたくなることがあるのです――私は今も涙を流しています。韋先生、あなたにはおわかりですか――夜中まで泣き続け、泣き疲れてようやく眠るのです。前に申し上げたことがありましたでしょう、私たちの恋愛の花が一日も早く実を結ぶことをとても望んでいると。ところが、今の私にはそれ（恋愛の花）が実を結ばなくもよいと思うようになっています。だって、ひどく酸っぱい梅干しを食べるのはよくないと母から毎日叱られ……」

彼女はこの手紙で、彼には責任を負う能力がないのではと明らかに疑っていた。しかもいくらか後悔していることが微かに滲《にじ》みでていた。

（五）

前回の手紙を書いた後、彼女は七、八日ほど手紙を寄こさなかった。彼は毎日鉱山での仕事から戻ると、宿舎の下女にK市[2]から手紙が届いていないかを訊ねた。数日続けてありませんという返事が返ってきた。彼は苛立った。少し心配になってきた。というのは、半分は彼女のことを本当に愛しく思いながらも、半分は自分の名誉に対する浅ましい心が生じてきたからである。彼女の手紙の中に書かれていた恥ずかしい事柄が騒ぎたてられれば、留学生社会での自分の信用は即座に破綻の悲運に陥るのではないかと恐れた。十日たってようやく手紙を受け取った。

「あなたは本当に怒っているでしょうね。私を許してもらえませんか。長い間あなたに手紙を出しませんでしたが、それにも訳があるのです。あなたに聞いていただきますが、お聞きになったら、必ず私を許していただきたいのです。だって、私はあなたが最も愛する者の中の一人だからです。――間違えました、そんなふうに言ってはだめね。あなたの唯一無二の妻と言うべきかしら。

伯母が来ました。伯母は遥々《はるばる》東京から母と私と妹に会いに駆けつけました。以前お話したことがありますが、東京で大きな旅館を経営している伯母です。伯母には子供がなく、幼かった頃、私を養女にしたいと言ったのですが、母は承知せず、もう何年もつき合いがありませんでした。今回母が呼びよせ、伯母は来週私を東京見物に連れて行き、半月後に送って来ると言っています。私最初は嫌でした。だってあなたとお別れするのが辛かったから。でも東京に行ったことがないので、とても行って見たくなりました。あなたがまだ一ヶ月以上お戻りにならないと思い、それで伯母の言うことを承諾しました。私が行くのはわずか半月ですから、お気をもまれませんように。おそらく私の方があなたよりも先にK市に戻るでしょう。

伯母が来ましたので、毎日手が空かず、お供をして色々な所に遊びに出なければなりません。昨日は伯母のお供をしてあなたの学校に伺い、植物園の花と運動場を拝見しました。私はさらにあなたの実験室を指さして見せました。でも伯母は私とは違って実験室を眺めて喜びはしませんでした。

これが何日もお手紙を出さなかった理由です。私を許してもらえませんか。ならば私は恨みます。言い間違えました。わたしが命を懸けて愛しております韋先生、許してもらえないとしたら、私は泣いてしまいます……」

この手紙の中に示された親しみの言葉は、それまでの手紙に比べてひどく不自然であり、これまでの天真爛漫さがなかった。

数日後、また彼女の手紙を受け取った。

「今日伯母と急行で東京に行きます。今日頭に着けています花の髪飾りはあなたに買っていただいたものです。身に着けています絹の金と青の袷の着物と赤紫色の袴《はかま》も、作っていただいたものです。私が履いています靴も去年のお誕生日にあなたからプレゼントに買っていただいたものです。身体中にあなたのものを着けて東京に行きますのは、あなたを思い出すためでございます。

　あなたの小さな写真を、母や伯母に見られないように、胸元に入れて肌身離さず持っています。あなたと私が一緒に写っている大判の写真も、下着に包んでトランクにしまい、母や伯母には見つからないようにしました。韋《い》先生――私は出発に臨んで、愛する韋さまとお呼びします。一日でもあなたのお姿に向かわなければ、堪えられないことをわかってください。

　この手紙は昨晩夜中に起き出して書き上げました。朝こっそりと停車場の前のポストに投函するつもりです。ここまで書いたら、時計が三時を打ちました。もうすぐ夜が明けますので筆を置きます。私は便箋の上に何度か口づけをしてあなたに送るだけです」

　彼女は決して未練がないわけではなかったが、なにか圧迫を受けているようだった。彼女の間違いは、家族の圧迫を口実に彼から離れ、それを自分と彼の罪にしてしまったことである。

　それからも、長距離列車の中で書かれた、自分を慰める葉書を続けて何通も受け取った。だが彼の悲しみは、彼女の慰めの言葉に反比例していった。

（六）

　実習が間もなく終わる頃、東京から届いた彼女の手紙を受け取った。

「愛する韋さま。あなたはもうすぐK市へお戻りになるのですね。伯母は私が再びK市へ戻ることを望んでいません。これからもうあなたのためにお部屋を片づけたり、本を整理したりしてあげられないのだと思うと、涙が出てきます。

　愛する韋さま。あなたがもうあまり私のことをお想いにならないように望んでいます。あなたの責任は重く、将来お国に戻られておやりになる事業もとても大きうございます。私という一人の女――何の値打ちもない外国の女――のために、ご自分の前途を犠牲になさってはいけません。やはりあなたが今まで通りに勉強されることを望んでいます――私がまだお傍にいた時のように、――これはあなたに対する最後のお願いです。それは私への最後の慰めでもあります。

　今後あなたのお世話をすることはできませんが、私の心の振動数はあなたと同じです。決して悲しまれませんように。あなたがもし悲しまれれば、私の心もあなたの心の振動波に合わせて、共鳴しはじめ、粉々になるまで共振することでしょう。あなたがもし喜ばれるなら、私の心もあなたと共鳴することでしょう。

私は長い間あなたの手紙を読んでおりません。思いますに、母がお手紙を送って寄こさないのです。あなたもこちらへは手紙をお出しにならないようにしてくださ い。ここではもうあなたのお手紙を拝見する自由もありません。私たちは再会の日を待つしかありません。夢想にすぎませんね。再会の希望はなくなってしまいました。再会の望みはなくなってしまったのです。

愛する韋さま。寂しくて怖くなってきました。伯母からこの旅館に泊まっている大学生の方を紹介されました。その方によく車で帝国劇場に連れて行っていただきます。一昨日観ましたお芝居はトルストイの「復活」でした。はじめてわが身に起こっている事に思い到り、不安になってきました。

私は来月にはもう東京にいられなくなります。愛する韋さま、私が田舎の女医のお宅に行って、あなたのために罰を受けることになったことをわかってほしいのです。これは母が伯母を通してその方（女医）に頼んだことです。あなたから託されたあの結晶体をお返しする機会があることを、私はずっと望んでいました。でもおそらくその時になればまったく勇気がなくなってしまい、自分の一存で事を行うことは出来なくなってしまうでしょう。

愛する韋さま、愛する韋さま。私たちはこの世で、再会の機会はないでしょうが、将来天に昇ろうと地に墜《お》ちようと、私とあなたはきっと会える日が来ることでしょう」

彼女の家に戻ると、彼は一週間して引っ越したが、決して彼女の母親の応対がこれまでと違ったからではなく、実際もうそれ以上居続けることができなかったからである。というのは、彼女が毎日彼のために開け閉めした襖、叩《はた》きや雑巾をかけてくれた机や椅子、片づけてくれた本、編んでくれた書類挟み、そして刺繍をした小さな肘当て、すべてが涙を誘う印《しるし》だったからである。その上彼女が普段このんで吹いていた精巧な洋式の笛を持っていた。彼はしょっちゅう取り出して眺めた。その精巧な笛はあたかも自分に対して「あの女《ひと》はどうして長い間僕に逢いに来てくれなくなったの。僕に口づけしに来てくれなくなったの。僕をこんな寂しい場所にほったらかしておくの。あの女《ひと》早く戻ってきて、僕の身体の埃を拭いてくれなくちゃ」とでも言っているかのようだった。

ここまで思い描くと、彼女がかつて数え切れないほど口づけをした、その精巧な笛の上に涙がぽたぽた滴り落ちた。

以上が彼女との過去の恋愛史である。彼は海辺で一日に少なくとも数度は復習した。決して冷静な時がなかったわけではなく、「僕のぼろぼろになった心はもう回復の希望はないのだろうか。酔って眠っている状態の魂は何時《いつ》になったら目覚めるのだろう。彼女は本当に僕の運命を踏みにじり、前途をうち砕いてしまったのだろうか。なぜ彼女の姿が、いつも神経の中心から離れないのだろうか」と思える時もあった。

それでも意識が朦朧としている日が多かった。実際どうしても彼女への想いを抑えることができなかった。たんに彼女を想うだけでなく、手紙にあった自分たちの間の結晶体のことを思った。これは良心の上の不安であり、彼は罪を犯したのである。

（七）

十数日間快晴の日が続いた。太陽が寒暖計の目盛を華氏九十度以上に押し上げない日は一日としてなかった。今日は彼女（太陽）は怠けて姿を見せなかった。しかし気温は相変わらずひどく高く、さらに蒸し暑かった。夕方、海風がふだんより強く吹き、空はだんだんと黒く覆われていった。

彼は部屋にいて、窓を開けた。蚊取り線香を焚いて、ブンブンと音を立てる蚊やブヨの群を外へ追い出した。だが蛾や羽蟻には線香は効かず、次々に飛び込んできては電灯の周りをぐるぐる飛び回った。うつうつとして机の前の灯りの下に坐り、東京から送られてきたばかりの新聞を取って読もうとしたが、また下に置いた。

「韋《い》先生、お手紙ですよ、書留です」、旅館の主人の末娘が階段を駆け上がってきて、部屋の入口に跪き、襖を開けて手紙を差し出した。

封筒の表の字は歪んでいてぞんざいなものだったが、それでもやはり彼女の筆跡だとわかった。その途端、彼は電撃を受けたように全身が痺れ、頭から冷水を浴びせられたように全身が震えた。彼女の近頃の消息を知りたくて、すぐに封を切って読みたかった、少しでも封を切るのが遅れて手紙が飛んでいってしまうのを恐れるかのように。だが哀れにも両の手は、封を切ろうにもまったく力が入らず、両の眼がひどく眩んで封筒の表の字もはっきり見えなかった。彼は宛名の「K市工科大学校採鉱科　韋……」という幾つかの字が、自分の眼前でしきりに揺れ動いているのを感じるだけだった。

この手紙は、学校から転送されたものだった。彼女は手紙の中でこう書いていた、自分は東京市外の小さな村落で半年の間農村生活を送った、と。自分の看護をしてくれた女医はキリスト教徒で、人柄はとても優しく、とても懇切で、よく自分のことを慰めてくれた、と。毎週自分を村の小さな教会に連れて行き説教を聴かせてくれた、と。彼女はまたこう書いていた、自分は説教を聴き、聖書を読んで、はじめて自分が罪を犯した女であることに気づいた、と。あなたを愛したことは罪とは言えないが、自分は使徒パウロがローマ教会へ宛てて書いた手紙、第七章第三節③を読んで始めて罪を知った、と。またこう書いていた、自分は最近一人の方《かた》――人間に代わって一切の罪悪を背負うことのできる方を知った、と。私たちはその方を信じさえすれば……、――自分では背負いきれない罪悪を、すべてその方に託して背負ってもらうことができるのだ、と。彼女はまた彼にこう書き、こう望んでいた――、単に望むだけでなく、勧めていた、将来清らかな天上界で一緒になるためには、あなたもその方の後についてその方が歩んだ道を歩むように、と。最後に彼女はこう書いていた、自分は先月出産した、と。女医から嬰児が母体の中で、悲痛な刺激を過度に受けたので発育できなかったと言われ、生まれて三日ですぐに教会の裏の墓地に葬られ永眠した、と。

「教会、教会」、手紙を読み終えると、彼は魂が抜けたようにしばらく坐ったままで、口にしたのはこの「教会」という言葉だけだった。外は風がさらにひどくなり、窓外の松濤がまるで部屋に跳び込んでくるかのようだった。不意に、悲壮で慈愛に満ちた歌声が、窓外の松風の音とともに耳に聞こえてきた。彼はこの海岸にも小さな教会があり、ちょうど松林の裏にあることを知っていた。しばらくして、また「カーン、カーン、カーン」という鐘の音を耳にした。柱に掛けてあるカレンダーを見て、今日が日曜であることをはじめて知った。

いらいらして気持ちが乱れ、なにかひどく落ち着かなかった。彼はもうこれ以上坐っていられなかった。階段を駆け下りると、松林に駆け込んだ。松林は一面の闇で、手を伸ばすと五本の指も見えなかった。ただ一筋の灯りが教会から射し、光に向かうその道を彼が歩くように照らしていた。彼は決して振り返らず、ただ教会に向かって急いだ。

知らない者は、彼が発狂したと思っただろう。
教会の入口に立ったが、入れなかった。実際は入るのが恥ずかしかったのだ。なぜなら、その方《かた》は自分の罪をおそらく自分に代わって背負ってはくれまいと、まだ疑っていたからである。彼はただぼんやりと入口に立って中の歌声を聴いているだけだったが、歌声はますます高らかに響き、一字一句はっきり聞き取れた。

「救いたまえ……主は……ガリラヤから、
ヨル……ダン川……に来られた。④
百里の路を……遠し……とせず、
その……志は……なにゆえ」

彼は知らず知らず教会の中に駆け込んでいった。中に入ると、外はポツポツと雨が降り始めた。彼には雨音は聞こえず、ただ歌の最後の一節を気を付けて聴きとろうとした。

「救い主の慈愛を……信……じて、
罪の重荷を……卸さん」

彼はその方を信じた。——自分たちに代わって罪悪を背負うことのできるその方を。——その方は自分の涙を拭ってくれた。その方は、神はこれまでの一切の罪過を赦されたと、自分に言ってくれた。教会から戻ったその夜、亡父がやってきて自分（父）はおまえ（子）の罪を赦す、と言ってくれた。彼女もやってきて自分を赦す、と言ってくれた。そして同じように彼女を赦すように求められた。なぜなら神さえも私たちの罪悪を赦されたのに、私たち人間がお互いに赦しあえない道理はどこにもないからだ。私たちが罪を悔い、過ちを改めることができさえすれば、と。

（芦田肇訳）

〔注〕
①日本の南の島　九州のこと。
②K市　熊本市、著者の張資平は熊本の第五高等学校に学んだ。
③使徒パウロが…　「ですから、夫が生きている間に他の男に行けば、姦淫の女と呼ばれるのですが、夫が死ねば、律法から解放されており、たとい他の男に行っても、姦淫の女ではありません」（『新約聖書』「ローマ人への手紙」［7-3］）。
④主は…　「そのころ、イエスはガリラヤのナザレから来られ、ヨルダン川で、ヨハネからバプテスマをお受けになった。そ

して、水の中から上がられると、すぐそのとき、天が裂けて御霊が鳩のように自分の上に下られるのを、ご覧になった。そして天から声がした。『あなたは、わたしの愛する子、わたしはあなたを喜ぶ。』」(『新約聖書』「マルコの福音書」〔1-9～11〕)。同様の記載は「マタイの福音書」〔3-13～17〕にも見える。

秋夜

王《ワン》魯《ルー》彦《イエン》

王魯彦

（1901-43）浙江省鎮海県出身。小説家、翻訳家。本名は王衡。字は忘我。1920年、蔡元培、李大釗らの主宰する工読互助団に参加、北京大学で聴講。五四新文学運動の影響を受け文学研究会に加入し、「柚子」（24）「黄金」（27）などの短編で文壇に認められる。27年武漢で『民国日報』副刊を編集、その後、上海、厦門、西安などで文化工作と教育に従事しながら創作を続ける。35年上海に戻り、36年「文芸工作者宣言」に署名、38年武漢で「文芸界抗敵協会」に加入。43年桂林で病没した。短編「童年的悲哀」（29）「小小的心」（31）、長編三部作『憤怒的郷村』（37）などの作品がある。またエスペラント語に通じ、『猶太（ユダヤ）小説集』（26）など弱小民族の文学作品を数多く翻訳した。

「起きろ、目を覚ませ」、誰かが私の部屋の障子を敲《たた》いたようだった。

「うーん、誰だ」、私は朦朧としながら尋ね、眠い目をこすった。

蚊帳の中から覗いてみたが、真っ暗で何も見えない。誰も答えないし、ほかに物音もしない。

「夢だったのか」と思い、寝返りを打つと、深い眠りに落ちた。

絶え間なく犬が吠える声に、私は目を覚ました。目を閉じたまま耳をすますと、隣の趙氷雪《チャオピンシュエ》さんの子犬、阿烏《アーウー》と来《ライ》法《ファ》だった。ぞっとするような声で、寂しげに泣いていた。合間に人のすすり泣くような声も聞こえる。私は目を開いた。蚊帳のてっぺんが明るく光っている。蚊帳ごしに見渡すと、部屋の中が明るい光で満ちていた。そっと起き上がり蚊帳をめくってみると、月の光がガラスを通って、机や椅子や書架や壁を照らしていた。

その声はだんだん近づいてきた。遠くの林の中から趙家の方に向かって来るようだ。何かの叫び声も混ざっているようだ。私は不審に思って寝台を下り、窓を開けてみた。空一面に星がきらめき、一輪の明月が南よりの星の中に浮かんでいる。月光が私の顔に射すと、私は何かすがすがしさを感じ、何度か口を開けその光を飲み込んだ。犬の声がしだいに性急さを増した。悲痛な叫び声が、何度も呻き声をさえぎって聞こえてきた。その声はどうやら一人だけではなさそうだ。

「どうか私たち戦禍を蒙った者を救ってください……私たちは戦地から来たのです……私たちの家は凶悪なやつらに占領され、財産もすべて奪われました……私たちの父母や兄弟姉妹もみなやつらに殺されました……」、悲しい叫び声が突然高くなった。

誰かに、首筋に冷水を浴びせかけられたように、私は全身がぶるっと震えた。

「さっき飲み込んだ月の光のせいだろうか」、私は向き直ると、衣紋掛けから袷の上着を取り羽織った。それから椅子を運んで来て、月光に背を向けて座った。

「どうか私たち、両親を亡くした者を助けてください。帰る家のない者を助けてください……」、声はいっそう高くなった。老人の声もあれば、若者や女性や子供の声も聞こえ、村はずれの趙家のあたりにもうすぐ到着する気配だった。犬はいっそう激しく吠えた。もはや最初の悲しい鳴き声ではなく、凶暴な憤怒に満ちた声に変わっていた。

私はいたたまれなくなった。心臓がドキドキしていた。立ち上がり、上着のボタンを留めると、扉を開け、外へ出た。突然、また身体が震えた。月明りの中の青桐を見て怖くなった。部屋に戻り、枕の下から一丁の拳銃を取り出し、さらにもう一枚コートを羽織ると、扉に錠を下ろし、あたりをうかがいながら村はずれの方へ歩いて行った。

青桐は傲然とそびえ立っていた。道すがら、地面に落ちたこちらの長い影と、向こうの大きな影しか見えなかった。草の上の露が、そこら中にキラキラと目玉のように光っている。あたりを見回しても人の姿はひとつもない。ひとつの影だけが、私という孤独者の供をしていた。「今夜は大勢の人が私といっしょだ」、私は歩きながらこう考えると、ため息をひとつ吐いた。

奇妙なことに、前へ進むほど、あの声は小さくなった。はじめは叫び声が聞き取れたのに、今ははっきりしなくなってしまった。「失望して帰ってしまったのではないだろうな」、私は急いで前に駆けて行った。

タッタッタッという足音が、静寂の中で突然、私の後ろからついて来た。驚いて振り向いたが、何もいなかった。

「誰だ」、私は大声で訊いた。拳銃の引き金に指をかけ、歩を止めて、あたりを注意深く見回した。

タッタッタッという音が突然止まり、向かいの建物から答えが返ってきただけだった。「誰だ」

「おい、弱虫め」、私は自らを嘲ってそう言うと、思わず苦笑いした。「こんなに臆病で人が救えるか」、私はふたたび前へ走り出した。

あたりは静寂で何も聞こえない。自分の足音だけがタッタッと響いている。いまや私が追いかけているあの声は、ほとんど聞こえなくなっていた。

「失望するな、失望するな、苦しむ者よ！　私は君たちの兄弟だ。私の家は君たちの家だ。戻って来てくれ、戻って来てくれ！」、私は慌てて大声で叫んだ。

「失望するな、失望するな、苦しむ者よ！　私は君たちの兄弟だ。私の家は君たちの家だ。戻って来てくれ、戻って来てくれ！」、四方八方から、私の叫んだ言葉が返って来た。

静寂、静寂、四方八方どこも静寂だ。失望した者たちは私に答えない。失望した者たちには私の叫び声が聞こえない。

失望と苦痛が私の心に攻め上り、涙がはらはらとこぼれ落ちた。

私は失望したまままさらに走った。失望しながら希望していた。

「ああ、失望した者たちの声があんなに遠ざかってしまった。あんなに小さくなってしまった!……」、私は失望しながら思った、あと二本余計に足がはえていて、四本の足で全速力で走れたらいいのに。

ウーと唸って、草むらから一匹の犬が現われ、こちらへ襲いかかってきて私のコートに噛み付いた。私は驚いて、左足で踏ん張り、右足を勢いよく振り上げ後ろに蹴った。すると犬はコートを放し、右足目がけて喰らいついてきた。間一髪、足を引っ込めるのが早かった。前にひと跳びすると、飛ぶように走って逃げた。

ワンワン吠えながら、犬は後ろから追いかけて来る。私は拳銃を取り出し、振り返って、パン、と一発撃った。命中しなかった。犬はますますすごい勢いで迫って来る。パン、二発目は尻尾に当たったようだ。犬はぱっと飛び上がったかと思うと、地面に倒れた。それでもなおいっそう激しく吠えた。

ふと顔を上げ前を見ると、ハアハアと荒い息をしながら、犬が三、四匹、こちらに向かって来る。振り返ると、後ろからも無数の犬が、みな凶暴に吠えながらやって来る。まずい。来た道を引き返したかったが、そちらからもたくさんの犬が突進して来る。しかたなく左手の荒れた畑に逃げ込んだ。

私は脇目もふらず必死に逃げた。いまの退屈な生活をこのまま続けたいとは思わないが、死ぬのは、やはり怖い。

ハッ、ハッ、ハッ、荒い息の音が迫って来たようだ。私は振り返りもせず、必死で溝を飛び越え、土手を飛び越え、東も西もわからずに走った。

こうして長い時間走り続け、精根尽きた私は、そっと後ろをうかがった。

一匹の犬も見当たらなかったし、何の音も聞こえない。私はほっとして足を止め、あたりを見回した。

こんもりした小山のような墓が、いくつも私のまわりを取り囲んでいた。ようやく落ち着いた心臓が、ふたたびドキドキし始めた。足もとの草は丈が低く、まばらで、足をちょっと動かすと、ガサガサと何本もの草が折れた。東に柏、西に松があり、互いに遠く離れ、孤独に立っている。こんな寂しい夜に、荒涼とした墓地にいると、自分のひとりぼっちであてのない生活が思いやられ、悲しみをこらえきれなくなり、涙が雨のように流れ落ちた。きゅっと胸が締めつけられ、私は身体をよじって倒れた。

「あ……」、私は目を開くと、思わず驚いて叫んだ。

そこは清潔で上品な部屋だった。緑の壁、白い天井、床には絨毯が敷かれているのが、紗の蚊帳の中から見えた。私は柔らかいスプリングのベッドに横たわっていた。真っ白な絹の上掛けが、私の身体に掛けてある。人の心に沁みこむような清新な香気が蚊帳の中を満たしていた。

驚いていると、ギィと音がして、ベッドの後ろの扉が開いた。入ってきたのはどうやら二人で、一人はベッドの正面の方に歩いてきたが、もう一人は枕元に立ち、私を覗きこんだ。

「お茶を召し上がりますか、魯先生《ルー》」、十六、七の娘がそっと蚊帳を開けてたずねた。

「もしお手間でなければ、一杯頂けるとありがたいが」、私はそう答えながら、彼女の黒い瞳を見つめた。

「お安いご用ですわ」、彼女は顔を赤らめ、私に見つめられるのを避けるように出ていった。

まもなく、茶が来た。娘は私の身体を支えて起こし、湯飲みを私の口もとに寄せた。

「これはすまないね」、私は半分ほど茶を飲んでから、礼を言った。

「どういたしまして」

「ところで、教えてもらえないかな。ここはどこで、君の名前は?」

「わたくしは林《リン》と申します。ここは魯先生のお屋敷ですわ」、彼女は笑いながら言った。雪のように白い頬に微かにほんのりと赤みが射した。

「どちらの魯先生です?」

「こちらのですわ」、彼女は笑いながら、私を指さした。

「冗談を言わないでくれたまえ」

「いいえ、世界のどこにいてもそこを家とするあなたのような方が、なぜここは違うとおっしゃるの。いいわ、誰かに来てもらって、あなたにお話していただきましょう」、娘はそう言いながら出ていった。

「なんて利口な娘だ」、私は内心そう思った。

私の後ろにいた影も、どこかに消えたようだった。しばらくして、誰かが入ってきた。その歩き方はずいぶんとゆっくりしており、何かをためらっているようだった。振り向いてみると、私のよく知っているはずの娘の姿があった。それが誰だったかと思いをめぐらせようとしたとき、彼女が蚊帳を開け、私の身体に身を投げてきた。

「やや!」、私は相手をよく見て、びっくりした。

過去のことは、思い出すに耐えない。思い出せば、古傷がぶり返すように心が痛む。それは真っ黒な雲のように、頭上にやって来ると、なにもかも闇に覆ってしまう。

われわれ若者は、茫漠とした未来に向かって前進していくしかない。愚か者のように、空しい快楽を期待しながら。たとえ悲しい前進でも、失望しながらの希望でも、後ろを向いて過去の影を追うよりは、すこしは楽しい。

悲しみながら前進し、失望しながら期待している、数知れぬ者の中の、私もその一人だ。私は過去を振り返ろうとしないだけでなく、できるだけ忘れようとしてきた。だがその影ときたらほんとうに執拗で、時には意識せぬ間に、私の心に矢を放つ。

今日また、彼女が訪ねて来たのだ。

何としても忘れたかった二年前のあのことが、今日また目の前に浮かんできた。何としても忘れたかった二年前のあの人が、今日また私の目の前に現れた。最も苦しいのは、矢が当たったことのあるところを射抜かれ、心の傷を負ったことのある場所が痛むことだ。

私の身体の上に身を投げて嗚咽しているのは、二年前の恋人蘭英《ランイン》だ。彼女との過去の歴史を振り返るのは耐えられない。

「ああ、これは夢だろう、蘭英?」、私は彼女を抱きしめ、咽びながら言った。

「そうね、人生は夢のようなものだわ……」、彼女は顔をぎゅっと私の胸に押しつけた。

「わかったよ、ダーリン。悲しまないで。起きて思う存分飲もう。酔ってまた夢の世界に浸ろう」

「いいわ」、彼女は機嫌よく答え、顔を上げると唇を寄せてきた。私たちはひとしきり濃密な口づけをかわした。にわかに、彼女は私を放すと、「いちばん上等のお酒を持ってきてちょうだい、松妹《ソンメイ》」と声をかけた。

「かしこまりました」、外で誰かが答えた。

私はシャツを羽織った。

「いまは夜なのかい」、わたしは皎々と光る電灯を目にして尋ねた。

「そうよ」

「今夜は月は出ているんだろう? 星は?」

「いいえ。夜は暗いものよ。光なんてあるはずがないわ」、彼女は悲しそうに言った。

私の心臓が突然ドキンと鳴った。

「ね、蘭英、ここはどこだい。僕はどうやってここに来たんだ」

「ここは漂流者の家よ。あなたは漂流して来たのよ」、彼女は笑いながら答えた。

「何だって、冗談はよしてくれ。まじめに答えてくれ、ダーリン」、私は心から訴えた。

「そうね。酔って夢の世界へ行こうって言っておきながら、ここはどこだなんて聞くのね。ここは夢の村よ。あなたはいま夢を見ているの、だからここへ来たのよ。信じないの？　じゃあ、言って御覧なさい。ここに来る前、あなたはどこにいたの」

私は俯いてしばらく考え、はじめから話して聞かせた。私が脅えて逃げ惑ったところまで話したとき、彼女はおかしくて顔も上げられなかった。

「なんて役立たず、犬さえ怖がるなんて」、彼女はついに笑いをこらえて言った。

「違う。君はあの犬どもがどんなに凶暴だったか知らないからだ。どんなにたくさん……」、私は弁解した。

「人が犬を怖がるなんて、それだけで恥ずかしいことだわ。まして拳銃を持っていたんだから……」

「一人でどう立ち向かえっていうんだ。……それに、犬の牙にかかって死にたいなんて誰が思う？……」

「そうね。誰が自分を犠牲にしてまで人を救おうとするかしらね！……ああ、でもあなた、自分を犠牲にしなければ人を救うことなんてできないわ……」、彼女ははじめは皮肉を言っているようだったが、最後は心から私に忠告していた。額に無数のしわを寄せていた。

私は顔を赤らめ、俯いたまま立っていた。

「お酒をお持ちしました」、そう言いながら、さきほどの若い娘が、手に盆を持って入ってきた。

「過去は思い出さないで、熱いのを一杯思いきり飲みましょう、あなた」、蘭英は私の手を取り、テーブルの方へ連れていった。松妹が置いた盆から杯を取り、なみなみと酒を注ぎ、私の口もとに寄せた。

「あー」、私は長いため息をつくと、一息に飲みほした。テーブルに近づいて、一杯注ぎ、彼女の口もとに差し出した。彼女も一息に飲みほした。

「魯先生はお強いから、大きい杯を持ってきてちょうだい、松妹」

「かしこまりました」、松妹は出ていくと、まもなく、大きなグラスを二つ持ってきた。

テーブルにはたくさんの料理が並んでいたようだが、私は気に留めなかった。視線は徳利と杯の間だけを行き来していた。蘭英もつぎつぎにグラスを空け、料理には手もつけなかった。「松妹、お酒、お酒」と何度も何度も言いつけ、そのたびに松妹は「はい、はい」と徳利を何本も運んできた。

私たちは二人とも、俯いたまま飲み続け、何も話したくなかった。松妹は傍らで不思議そうに見ていた。

無意識に、ふと顔を上げると、蘭英もはっとしたように顔を上げたので、私の視線が彼女の黒い瞳にぶつかり、私は眉間に皺を寄せた。過去の影がさっと私の前をかすめ、心に一本の矢を命中させたのだ。

私は、「えぃ」と声を上げ、グラスを持ち上げ、乱暴に床に投げつけた。グラスは、ぱん、と音を立てて砕けた。

私は振り返って蘭英を見た。蘭英は両手で顔を覆い、身体を震わせて、寂しそうに立ち、ただ「お酒、お酒」とばかり繰り返していた。私は突然彼女の言葉を悟った。徳利を持ち上げ、口を開けて、一気に飲みほした。

私は徳利をつぎつぎに空けた。酒をつぎつぎに喉に流し込んでいった……

寒さにぶるっと身震いして、私は目を覚ました。目を開けてみると、空一面輝く星だった。月ははるか遠く、松の木の上に掛かっていた。私はまわりじゅう墓に囲まれ、湿った草の上に横たわっていた。

「ああ、また夢か」、私は驚いて、ぱっと立ち上がり、拳銃をさぐってみると、はたして、まだ持っていた。取り出してそれを眺め、それから自分の心臓のあたりを眺めて、ため息をつくと、ふたたびポケットにしまった。

「パン、パン、パン……」、突然遠くで銃声が鳴りだした。それに続いて痛ましい泣き声と叫び声が聞こえた。

「ん、またあの声か」、私は心の中で自問した。

「これは絶好のチャンスだ、これ以上夢の中の人に嘲笑されてたまるか！」、私は自分を励まし、急いで声のする方へ向かった。

「パン、パン、パン……」、ふたたび銃声がし、続いてドーンという大砲の音が響いた。

私は先を急いだ。急ぎに急いで、まもなく一本の見知らぬ通りに出た。通りにはたくさんの人が立っていて、静かに耳をすませながら、たえず小声で議論していた。私は彼らの落ち着いた様子を見て、奇妙に思った。そこで歩み寄って一人の若い男に尋ねた。

「あの砲声はどこからしているんですか、ここからどれぐらい離れているんですか」

「川の対岸だよ。ここから五、六キロかな」

「それなのに、どうして？　皆さんはとても落ち着いているようですが」、私は驚いて訊いた。

「あんたは怖いのかい。どうってことないさ。ここじゃいつも戦争だ、もう慣れたよ。あんたはどうやら土地の人じゃないね、だからそんなにびくびくしてるんだ」、男は私に問い返し、露骨に軽蔑した様子を見せた。

「そうだ、私はよそから来たんだ」、そう一言答えると、急いでそこを離れた。

「慣れた」とは、神経が刺激を受け過ぎて麻痺してしまったということだ。私は歩きながら考えた。「あいつは自分では度胸があると思っているくせに、なぜ人を救いに行かない？——途中のあの犬を恐れているからだろうか」叫び声や泣き声が、しだいに近づいてきた。私は急いだ。急いで走って行った。

「私たち虎の牙から逃れた者を助けてください……帰る家のない者を助けてください……私たち両親や兄弟、妻や娘を亡くした者を助けてください……あなた以外の人間が死に絶えたら、社会はなくなるんです、あなただって生きていけなくなるんですよ……人が一人死ぬと、あなたを支える力が一つ減るんです、兄弟が一人減るんですよ……」、たくさんの人が遠くで痛ましく叫びながら、私の方へ押し寄せて来るようだった。同時に、砲声や銃声が、ドーン、パンパンパンと響いていた。

私は急いだ。急いで走って行った。

「おい！　止まれ！」、誰かが建物の陰から跳び出し、私の腕を掴んで引き止めた。「この先は弾が雨のように降っていて、どこも厳戒態勢だ。君はそれでも行くのか！　命が惜しくないのか」、その人は大声で言った。

「わかっています、わかっています」、私は彼の手を振り払おうともがいた。「人を救えず、自分を救うこともできない。人を殺す勇気もなく、自殺する勇気ももてない。社会を呪いながら、この世界を転覆させることもできない。生きることが嫌になっていながら、この地球を飛び出すこともできない。やはり、流れ弾の憐憫を請うほうが、私には幸せだ！……」

掴んでいた手から逃れると、私は飛ぶように前に向かって走って行った。その人が「狂ってる！」というのが聞こえた。

ボチャン！　不注意にも、私は突然水に落ちた。懸命にもがき、ようやく顔を出したと思ったら、また沈んでしまった。水は矢のような勢いで、四方八方から私の口や、鼻や、目や、耳をめがけて流れ込んだ……

「起きろ、目を覚ませ！」、誰かが怒ったように、私の部屋の障子を敲いている。

「うーん、誰だ」、私は朦朧としながら尋ね、眠い目をこすった。

蚊帳の中から覗いて見たが、真っ暗で何も見えない。誰も答えない。ヒューヒューと、ひとしきり吹き過ぎる風の音が聞こえただけだ。そして窓の外でサラサラと木の葉の散る音。

「夢だ、また夢だ!……」、私は呪うように言った。

(下出宣子 訳)

鴨緑江上

蒋《ジアン》光《コワン》慈《ツー》

蒋光慈

（1901-31）安徽省霍邱県出身。中学生の時に五四運動の洗礼を受け、卒業を待たずに上海に出、社会主義青年団に参加、21年ソ連に入る。モスクワ東方共産主義大学で政治経済学を学び、24年帰国、上海大学教授となり、革命文学を提唱、24年詩集『少年漂白者』、27年短編集『鴨緑江上』及び『短褲党』を発表。「四・一二クーデター」後、武漢へ、ここで銭杏邨らと太陽社を組織し、28年『太陽月刊』を創刊。29年発表した『麗莎的哀怨』がプチブル的と党内外の批判を受け、一時日本に遊ぶ。30年左連結成時、常務委員候補、『拓荒者』を創刊、「田野的風」を連載し作風の転換を示す。30年離党届けを提出、除名処分となり、翌年結核のため死亡。

その年の後期、学校は或る修道院を僕たちの寄宿舎に割り当てた。モスクワには教会が多く、その数を調べたことはないが、人から聞いたところでは、一千余り有るということだった。革命前、これらの神の住まい——教会——は神聖にして侵す可からざるもので、共和国成立以前の中国の廟宇のようなものだったが、革命後になって、無神論者が権力を握ったため、これらの教会も大いにその尊厳を失った。もとは異教徒は教会に入るのを禁じられていたのだが、今や僕たち無神論者が修道院の一部の建物を占拠して寄宿舎にし、しかもしばしば院内の修道女や聖像を見掛けると、冗談を言い合って、少しも敬いの態度を示さないのだから、それは所謂「神」には本当に我慢のならないことだったろう。

僕たちの修道院はトベルスコイ大通りに面していて、建物は多かったが院内は広くゆったりして、沢山の樹木もあったので、まるで小さな花園と言ってもよかった。毎朝起きがけに、或いは暇な時に、僕は決まって院内をグルグル何度も回って散歩した。修道女はおよそ四十人余りいて、全員がスッポリと黒い衣服を纏い、頭は黒い布で覆い、顔だけ出していたが、その大半は顔付きが痩せてやつれており、彼女らを見掛けると、僕はいつも悲しみを感じた。だがいくらか若く少し綺麗な人も何人かはいたから、僕の同級生の中には、彼女らに色目を使った者もたぶん少なくなかったろう。ある晩、僕は外から院内に帰ってきて、同級生の一人と二十数歳の修道女が一本の大木の下で向かい合って談笑しているのにぶつかった。彼らは僕を見掛けると、サッと離れた。僕はその時自分が他人の楽しみの邪魔をしたことを悔やんだが、「君らも気が小さすぎる、なんでまた……」とも思った。それから僕は格別慎重になった。たとえ他人の色恋の手助けはできなくとも、邪魔はすべきではないと。ましてや修道女たちはどんなに不自由で、寂しく、悲しいことか。……

ちょうどその日の夜八時ごろ、大雪が降って、とても寒くなった。僕の同室者は三人で——一人はペルシャ人、一人は高麗人、一人は中国人のC君だった。僕たちの寝室には下働きはおらず、床を掃いたりストーブを焚いたりするような仕事は、すべて自分達でやり、まさに労働主義を実行していた。その夜はとても寒かったから、僕たちは皆で力を合わせてストーブを焚きつけた。燃料はロシア特有のポプラで、ポプラの薪はとても燃えやすく、火力もとても強かった。ストーブが燃え出すと、僕たちは皆それを囲んで座り、おしゃべりを始めた。僕たちだって他の若者と同じで、何人かが一緒に座れば、決まって女性の話になる。「ピョートル、アンナをどう思う」、「僕が今日町で会った娘は本当に美人だったぜ。ああ、あの娘のつぶらな瞳」、「君結婚したことあるの」、「僕、君があの人に惚れてるの知ってるぜ」、「ああ嫁さんを貰うのも良し悪しだなあ」、「……」、僕たちの話はとりとめもなかったが、話すのはほとんどすべて女性に関することだった。ペルシャ人の同級生が最も熱心で、喋りながら宝物でも手に入れたと言わんばかりに身振り手振りまで加わった。しかし高麗人の同級生はずっと黙りがちであまり話そうとせず、そのうえ人が恋愛のことを話す度に、顔には悲しみの表情を浮かべ、目が潤むことさえあった。僕は何度も彼に「何か悲しいことでもあるの」と訊ねた。彼は時には無理に笑って答えず、時にはぼそっと「何も悲しいことなんかないさ」と言った。彼ははっきりとは言いたがらなかったが、僕はずっと彼には悲しいことがある、彼の心には大きな傷があると感じていた。

この高麗人の同級生の名前は李孟漢《イメンハン》といい、まもなく二十歳の美少年だった。彼は本当のところ幾分女性的で、人と話す時には、いつも顔を赤らめた。僕はしょっちゅう彼と話していたので、同級生の前で、よく彼を僕の妻だと言ったものだ。僕がそう言うと、彼はいつもちょっと笑い、顔をちょっと赤らめたが、怒りもしなければ罵りもしなかった。僕は或いは彼をいくらか馬鹿にしていたのかも知れないが、しかしやはり彼が好きだったし、彼と仲良くしたかった――彼のいくらか女性的なところが僕を楽しくさせていたのだろう。同時に、僕は彼を非常に尊敬していた。なぜなら彼はとても勉強家で、度量が大きく、寡黙で、僕の及ばない所を沢山持っていたから。彼は僕を嫌わなかったし、時に僕に対する彼の態度は、そっと安らぎの気持ちさえ感じさせてくれるのだった。

僕たちがストーブを囲んで話していると、ペルシャ人の同級生――彼の名前はスルタン・サダといった――が最初に提案した、僕らは今夜包み隠さず、少しも誤魔化さないで、自分の恋愛史を語ろうじゃないかと。この時C君は友達に会いに出掛けてしまった。みんなは僕にまず話せと言って、僕を本当に困らせた。僕は恋愛をしたことがなく、話しようがないと言った。しかしスルタン・サダは、「ダメダメ、維嘉《ウエイジア》、嘘を言っちゃいけない。君みたいにカッコいい青年が、中国では女性を愛したことも、女性に愛されたこともないっていうのかい。ましてや君は詩人だ、詩人が最も愛するのは女性で、女性も詩人をすぐ好きになる。

李孟漢《イメンハン》、そう思うだろ」と言う。彼は李孟漢に向かって言ったが、相手が笑って答えないので、また僕の方を向いて言った、「話せよ、話せよ。嘘はダメだ」。僕はどうしようもなくなった。話さなければ、彼らは承知しない、話すにも、僕にはもともと面白い恋愛史などないのだから、どう話せばいいのだろう。やむを得ず、僕は嘘をつきデタラメを言うしかなかった。僕は話した、僕が学生会の会長をやっていた時、沢山の女学生が手紙をくれ、僕がどんなに前途有望でどんなに文章が上手いかと言ってきた、その中にとりわけ美しい女学生が一人いて、何度も僕に交際を求めてきたが、その頃僕は馬鹿だったので、彼女の愛情を無にしてしまったと。また、ある時汽船の中で天使のような娘に会った、その美しさは全く言葉で形容するのは難しい、僕はあれこれ方法を考えて、遂に彼女と親しくなり話をした、彼女は極めて美しくしかも知性ある娘で、語り合ううち、僕に優しい思いやりを示すのを感じたと。そこまで話すと、スルタン・サダは興奮し、笑いながら言った。

「その美しい娘は君を好きになったんだ。君は本当に幸せな奴だなあ。で、それから」

「それから。それから、ああ。結果は……あまり良くなくて……」

「どうして」、スルタン・サダはとても驚いて訝しそうに言った、「まさか彼女は君を嫌いに……」

「いや、違う。僕が馬鹿だったんだ」

「維嘉《ウエイジア》、君は自分を馬鹿だと言うが、僕には信じられない」

「スルタン・サダ、君は僕の話を聞いたら、僕が馬鹿か馬鹿じゃないか分かるさ。僕ら二人は汽船の甲板の手摺りにもたれ、本当に心ゆくまで語り合った。敢えて言えば、彼女は実際に僕を愛し始めていたし、僕の方は、むろん言うまでもなかった。ところが、船が岸に着いた時、彼女は彼女の兄さんに急かされて慌てて下船してしまい、彼女の住所と連絡先を聞き忘れてしまったんだ——僕ら二人はこうして別れた。ね、僕はやっぱり馬鹿だろ。僕はしばらく恋患いに罹ってしまったが、でも、どうしようもなかったのさ。……」

「ああ、惜しい、惜しい、本当に惜しい」、スルタン・サダはそう言いながら泣き声ともつかぬ溜め息を洩らし、僕に沈痛な同情を示すふうだった。しかし李孟漢はその時別に思うことがあるのか、黙って、僕ら二人の話には気が回らないようだった。

「君は一言も喋らないけど、また何か考えているのかい」、僕は李孟漢に向いて言った、「僕はもう自分の恋愛史をすっかり話してしまったから、今度は君の番だよ。僕はいつも君の心の奥底には何か大きな悲しみがあると感じていたけど、君は今まで話したことがなかった。どうか僕たちにちょっと聞かせてくれよ。マイダーリン、マイ李孟漢（僕はいつも彼をこう呼んでいた）。さもなきゃ、君を許さないぞ」、彼は両目で僕を見つめるだけで一言も言わないので、僕はもう一度言った、「僕はもう話してしまったから、次は君が話さなきゃ、マイダーリン、わかってるの」

李孟漢はふっと溜め息を吐き、うなだれ、低く、しかもとても悲しげな声を発した、

「君らが本当に僕に話せと言うなら、話すよ。考えてみれば、僕は恋愛の国で、最も悲しい人間だと言えるだろう」

「じゃあ、今夜は君自身の悲しみを僕らに話して聞かせてくれ」、スルタン・サダが口を挿んだ。

「今年の三月、僕は確信した。ソウルからロシアに逃げて来た高麗人が教えてくれたんだ。僕の愛する人、僕の可哀相な彼女は、悲しみの高麗の首都で、日本人によって獄死させられてしまったんだ」、李孟漢は話しながら、ほとんど泣き出さんばかりだった。

「おお、何という悲しい話だろう」、スルタン・サダが驚いて言った。だが僕はその時一言も言葉を捜し出せなかった。「しかし何の罪だったんだ、李孟漢」

「何の罪だって、スルタン・サダ。君は多分我が高麗の状況を知らないのだろう。僕たちの高麗が日本に併合されてから、高麗の人民は、ああ、哀れなものだ。終日塗炭の苦しみの中に置かれ、終日日本人の何千斤の重さの圧迫の下で暮らしている。何かの罪を犯そうが犯すまいが、屈服に甘んじない、日本人に従順でない、それだけで大罪になり、殺されたり監獄に入れられねばならないのだ。日本人は高麗人の命を鶏の命のように見なし、殺したければ殺す、罪を犯したかどうかは問題にもならない。可哀相な僕の彼女、僕の雲姑《ウンゴ》は、何と極悪非道の日本人に虐め殺されてしまったのだ。……」

李孟漢は話しながら、悲しみを抑えることができなくなった。この時僕は心に限りない耐え難さを感じていた。皆数分間黙っていたが、李孟漢がまた話し始めた。

「僕は今一人の亡命者であり、祖国には戻れない——もし戻って日本人に捕まったら命が危ない。おお、我が良き友、高麗がもし独立しなければ、もし日本帝国主義者の圧迫の下から解放されなければ、僕が高麗に戻る望みは永遠にないのだ。僕は本当に戻って我が愛する人の墓を見、彼

女の墓に身を投げ出して僕の心の悲しみを泣きたい。また我が祖国の可哀相な、苦しい目に遭っている同胞を訪ね、あの美しい我が郷里を眺めたい。だが僕は、僕には、僕にはできない。……」

李孟漢《イメンハン》は涙を流した。スルタン・サダも平素は話し好きだが、今は沈黙の愚物と化していた。僕は李孟漢の悲しげな表情を見、またあの地獄の中の高麗の人民を思って、震え出しそうだった。李孟漢はハンカチでちょっと目を拭うと、また僕を見つめて言った。

「維嘉《ウエイジア》、君は実は言い当てていた。君はいつも僕に何か悲しい心配事があると言っていたが、そうだ、祖国の滅亡、同胞の受難、愛する人の無念の死、これこそ世界で最も悲しいことではないだろうか。維嘉、僕がもし祖国解放の望みを抱いていなかったなら、いつの日か僕の雲姑《ウンゴ》の墓を見ることができると思っていなかったなら、僕はおそらくとっくに自殺していただろう。僕は自分の意志は強固だと信じている。僕には涯のない悲しみがあるが、まだ熱い望みを抱いている。僕の雲姑が高麗のために死んだことを知ったから、僕が高麗を解放しようとするのは、僕の雲姑の魂を慰めることであり、雲姑の復讐でもあるんだよ。維嘉、僕の言うことが分かるかい」

「君の言うことは分かるよ、李孟漢。でも、望みは当然だが、悲しみは少しでも減らしたほうがいいと思う。よし、今君と雲姑の恋愛の顚末を話してくれよ。ラジェーエフ教授が病気になって明日の午前中は授業がない。僕らは少しばかり夜更かししても大丈夫だ。スルタン・サダ、君何考えてるんだ。どうして何も言おうとしないんだ」

「彼の話を聞いてボーッとしてしまったんだ。よし、李孟漢、今度は君に恋愛の歴史を話して貰おう」

李孟漢は自分と雲姑の歴史を語り始めた。

「ああ、友よ、僕は本当に僕と雲姑の恋愛の歴史を話したくない——いや、話したくないんじゃなくて、話すのが辛いんだ。話せば悲しくなって、泣いてしまうだろう。世界に僕の雲姑ほど美しく、可愛く、忠実で、人を敬服させる女性はいないと思う。多分実際にはいるだろうが、僕にとっては雲姑しかいない。ああ、雲姑だけなのだ。君たちはしょっちゅうこの女性がいい、あの女性が綺麗だ……と言うが、僕にはずっと聞く気がなかった。雲姑の外に、僕の愛情を占有でき、僕の想像を誘う女性はいないから。僕の愛情はとっくに青草となって、雲姑の墓土の上に生い茂り、血を吐くほととぎすとなって、雲姑の墓の傍らのポプラの枝で悲しく鳴いており、金石となって、雲姑の白骨の傍らに埋められ、永遠に消滅しない副葬品として千年だって腐らせない、縹渺たる青い煙となり、雲姑の霊魂と一つに化して旋回し、まつわりついているんだ。友よ、僕にどうしてこれ以上女性のことを語り、恋愛の美しい夢を見る気があろう。……」

「高麗は海に臨んだ島国だ。君らが地理を勉強していれば、多分知っているだろう。我が高麗は本当に気候温和で、自然の美しいところだと言えよう。三方が海に臨み、温帯に位置し乾燥してもいないし、寒くもなく、山や川だろうが、樹木だろうが、海風の恩恵を蒙って、すべてがきわめて美しく清らかだ。高麗の国民はこのような地理的環境の中に置かれ、性質はもちろん生まれつき穏やかで優しく、言わば温和な国民なんだ。無念にも高麗が日本帝国主義者に併呑されてから、温和な国民は際涯のない苦痛の中に陥ち込み、もはやその美しい山河を楽しみ、温かい海風がそよぐ空気を呼吸することはできなくなった。日本人は高麗を悲哀、痛苦、残忍、暗黒、虐待、むせび泣き……で満たし陽も月も光を無くし、山や川もそのため色を失った。数千年の主人公が、大きな災禍に沈んだのだ、山や川に魂があるなら、そのために憤らずにおれるだろうか。おお、我が悲しみの高麗よ」

「維嘉、君は鴨緑江が高麗と中国の天然の国境だということを多分知っているだろう。鴨緑江の河口——河の水と海水がぶつかるところに、小さいけれどとても美しいC城がある。C城は鴨緑江の河口にあり、交通が便利な関係で、とても賑わっている。一方は河に面し、一方は海をひかえ、樹木は青々とし、丘が起伏して、実に風景のいいところなんだ。ああ、数えてみれば、僕はもう六年間美しいC城の懐を離れているんだ。僕は高麗が好きだ、とりわけ高麗のC城が好きだ。それは僕の生まれた場所、僕と雲姑の故郷、僕と雲姑が子供の時から一緒に成長した郷里だからだ。友よ、僕は本当にC城に戻り、雲姑と子供の頃遊んだ場所が、今どうなっているか見たい。だが、今の僕にとって、それは全くの幻想だ」

「C城の外に、柳と松が混生する林がある、町と五百メートル程しか離れていない。この林はちょうど海岸の上にあり、船に乗ってC城を過ぎると、その黒々とした林をはっきり見ることができ、それが海に映す影も見ることができる。林の中はずっと平坦な草地で、時たまぽつんぽつんと大きな石が幾つか仰臥している——それらがどこから運ばれて来たのか、僕にはよく分からない。この林は冬になると、柳は枯れてしまうが、松は青々とした枝葉を茂らせ、あまり枯れ落ちることもない。しかし春夏になると、柳の枝の緑の波がゆっくりと舞うようにうねり、鳥たちはさまざまな天然の妙なる曲を歌い、蝉は大いに喉を張り上げ、人に優しさを感じさせる穏やかな海からの風は、そよそよと清々しさを沁みこませ——この林は本当に自然の素晴らしさを楽しめる場所なんだ」

「もう十数年も前のことになってしまった。雨さえ降らなければ、二人の子供——男の子と女の子——が殆ど一日中この林で遊んでいた。二人の子供の歳は同じ位、どちらも六、七歳の年格好で、彼らの顔付きはまるで一組のこの世の天使のようだった。その男の子のことは暫く置いておいて、天使のような女の子のことを話そう。彼女のバラのような小さな顔、秋水のような生き生きした瞳、辰砂のように朱く柔らかな唇、玉で作ったタケノコのような小さな手、黒雲のようにふわふわしたお下げ、さらにその優しさと善良さを感じさせる二つの小さな笑窪、ああ、僕にはとても形容できない、まるで天から降りてきた天使のようだった。友よ、君たちは僕の形容の度が過ぎると言うかも知れないが、実際には僕にどうして彼女の万分の一も形容できよう。僕にはただ彼女を想像することができるだけで、絶対に彼女をうまく形容できない。

「この二人の子供は毎日林で遊んだ。ある時は林の草地で駆けっこをした。ある時は枝を拾ってきて小屋を作り、この部屋は僕が使う、その部屋は君が使う、もう一間は母さんに使って貰おうなどと笑いながら話した。ある時は小石を拾い海辺に駆けていって投げ、どっちが遠くに投げ、しかも大きな音をたてるかを競争した。ある時は草地に並んで仰向けに寝転がり、空を次々と白い雲が飛んでいくのを見ていた。ある時は果物や木の実や鍋を持って来て宴席を設けお客様ごっこをした。ある時は並んで座り、大石にもたれて父さん母さんのこと、人から聞いた話や明日何をして遊ぶかを語り合った。ある時は手を取り合って海岸に立ち、船舶の往来や海水の起伏……を見ていた。二人は喧嘩をすることもあったが、殆ど稀で、しかも喧嘩をして数秒後には仲直りし、恨みを残すことなどなかった。二人は離れることのできないカップルで、一緒にいない時がないほどだった。二人の子供は何の憂いもなく、一日中自然に育まれていた、何と幸せだったことか。

「友よ、この二人の子供が十数年前の僕と雲姑《ウンゴ》なんだ。ああ、それはもう十数年も前のことになってしまった。過ぎ去ったものを、どうやって取り戻すことができよう。僕と雲姑がふたたびあの頃の幸福な生活を過ごすことのできるどんな方法があろう。僕はとても幸せだったが、思い返せば、またとても悲しくもなる。

「僕と雲姑は二人とも貴族の末裔で、僕の姓は李《イ》、雲姑の姓は金《キム》、維嘉《ウエイジア》、君は或いは知っているかもしれないが、金と李の二族は高麗では有名な貴族だ。日本が高麗を併合してから、僕の父親と雲姑の父親は官を辞し、野に隠棲した。彼女の父親と僕の父親はとても良い友人で、しかも家系から言っても、極めて近いいとこ同士なんだ。僕らの家は林のそばにあり、距離も十数歩しか離れていなかった。二人の老人は亡国の恥辱と同胞の受難を深く憤ったが、一木大廈を支え難く、何もできず、それで隠退し、山水に憂さを晴らすことにした。二人は時々炉を囲んで酒を暖め、話が悲しみの深部に及ぶと、共に高歌し慟哭した。その頃は僕と雲姑は幼くて何も知らなかったので、いつも二人の老人のそんな様子を見ていたけれど、その理由が分からず、幼い心に刺激の波動が起こっただけだった。その後僕と雲姑の歳は段々大きくなった。それで彼ら老人の話すことも、ある程度分かるようになった。しかも彼ら老人は話をしていても、もし僕らがそばにいると、しばしば話を中断して、僕らを見ながらそっと涙を流すのだ――それは本当に二つの幼い心に消すことのできない印象を刻みつけた。

「今はしばらく彼ら老人のことは置いておこう。僕と雲姑は本当に生まれながらのカップルで、小さい時から仲が良く、片時も離れずに暮らしていた。僕らには家の区別がなく、時には彼女が僕の家でご飯を食べ、時には僕が彼女の家でご飯を食べ、食事は必ず同じテーブルでなければならず、でないと僕らは食事が喉を通らなかった。彼女の母親と僕の母親も、父親らと同じようにとても仲が良く、僕らに対する態度も分け隔てをすることはなかった。僕と雲姑はこんな家庭環境に置かれていたんだから、本当にこの上もなく幸せだった。その後僕らはやや成長し、勉強を始めると、雲姑の父親が先生をした。僕らの読む本は同じで、先生が僕らにする授業も同じ量だったが、雲姑の賢さは僕より優っていたので、僕を色々手助けしてくれることも多かった。毎日勉強は三、四時間に過ぎなかったので、授業が終わると、僕らは手を繋いで林か海辺に行って遊んだ。

「ああ、こんなことがあった、面白い話なんだ。僕らの家の近くに一人の親戚の家があって、僕の母方のいとこに当たるんだが、彼が結婚する時、僕と雲姑は二人の母親に連れられて見に行ったんだ。次の日僕らが林で遊んだ時、そっくりに真似をして――彼女は花嫁になり、僕が花婿になった。それは穏やかな風に緑の草がなびき、花や鳥に心もなごむ春の日だった。僕らは遊びがつまらなくなって、突然花嫁と花婿の真似をすることを思いつき、僕は沢山の花を摘んで彼女のお下げに挿し、彼女も俯いて花嫁の格好を真似、僕は彼女の手を引いてしずしずと歩いた。二人は幼くて無邪気で、花嫁と花婿の格好を真似たものの、本当は花嫁と花婿がどんな関係のものなのかまだ知らなかった。一組の新郎新婦がちょうど歩いていると、突然林の右手から二人の人が現れ、それは彼女の父親と僕の父親だった。彼らは僕らの前に来ると、不思議そうに『お前たちはどうしてこんな格好をしているんだ』と訊ねた。僕らはそうやって遊んでいたんだが、彼ら老人がやって来るのを見て、知らず知らずに恥ずかしそうな顔付きになった。『僕らは花嫁と花婿の真似をしてたの、この子は花嫁で僕が花婿——僕らそうやって遊んでいたの』、僕が恥ずかしがって答えると、二人の老人はそれを聞いて笑い出してしまった。僕の父親が彼女の父親に訊ねた、『兄さん、この一組の新郎新婦面白いと思いませんか』。雲姑《ウンゴ》の父親は手で細くて長い髭をいじりながら、僕らをじっくりと何度も見て、何か思いついたかのようだった。それから微笑みながら頷き、また僕の父親に言った。『確かに面白い。この二人のおチビさんがこんな遊びをやるなんて思ってもみなかった。いいだろう、弟よ、儂らは二人の前途の幸せを祈ろう。……』その時僕には雲姑の父親の話の深意は分からなかったが——彼はすでに雲姑を僕に嫁がせることを秘かに許していたのだ。

「光陰はまさに矢の如く飛び去り、本当に速く時が過ぎていった。僕と雲姑の生活はあんなにゆっくりと過ぎていったのに、知らず知らずにもう十一、二歳になっていた。僕らは日一日と歳を重ねたが、互いの感情はそのために疎遠になることはなく、両親も僕らを制約しなかった。毎日やっぱり一緒に勉強し、一緒に林で遊んだ。雲姑の父親はとても優しい人で、決して暗愚な教師の態度で僕らに対することはなく、時々彼は幾つかの歌を教えて僕らと歌った。春の頃、林の鳥の声は最高の音楽で、僕と雲姑は遊んでいて愉快になると、歌を唱って鳥とコーラスした。ああ、鳥と言えば、僕はまたひとつ思い出してしまった。ある晩、僕の父方のいとこが僕の家に来て、僕の遊び相手にと緑のカワセミを一羽持ってきてくれた。カワセミは竹籠の中に入れられていた。僕はその時すごく嬉しかった。そのカワセミはとても美しく、綺麗だったから。紅い嘴、緑の羽根、黄色い爪、本当に愛嬌があった。君達の国にこんなに美しい鳥がいるかどうか知らないが、我が高麗では、この緑のカワセミはとにかく美しいんだ。時間が遅かったので、雲《ウン》姑《ゴ》はもう寝ているだろうから、彼女を呼んできて新しく手に入れた宝物を見せることはしなかった。僕はその夜全然眠れなかった。鳥籠を軒下に吊したので、猫に飛び掛かられないかと心配したり、明日雲姑にカワセミを見せたらどんなに喜ぶだろうと考えたり、残念なことにいとこは一羽しかカワセミを持ってきてくれなかったが、もし二羽持ってきてくれていたら、一羽を雲姑に分けてやれてもっと良かったのにと考えたり……カワセミ一羽のために、僕は一晩中思考を費やしてしまった。

「次の日夜が明けて、ベッドから起きると、母親はどうしてこんなに早く起きるのと聞いた。僕はいいかげんに二言三言答えると、顔も洗わず、大慌てで雲姑の家に駆けていった。その時雲姑はまだぐっすり眠っていたが、僕は彼女のベッドに駆け寄って揺り起こした。『早く起きて、早く起きて、雲姑。とても綺麗な緑のカワセミを貰ったんだ。ああ、本当に綺麗だよ。早く起きて見においで……』。雲姑は訳が分からず、小さな手で小さな両眼をこすり僕を見たが、それでも慌てて服を着て、ベッドを下り、あとに付いて僕の家まで来ないわけにはいかなかった。僕は鳥籠を軒下から下ろし、丸椅子の上に置いて雲姑によく見えるようにしてやった。雲姑は案の定すごく喜び、『私たちちゃんと世話しなくっちゃね。死なせたり逃がしたりしないようにしなくっちゃね』と言った。誰が予想しただろう、雲姑が手を放すのも惜しいので鳥籠を撫でているうちに、不注意に鳥籠の口を開けてしまい――賢いカワセミがこの隙にチーッと鳴いて飛び出し、空に飛んでいって、あっと言う間に影も形も見えなくなってしまったのだ。僕は自分の宝物が飛んでいったのを見て、腹は立つし悔しいし、泣きそうになって、雲姑を責めた。『君を呼んできて見せてやったのに、どうして逃がしてしまったんだ。……君には絶対僕のカワセミを弁償してもらう、さもなきゃ絶対君を許さない……君のママに言いつけに行く……エーン……エーン……』、雲姑は鳥が飛びさってしまったのを見て焦って顔を真っ赤にし、また僕が泣き出し、しかも彼女に弁償しろと言うので、彼女も大声で泣き出してしまった。彼女は私はわざとカワセミを逃がしたんじゃないと言い、カワセミを手に入れて弁償することはできない……と言ったが、しかし僕はその時泣けば泣くほど悲しくなり、どうしても雲姑に弁償させようとした。二人はめちゃくちゃに泣いて、僕の両親を驚かせ、二人が部屋から駆け出してきて、どうして朝早くからこんなに泣いて喧嘩しているんだ、どんなおおごとがあったんだと訊かれた時、僕は泣きながら『雲《ウン》姑《ゴ》が僕のカワセミを逃がした、絶対弁償してもらう。……』と言った。雲姑は慌てて『いや、違うわ。私はわざとカワセミを逃がしたんじゃない。漢《ハン》兄さんは私に弁償しろって言うけど、私はどこから手に入れて弁償するの。……』と言った。『なんだ、そういうことだったの。鳥が一羽逃げただけで、どうしてこんなに天地がひっくり返るほど大騒ぎしなくちゃいけないの。雲姑、いい子だから泣かないで。絶対あなたに弁償させないから、お帰りなさい』。雲姑が泣きながら帰っていくと、母親が僕の頭を撫でながら、ひとしきり慰めてくれたので、僕はやっと泣くのをやめた。

「その日僕は授業に行かず、一日中ふさぎこんで家の中に座り、ずっと何かをなくしてしまったように感じ、心には時々悲しみに似て悲しみと違う波動が起こり、いつものように愉快に落ち着いてはいられなかった。それはカワセミを失ったせいではなく、雲姑が目の前にいないせいで、僕は初めてひとりぼっちの苦い味を味わった。ひとりぼっちの寂しさを感じては雲姑を想い、彼女を想うとその感情をそこね、辛い思いをさせるべきではなかったと深く悔いた。『ああ、すべて僕が悪い。一羽のカワセミがどれほど大事だろう。ましてや雲姑はわざとそうしたんじゃない……あの子もカワセミが好きだったんだし……僕はどうして彼女に無茶な要求をしたんだろう。……すべて僕が悪いんだ、彼女に謝らなくちゃならない。でも、雲姑は僕にこんなにひどい目にあわされたので、たぶんきっと僕のことを相手にしなくなるんじゃないだろうか。もし謝りに行っても、あの子が僕を相手にしなかったら、いったいどうしたらいいんだろう。……』、僕は様々に考えたが、どうしたら良いか分からず、最後にはまた泣きだしてしまい、泣いてますます悲しくなった。泣いたのはもちろんカワセミのためではなく、雲姑のためであり、僕自身がカワセミ一羽のために雲姑に辛い思いをさせるべきではなかった……と思ったからだ。

「友よ、それは僕が生まれて初めて感じた人の世の悲しみだった。僕はもう雲姑に謝ることに決めていたが、彼女が本当に怒って、二度と僕を相手にしなくなるんじゃないかと恐れた。ちょうどもう晩ご飯を食べようという時、雲姑の家で使っている老女中が一通の手紙を持ってきた。その封筒の筆跡から、彼女が僕に書いたものだと分かったので、僕は恥じ入りながら老女中に『雲姑は今日元気だった?』と聞いた。『雲姑?雲姑は今日殆ど一日泣いていたよ。たぶんあんたと喧嘩したんじゃろう。ああ、仲良く遊べばよいものを、何であんたはまたあの娘と意地張ってやりあうんじゃ。ほら、この手紙は雲姑があんたに届けてくれって言ったもんじゃ』、老女中は不機嫌そうに言い終わるとすぐ帰っていった。雲姑が殆ど一日泣いていたと聞いて、僕の小さな心は苦しみの深い穴に落ち込み、どうしてこんな大きな罪をひき起こさねばならなかったのかと自分を心底呪った。手紙を手にしながら、僕には開ける勇気がなかった、中に書いてあるのが仲直りの言葉か、それとも絶交の言葉か分からなかったから。僕は結局恐るおそる手紙を開いた。……」

スルタン・サダは李孟漢《イメンハン》が話し終わるのも待たず、せっかちに口を挿んだ、「手紙にはいったい何て書いてあったんだ。いい知らせ、それとも悪い知らせ? 李孟漢、気をもませるなよ」、李孟漢は微かに笑って、手でストーブの中のポプラの薪をちょっと組み直すと、また自分の物語を続けた。

「もちろんいい知らせだったさ。雲姑は僕に対して、許せないことなんてなかったんだ。その手紙ではこう言っていた、『親愛なる漢兄さん、私は自分が間違ったことをして、あなたに大切な物を無くさせてしまったことを認めます。でも漢兄さん、どうか私を許してください、私はわざとあなたの前で間違いをしたのではないのですから。私を許してくれますか。あなたはきっと許してくれると思っています。今日あなたと一緒にいなかったので、私はどんなに辛かったことでしょう。漢兄さん、私の両眼は泣いて真っ赤になってしまいました。少しは私を可哀相だと思ってください。もし可哀相だと思ったら、どうか明日の朝、私たちがいつも寄りかかっている大石の前で待っていてくださいい。私はあなたに謝りに行きますから。……』。僕がその手紙を読んでどんなに嬉しかったか、君達に分かるかなあ。しかし同時に僕はものすごく恥ずかしかった。僕こそ彼女に謝罪すべきなのに、彼女は逆に僕に謝罪し、許しを求めているんだ。ああ、それがどんなに恥ずかしいことだったか。

「次の日陽が昇る頃、僕は起きると雲姑の誘いに応えようと、海辺の大石に向かって歩いて行ったが、なんと彼女は先に来ていて、もうそこで大石にもたれて僕を待っていたんだ。僕が『雲姑!』と呼ぶと彼女も『漢兄さん!』と呼ぶ——僕らは互いに見つめ合い、何も言えなかった。彼女は両眼を潤ませると、僕の懐に跳び込んで来て、二人はまた抱き合ってひとしきり大泣きした。何で泣いたんだろう、嬉しすぎたからか、それとも悲しかったからか、……

泣いている時にはそんなことを感じなかったが、いまでも僕には答えられない。その時青草の上には明るい露の珠がきらめき、林の鳥たちは清く優しく朝の歌を奏で、静かな海には時々柔らかな波紋が起こり……鮮やかな紅い日輪がゆっくりと昇り始め、その柔らかな光が抱き合ってしきりに泣いている子供達を照らした。

　李孟漢《イメンハン》はここまで話して話をやめた。彼のその時の顔には明らかにゆっくりと悲しみの表情が増し、わずかにとどめていた楽しい笑いの痕が次第に彼の顔から消えていった。彼は両手を組み、両の眼はじっとストーブの中の焔を見つめていた。僕は心理学を研究したことはないが、この時彼の心の弦にまたも悲しみの震えが起こっているのを感じた。数分間沈黙が続いたが、スルタン・サダはせっかちで、何でも最後まで聞き糾さねばならず、それ以上沈黙が続くのに耐えられなくなって、李孟漢に言った、「君の話はまだ終わっていない。どうして話を続けないんだ。僕が夢中で聞いているのに、君は突然話をやめる、そんなのはダメだ。李孟漢、君の物語を最後まで続けてくれよ。そうでないと、僕は今夜眠れないよ。維嘉《ウエイジア》が先程言ったけど、あすの午前中は授業がない。少しぐらい遅くまで起きていたって大丈夫だ、君は何を心配してるんだ。早く、早く話せよ、李孟漢」、僕はもちろんスルタン・サダに同調して、李孟漢に話を最後まで続けるようにけしかけた。僕はふだんは早く寝る方だが、その晩は例外で、睡神は催促に来ず、少しも疲れを感じなかった。

　李孟漢は相変わらず黙っていた。僕もイライラしてきたが、スルタン・サダは怒ったように李孟漢の左手を自分の両手の中に握り、無理矢理彼に物語を最後まで話すよう迫った。李孟漢は可哀相なほどで、僕らを何度か見、まるで憐れみを乞うている風だったが、やむを得ずまた再び口を開いた。

「ああ、僕はここまで話したのだから適当なところでやめた方がいい、これ以上話す必要はないと思うんだが。これ以上話し続ければ、僕自身が辛くなるだけじゃなく、君達聞く方も多分面白くなくなるだろう。仕方ない、スルタン・サダ、僕の手を放せよ。話せばいいんだろう。ああ、話すよ、話すよ……僕には話を続ける気持ちなどないのだが……君らは本当に悪ふざけが過ぎる。……

「僕と雲姑《ウンゴ》がその時喧嘩してから、二人の間の情愛は更に深くなっていった。だが僕らの情愛は僕らの年齢に従って——僕と雲姑は同じ年の生まれだが、僕が彼女より数ヶ月年上なんだ——次第に変化していった。それまでの情愛は全く無邪気なもので、子供のもの、無自覚なものだったが、やがて、それは次第に子供の情愛の枠を離れ、自覚の時期に入り、僕らは互いに愛し合わないではいられないとぼんやり感じるようになった、何故なら僕は彼女のものであり、彼女は僕のものであって、将来の生活において永遠に離れられないカップルだったから。友よ、僕は本当にあの頃の心境を表現できないんだ、しかも僕のロシア語はあまり上手くないし、ましてや文学の才能もないから、本当に上手く形容できないんだ。

「時の流れるのはとても速く、休みなく人が歳をとることを催促する——僕と雲姑は知らぬ間にもう十四歳になっていた。ああ、十四歳のこの年に、友よ、僕の悲しい不幸な生活が始まったといえるだろう。ことわざには『天に不測の風雲あり、人に一時の禍福あり』とあるが、我が高麗には、友よ、一時の福はないが、一時の禍はある。すぐには受け容れられないかもしれないが、家で何もしていなくとも、それでも命は保証されないんだ。日本人の警察、帝国主義者の手先は、気が向けば高麗人を逮捕でき、勝手に謀反の罪名を被せて、即刻斬罪や銃殺にできるんだ。ああ、日本人の高麗での人殺しや悪事を、君らは想像できるだろうか。君らの想像力がどんなに豊かでも、恐らく高麗人が日本帝国主義者から受けている虐待がどんな程度のものなのか想像できまい。

「僕の父親は高麗の独立回復に熱心な人で、それは僕も知っていた。その年に、ある高麗人が日本の警官を殺すと、日本当局はこともあろうに僕の父親に主犯の嫌疑を懸けたんだ——その詳しい事情は僕には全く分からない。あげくの果てに、父親は捕まって銃……殺……されてしまっ……」

スルタン・サダはびっくりして立ち上がり、叫んだ、「まったく何てことだ、何てことだ。おお、日本人が君らの高麗でそんなひどいことをしていたなんて、僕は思ってもみなかった。……」。僕は李孟漢の話を聞いて驚いたが、スルタン・サダのそんな態度も僕を驚かせた。李孟漢はまた涙を落とした。そして泣き声を交えながらまた切れ切れに言った、「僕の父親が日本人に銃殺されると……僕の母親……かあ……母さん……ああ。可哀相な母さん……も海に身を投げて死んでしまった……」。スルタン・サダは目をむいたまま声も出せず、まるで木偶のようになってしまい、僕も両眼がぼやけ、涙がもう少しであふれ出そうだった。皆は再び沈黙した。窓の外の風はこの時ますますビュウビュウと狂ったように叫び、突然万馬が疾駆し、突然波濤が怒号し、突然千軍が叫喚し、突然天地が覆《くつがえ》ったかのようであった。……それは高麗の運命を悼み悲しんでいるのか、それとも李孟漢《イメンハン》の不平のために鳴るのであったろうか。

李孟漢は泣きやみ、ハンカチで涙を拭くと、また悲しそうに続けた。

「もし雲姑《ウンゴ》がいなかったら、もし彼女のしとやかな忠告がなかったら、友よ、僕はとっくに両親の後を追っていた。今この場所にどうして僕李孟漢がいただろう、君らがどうしてこのモスクワで僕に会えただろう、今晩どうして僕の話を聞けただろう。……ああ、雲姑は僕の恩人だ。ああ、雲姑は僕の命の励ましだった。

「両親が二人とも無惨に死んだ後、僕はひとりぼっちになった。雲姑の父親（彼もすんでのところで警察に捕まるところだったが、多くの人の証明によって、幸いにも事なきを得たんだ）は僕を自分の家に引き取って、自身の息子のように世話してくれた。だが僕は一日中ひっきりなしに泣き、ずうっと自殺の方法を考えていた、両親が無惨に死んだからには、ひとりぼっちの僕にはもう生きる意味がないと思ったからだ。雲姑も僕のため、もちろん非常に悲しみ、殆ど食事も喉を通らないほどだった。彼女は賢い女の子だったから、僕の態度の異常を感じ、僕があさはかな料簡を起こすのを心配し、僕の行動には特別注意していた。僕が彼女に自殺したい気持ちを打ち明けると、彼女は泣き出した。彼女はあれこれと僕を説得し、将来歩むべきいくつかの道を指し示してくれた。ああ、僕の雲姑、彼女は本当に敬服すべき少女だった。彼女の見識は僕の何倍も高かった。彼女は言った、あなたはその身を将来のために残すべきだ、将来必ず復讐する日が来ると。彼女は言った、死んでしまっては何の意味もない、一人前の男はあさはかな料簡を起こすべきではないと。彼女はこうも言った、もしあなたが死んだら、私はきっと泣き死んでしまうが、あなたの心がそれに耐えられるかと。……雲姑の話は情理に適っており、彼女の聡明な考えは実際僕の及ぶところではないと思って、それで僕は自殺の考えを捨てたんだ。しかも僕はその時自殺しようと思っていたが、心の中にはいつも捨てることのできない何かが引っかかっていた――それは何か、それこそ雲姑だ、僕の命を託した雲姑だったんだ。友よ、考えてみてくれ、もし雲姑が僕を励ましてくれなかったら、今君らが僕李孟漢と一緒にいる機会があっただろうか。

「その時から、雲姑はまったく僕の優しく慈悲深い母親に変わってしまった。彼女は僕を慰め、守り、気遣い、それこそ至れり尽くせりといえるほどだった。僕は彼女に腹を立てることもあったが、彼女はいつも我慢して、少しも僕を責めることはなかった。ああ、僕の雲姑、僕の愛すべき雲姑、口惜しいが僕はもう彼女の優しい慈しみを受けることはできなくなってしまったのだ。……

「そんなふうに何事もなくまた二年が過ぎていった。雲姑は大きくなるほどに綺麗になり、ますます前より美しくなっていった。彼女の美しさは、ああ、僕にはまったく形容できない――そう、僕は俗な言葉で彼女のあの仙女のような美しさを形容すべきではないのだ。たぶん世界には僕の雲姑より美しい女性がいるんだろうが、僕の眼には、友よ、君らの言う美しい女性には、僕はまるで気を惹かれることはないんだよ。君らは日頃僕を女性のことを話したがらない頭の固い学究だと笑うが、ああ、君らには分からないだろう、僕の愛情は墓穴のように、すでに雲姑にまるごと眠り込まされてしまっているので、もう別の人がとって代わることはできないんだよ。僕は別に雲姑のために節を守ってるんじゃなくて、世界に彼女以上に愛すべき女性はいないと思っているんだ。僕は雲姑の愛を受けた、これはもう僕の一生の大なる幸せで、これ以上別のものを望むつもりはないんだよ。友よ、君らは僕のこと分かるかい？あまり良く分からないかもしれないね。……

「僕らはもう十六歳になっていた。日本人、ああ、凶悪な日本人が僕をそんなふうに安らかに生活させてくれただろうか。僕の父親を殺し、母親を死に追いやって、それでもまだあいつらは満足せず、あいつらは更に、ああ、更に僕の命まで求めたのだ。高麗人が日本人に対してどんな申し訳ないことをしたというのだ、どうしてあいつらがなにがなんでも高麗人の種を滅ぼし、一人残らず殺そうとするようになったのか、僕には分からない。……年齢が次第に大きくなると、日本の警察の僕に対する注意と監視も、次第に厳しくなっていった。警察が僕を逮捕するという噂がさかんに撒き散らされた。雲姑の父親はこのような情況を見、日本人がまた毒手を下し、いつか僕を掴まえて殺すかもしれないと深く恐れた。この老人は昼も夜も戦々恐々とし、食事さえ落ち着いて食べられなかった。僕はといえば、自分自身は逆に意に介していなかったが。ある日、この老人は僕を前に呼んで、あたりに人がいないのを確かめ、僕を前にしてはらはらと涙を流した。僕はその時まったく訳が分からなかった。彼は泣き声混じりに言った、『漢ちゃん、お前の両親が死んでから、儂はお前を自分の本当の息子のように思ってきた。お前も多分感じていただろう。儂はもともとお前を自分の手元に置いて成人させようと思っていた。一つにはお前の両親にあの世で安らかに眠って貰うため、二つには儂の生死を誓った友への義務を果たすためだ。ましてや儂はすでに雲姑《ウンゴ》をお前に嫁がせることを許していたし。しかし今、儂の漢《ハン》ちゃんや、この高麗でお前はこれ以上暮らしていけなくなった……日本の警察がお前に対して、ああ、やつらがどんな悪意を抱いているか誰に分かろう。もしお前が不幸にも、再びやつらの毒手に掛かったら、儂はどうやってもお前に申し訳が立たん、どうやってもお前の亡き両親に申し訳が立たん。ああ、儂の漢ちゃんよ、事ここに至っては、お前は早く脱出を図らなければだめだ。儂はお前のためにすっかり準備した。今晩だ、お……お前……お前はどうしてもこの悲しみの高麗を離れねばならぬ……いつか……ああ、いつかまた会う機会もあるだろう。……』、雲姑の父親は感情を抑えられなくなって思わず声を挙げて泣いた。僕はその時まったく晴天の霹靂に遭ったように、どうしたら良いか、何を話したら良いか分からなかった。友よ、僕のこの時の心境がどんなだったか考えてみてくれ。ああ、幼く弱い僕が突然こんな難題に出くわしたのだ、友よ、君らどう解決したら良いか考えてみてくれ。僕はその時何も言えず、ただ泣くだけで、ただこの老人の命に従うしかなかった。……

「だが僕の雲姑は？ 彼女はもう自分の父親がこの時僕に言ったことを知っていたのだろうか。ああ、賢い雲姑、大義を知る雲姑よ、彼女はもう知っていたんだ。しかも僕がどうやって逃げるかという方法は……すべて彼女と父親で相談していたのだった。彼女はそんなことを願ったのか、僕と離れ、僕一人を異邦に漂泊させることに耐えられたのか。いや、絶対にそんなことはない。だが僕の安全のため、僕の将来のために、彼女は必死に耐えて僕を悲しみの高麗から送り出さないわけにはいかなかったのだ。ああ、彼女はどんなに辛かっただろう。彼女の父親が僕を前に話していた時、彼女は一人自分の部屋で身も世もなく泣きはらし、はらわたがちぎれるほど悲しんでいたのだ。……

「その夜十時頃、一人の老人が一艘の漁船を漕ぎ、鴨緑江の人気のない場所にひっそりと泊めると、葦の生い茂る岸辺に潜んだ。真っ暗な中を、小さなカップルがよろよろとした足取りで、こっそりとその漁船の泊まった岸辺にやってきた。それはまもなく生き別れねばならない一対の鴛鴦で、誰であろうと、ああ、誰であろうと二人の心境がどんなに悲しいものだったか形容できないだろう。彼ら二人は岸辺にやって来ると、突然手に持った小さな包みを地面に投げ、ひしと抱き合い、大きな声で泣くわけにもいかず、声を秘めてウーウーと泣くばかりだった。『私の漢兄さん、あなたはこれから……しっかり身体を大事になさってください……私は永遠に……あなたのものです……世界に正義がありさえすれば……私たちきっと……きっと会える日が来ます……』、『僕の雲姑、ああ、僕の心は……バラバラになって……しまった……僕は君の望みを果たすよう努力するよ……君以外に……世界に第二の人はいない……ああ、君は僕の心の光……光だ……』、二人は泣きながら話していたが、ああ、何と悲しい一幕だったことか。漁船の上の老人は船を下り岸に上がって来ると、手に力を込めて二人を分け、重々しく言った、『まだ何を泣いている。りっぱな男には、必ず高麗の自由を取り戻す日が来る、必ず夫婦再会の日が来る。今ただ泣くのは無意味だ。雲姑、お前は戻れ、戻るのだ。決してここに長く立っていてはならん、人に見られんように気を付けるんだ』。老人は言い終わると、若者をぐいっと漁船に引っ張り上げ、振り向きもせずに櫂を漕いで行ってしまった。おそらく雲姑はなおも岸に立って、漁船が見えなくなるまでずっと見つめていたことだろう。

「ああ、友よ、僕の親愛なる友よ。この鴨緑江の畔の別れが、永遠の別れになってしまおうとは、誰に分かったろう……高麗には自由の時が来るかもしれないが、僕の雲姑、僕の雲姑は！　僕は永遠に二度と彼女の顔を見ることはできなくなってしまった。必ず再会の日が来るなんて言って……鴨緑江の畔は僕の永遠の記念の地だ。毎年河の水はむせび泣き、高麗の運命を悲しく叫び、僕のあの可哀相な雲姑のために恨みを吐いている。……。

「僕はその夜中国の国境へ逃げて二年を過ごし、また中国からこの解放後のロシアに逃げてきて、二年間赤軍の兵士となり、知らぬ間に現在に至り、高麗を離れてもう五、六年になってしまった。だが僕のこの心は一分たりとも高麗と我が雲姑の身を忘れたことはない。僕は出奔してから一通も雲姑の手紙を受け取ったことはない。実際僕ら二人には連絡を取る可能性もなかったんだ。僕は本当に彼女との再会の日をひたすら待ち望んでいたが、彼女が今年の正月早々日本人に殺されてしまうなんて誰に分かったろう。ああ、河には終りがあるが、この恨みは綿々として終る時はない」

「いったい君の雲姑はどんな罪名で死んだんだ」、僕が口を挿んで訊ねると、李孟漢《イ・メンハン》は眉を顰め、低い声を発した、「どんな罪名で死んだかって？　彼女は高麗社会主義青年同盟婦女部の書記で、ある時労働者集会に参加し、日本の警察に捕まり、ストライキ煽動の罪名を言い渡され、収監されて、監獄の中で無念の死を遂げたんだそうだ。法廷で、彼女は日本人の野蛮横暴を口をきわめてののしり、もし高麗の労働大衆が死に絶えなければ、自由な高麗が実現される日が最後には来ると言ったんだそうだ。ああ、なんという壮烈さだろう。このような壮烈な女性は、僕はなによりも神聖だと思う。友よ、この神聖なる彼女の外に、君らは僕のためにもっと愛すべき女性を捜してくれることができるかい。……」、李孟漢《イメンハン》がここまで話した時、突然友達を訪ねに出掛けていたC君が戻ってきた。C君は全身雪だらけで、まるで白鷺のようだったので、突然関心は彼の身に移り……僕らの話も中断した。

時刻はすでに十二時を過ぎていたので、僕らはストーブの火を消し、それぞれ眠りに就いた。しかし僕は李孟漢がベッドに入っても、長い間眠れないのか、ずっと寝返りを打って溜め息を吐き続けるのを聞いていた。

一九二六年一月一四日完稿。

（佐治俊彦 訳）

音楽会小曲

陶《タオ》晶《ジン》孫《ソン》

陶晶孫

（1897-1952）江蘇省無錫出身。1906年来日、錦華小学校、府立一中、一高に学び、19年九州帝大医学部に入学。在学中に郭沫若と知り合い、同人誌『グリーン』に処女作「木犀」を日本語で発表、郭の絶賛を博す。創造社の同人。23年東北帝大理学部に進み、24年郭沫若夫人の妹みさをと結婚、仙台に住み、よく東京に出た。この頃日本の新感覚派の雑誌『文藝時代』などを読み、その影響を強く受ける。29年帰国。郁達夫主編の『大衆文芸』を受け継ぐ。上海芸術劇社に参加。その後、上海自然科学研究所に勤める。大東亜文学者大会第三回大会に出席。46年、台湾大学の接収に当たる。50年に来日、東京大学文学部講師を務め、日本で病死。著作に『牛骨集』（44）『日本への遺書』（52）などがある。

1．春

彼はゆったりとピアノに向かって座っていた。独奏者が舞台中央に座り、会場の視線はすべて独奏者に注がれていた。

――伴奏はしばし休止符で、彼は両手を膝の上に置き、視線を鍵盤の上に落とした――その時、舞台下の聴衆が彼の眼に映った。

Cello《チェロ》の Cadenza《カデンツァ》①が小さな滝のように流れ――彼の視界にはピアノ、独奏者のほかに、息を凝らして演奏に聴き入っている人々がとらえられていた。

突然、彼の眼に見覚えのある顔が映り、心が揺れ動いた。

「まさかあの女《ひと》では」――

彼は独奏者について舞台を離れるとき、彼女にちらりと眼をやった。間違いない。あの女だ！　いや――でも、そんなはずはない。

Encore《アンコール》で再び舞台に上ったとき、もう一度そのお嬢さんをちらっと見た、――白い毛の帽子、ゆったりとしたスプリングコート。

Encoreが終わり、拍手が鳴り響いた。人々がみな立ち上がった。

彼は急いで燕尾服の上にオーバーを着、黒の古い帽子をかぶると、ポケットから今日の音楽会のプログラムを取り出して、こう書いた。

「私は貴女がご存じの者です。先ほど貴女をかつての恋人と見間違えました――貴女がひょっとして本当にかつての恋人なら――いやたとえどうでありましょうとも、私のかつての恋人とよく似ているなどということは、いまの貴女に何ら関わりのないことでしょうが、しかし貴女がかつての恋人とそっくりだというのもまた事実なので、ちょっとお話ができればと思いました。いまそんなことを理由にして貴女とお話がしたいというのは、大変失礼なことかも知れません。ですが、今日ご好意から私共の音楽を聴きにおいでくださったということは、貴女が一時《いっとき》私と話してくださってもいいという理由になるのではないでしょうか」

彼は紙片を仕舞うと、入り口を出た。入り口を出た人たちはもう、彼が今日の伴奏者だとは気づかなかった。会場の外に出ると、男たちや女たちが三々五々連れだって、通りへ向かっていた。急ぎ足でしばらく行くと、薄闇の中に彼女を見つけた。

だが、彼女に近づくことはできなかった。ある感慨が胸をかすめ、もう紙片を渡す勇気を失っていた。

そこで彼は彼女の後についてゆっくりと歩いた。彼女は年上の若い女性と一緒で、彼女たちは後ろで沈鬱な面持でいる彼にくったくのない笑い声を何度も浴びせかけた。彼女たちはCafé《カフェー》 chat noir《黒猫》に入った。彼もその後に続いた。

この小さな町で一番のカフェーはたくさんの文士客で溢れていた。彼は、彼女らの側に座るつもりだったが、見つからないようにと後ろのテーブルに座った。

ストローでOrange《オレンジ》ジュースを飲んでいると、耳元でCelloの旋律が響き、美しいCadenzaが流れ、次から次へと彼女の面影が目にうかび、過ぎし日のことが胸をときめかせた。

*

「僕の恋人のこと？ そう、君に瓜二つなんだ。あっ、その黒子だってある。もう三年も会っていない。三年前？ 三年前は東京にいた。東京は第二の故郷で、僕は東京で育ったんだ。郷里にいたときは、家がとても広くて、母親がひどく心配性だったから入り口の敷居から外へは出してもらえなかった。東京へ来たら、今度は街《まち》がせせこましく、家は狭いものだから、樹木のある野原など見たことがなかった。君、僕がはじめて見た野原がどこか知ってるかい。彼女と僕がはじめて出かけたのが東京の西の郊外の野原だった。その日彼女は僕の家に遊びに来ていたが、帰ろうというときに、お付きの下女に言った、『Kioya《きおや》、おまえ今日はもう少し一緒にいられるのでしょ』。そこで下女は双方の家にうまく取りなしてくれ、僕たちと一緒に郊外に出かけた。その時、僕は十三才だった。上水路の土手にはタンポポが咲き、青空にはヒバリが飛んでいた。彼女は白い靴下を穿いた足を草むらに伸ばし、手は僕のコートの裾を弄んでいた。

『あなたが私と同じ学校だったら、もっといいのにな』

『僕が中学だってことを忘れないでよ』

『ええ』

『やっぱり、遠くへ行っちゃうの』

『いまははっきり言えないわ』

『そんなのひどいよ……』

僕たちはこんな話を交わした。

その後の彼女のこと？ それから僕の家は引っ越し、彼女の家も引っ越した。彼女は女子中学に入った後、父親を亡くした。それから、性格もひどく冷静になってしまった。その頃、僕は、朝いつも回り道をして、学校に行く途中の彼女に出会うようにしていた。だけど、ロシア公使館の裏門の事務室の前で出会っても、挨拶をして、二言三言言葉を交わすだけで、それ以外には親しく付き合うこともなかった。

　ある日、彼女から葉書が来た。『明日の朝は私たちがお会いする最後になります。私は他所《よそ》に行かなければならなくなりましたので、お会いしたとき、どうぞ来てください』

　僕は『お会いしたとき、どうぞ来てください』という意味がどうしても解せなかった――翌朝、僕はいつもの道を行き、彼女に会って、やっとそれがわかった。僕は彼女について行った。お堀端の電車の停車場に来ると、彼女は切符を買った。二枚だった。横に並んで座り、電車の振動がCushion《クッション》を揺らしはじめたとき、彼女は僕に聞いた。

『Baby《ベビー》って何て呼べばいいのかしら』

『赤ちゃんかな』

『ん、じゃあ私の赤ちゃん、私、昨日お母様にあなたが私の家に遊びに来るのを許してくださるようお願いしてみたの。だって私たち幼稚園以来のお友達でしょ』

　僕は彼女の瞳に自分が映っているのを見た。

『でも、私の赤ちゃん、お母様は、婚約もしてない人としょっちゅうお付き合いするのはいけないって……』

　僕は言った。

『僕が中国人で、きみは――』

『わかってるわ。平気よ。もしそれが障害だったら、私たちとっくに毎日顔を会わせるなんてできなかったはずだわ。私たち婚約しましたと、そうお母様にお伝えしてもよくってよ。そうすればいつだってお付き合いできるわ。明日、私たちは海の方にお引っ越しするけど、私は毎日汽車で東京に通わなければならないの。鎌倉海岸って、夏はとてもにぎやかで、春は景色がとても綺麗なの。毎週土曜日に私の家へいらっしゃって、日曜の午後にお帰りになるといいわ』

　私たちはそれ以上何も言わなかった。『武蔵野』の土手にはタンポポがいっぱい咲いていて、堤《つつみ》の下には上水がちょろちょろと流れていた。彼女の髪の毛が耳元で揺らいでいた。赤い帽子と赤褐色のスプリングコート、小さな足に黒い革靴を履いて、彼女は水を見ていた。僕は草むらに座り、黒い革靴を履いている彼女の足に口づけをした。その時の彼女の顔は――いまのきみと少しも変わりがない。

　うん、彼女が今どうしているかって？　そう、それから二ヶ月後、夏休みになり、彼女はやはり海岸にいたが、僕は日光にいた。

　東京に大地震が起きた――その日、彼女は東京に行っており、僕も急いで東京に戻ったが、彼女の生死は結局わからなかった」

＊

　彼は彼女を見つめながら、こう独り言を言った。思い返せば思い返すほどつらかった。彼にも彼女の死が運命のいたずらであることはよくわかっていた。だが、だが、――

　彼は沈鬱な思いに襲われ、眼の前の彼女、過去の彼女もどちらも忘れてしまった。

　彼は不意に立ち上がると、市内の川の高い岸に沿ってゆっくりと歩いた。

　彼女に渡せなかった紙片はまだポケットの中に残されたままだった。

　そして彼の昔の恋人がまた彼の胸の中に戻った。

2. 秋

　彼は一通の手紙を受け取った。

「明日G氏の音楽会においでいただきたく、切符を同封いたしました。お送りしたのが何者か、お知りになりたいとは思いますが、これはあなたを存じ上げているものがいたしましたことですので、どうか悪しからず」

　今日の音楽会は、白菊会というある女学校の同窓会が主催することはわかっていた。だが、白菊会に知っている人は誰一人いなかった。かりに手紙をくれたのが白菊会の人だとしても、会の目的は募金なのだから、切符を送ってくるわけはない。オーケストラのメンバーの誰かとも考えてみたが、その中に切符を送って寄こすものがいるとはどうしても思えなかった。

　夜になり、音楽会に出かけた。

　彼はなんとか「G38」番の席を見つけた。早すぎたせいで場内はまだがらがらだった。帽子を座席の下に入れた。痩せた体に二重回し[2]を着ている彼が腰を下ろすと、やわらかな Cushion はまるで太った女性が座ったように弾んだ。

　顔をあげて舞台を見ると、中央に Pleyel《プレイエル》[3]のグランドピアノが置かれ、左右にそれぞれ棕櫚竹《しゅろちく》の鉢と仄暗い電灯が置かれていた。電車の乗り降りや、銀座のカフェーと通りを歩いた今日の疲れが一時に全身を襲い、彼はうつらうつらしながら座っていた。

たくさんの人が入ってきたようだった。

「あら、H先生？」

音楽家のA女史だった。

「やあ、お久しぶり。喉をやられたのはもう良いの」

A女史はしなを作って言った。

「もう良くなりましたわ、おかげさまで」

「今日はお一人で」

「いいえ、姪と一緒に参りましたの、でもあの子、座席の番号が違いますの」……

彼女は彼の切符を見た。

「あら、私の席、ちょうどお隣ですわ」

「あ、それじゃあ、姪御さんと席を代わりましょう」

「どうかお気遣いなく。私、途中で失礼しなければなりませんので」

二人は座ると小声で話をはじめた。

「いきなり聞いて何なんだけど、昨日僕に切符を送ってくれたのきみではあるまいね」

「いいえ——いいえ、私ではありませんわ」

「本当？」

「送ってませんわ、どうしてですの」

「あ、いや何でもない。昨日誰かが今日の切符を僕に送ってくれたんだけど、たぶん書き忘れたんだろう、名前が書いてなくて、……」

「まあ、女性のお友達がたくさんいらっしゃるから」

「いや男の筆跡だった」

「でも、やはり安心はできませんわ。あら、私、おしゃべりが過ぎちゃって。私たち三年もお会いしていなかったんだわ。それなのにまた思いがけずお会いしてこうしてご一緒に座ってますのね」

「貴女のお隣になれてとても光栄です。これはProbability《プロバビリティ》の悪戯ですよ」

「でも私があなたとお友達という事実は変わりありませんわ」

「三年も音沙汰なしで仲の好い友達と言えるかな」

「まあ、聞き捨てなりませんわ。私は喉をやられ、あなたもお手紙をくださらなかったじゃありませんか！」

「Lady《レディ》に手紙を差し上げて、返事がないのに、それでも続けて手紙を出すというのは僕の体面に関わる問題だよ」

「あら、あなた三年前とずいぶんお変わりになりましたこと。三年前は——」

遠くでベルが鳴り、人々が座席に着く音が大きくなった。

「三年前って？」

「海水浴のとき、私、あなたに水をかけたら、あなたは恥ずかしがって——」

二人の話は拍手の音に断ち切られた。

G氏が舞台に上がり、Debussy《ドビュッシー》を弾いた。

たくさんのピアノ曲が演奏された。彼はもうA女史の香水の濃厚な香りに興奮していた。彼女は唇を彼の耳元に近づけこう言った。

「私、いつもあまりたくさんの曲を聴くことができませんの。今日もいつものように途中で失礼しますわ。たとえばオーケストラなんか、裏庭の芝生に座って遠くから聴いていた方が、会場で聴くよりもずっといいですわ」

G氏がまた演奏をはじめた。

＊

二階のボックス席の手摺り近くに、手にMuff《マフ》④をしている婦人がぼんやりと下を眺めていた。彼女は彼とA女史が話をしているところを直《じか》に見ることができた。

Muff夫人の傍らには彼女の夫が座っていた——彼に切符を送ったのはこのMuff夫人だった。

Muff夫人は上から下を見た。

「あの女性は彼の奥さんかしら。でも切符は私が送ったのに、どうしてこんなに巧い具合に、続きの番号になってしまったの」

夫人は傍らの夫を気にして、頭を夫の肩にもたせかけ、横目で下を見た。

「私が送った切符が逆にあの人たちを並んで座らせてしまうなんて、まったくついてないわ。私、本当に——Aに言ってやりたいわ。『Hは私の昔の恋人なのよ』って。ああ、何てついてないのかしら」

Muff夫人は懸命に気を鎮めようとした。

「あっ」

彼女はA女史がHの耳元に唇を寄せたのを見て、思わず声を出した。

Muff夫人の夫も下を見た。

「Hよ、ほら」

Muff夫人は突然光り輝かんばかりの媚態をみせて夫に言った。なぜなら彼女は自分の賛美者——夫に対して、Hが自分を心から慕っていたと日頃話していたからである。だから夫も勝利者のような眼で再び下を見た。

「彼の隣にいるのは誰だ。二人の様子何か変だな」

Muff夫人は答えなかった。

拍手が鳴り響き、休憩になった。

Muff夫人は下で立ち上がる二人を見ていた。

「私があの人を引っぱり出したのはA女史とじゃれたりするのを見るためじゃなくて、私に夢中だったという文章をまだ書いているあの人をちょっと見てみたかったからなのに、それなのにいまは——」

彼女は夫にうながされて立ち上がった。

＊

A女史の美しい姪がHに紹介された。

Aを送り出した後、HとAの姪は一緒にココアを飲んだ。二人は並んで座り、音楽会の後半部を聴いた。

G氏は一曲もEncore《アンコール》を演奏しないで、会は終わった。

白菊会の娘たちが入り口のあたりに立って、スマートな青年たちを見ながら、ひそひそと言葉を交わしていた。Hは結局切符の送り主を見つけられず、いまこの少女を家まで送ろうとしていた。彼女の車の運転手を見つけ、歩きかけた時、後ろから二人の男女が歩いてきた。Muff夫人は右手を夫の腕に絡めたまま、左手でHの二重回しのふちをそっとたたいて通り過ぎていった。

＊

「あの男《ひと》はまた別の娘さんを送るところだわ――しかし、私には結局一昨年あの男に出した手紙を取り戻す術がない。あの男がやることはすべて自分の名誉、不名誉にお構いなしだから、ひょっとしたら私の手紙を雑誌か何かに発表したりするかも知れない。ああ！　私はいま落ち着いた暮らしを送っているのに、まだこんな不愉快な過去の出来事を引きずらなくてはならないなんて――あの男はあんなふうに自動車を乗りまわしている階級の日本人たちと付き合い、きっと日本女性を、しかもすごくモダンな女性を弄《もてあそ》ぶに違いないわ」

市外電車の中でMuff《マフ》夫人はそう考えた。電車のCushion《クッション》に座って揺られている彼女の目に吊革に掴まっている夫の猪首が映っていた。

3. 冬

「あら、先生」

後で女の呼ぶ声がした。

音楽会が終わった時、声をかけてきたのは、彼からピアノを習っている女子学生だった。

「寒いですわね」

「――」

「そんな格好で寒くありません」

「すこしね、でも歩いているうちに自然に暖かくなるよ」

「今日の先生の指揮とくにすばらしかったですわ」

「音楽など忘れてしまったよ」

「あら、今日の先生何か変ですわ」

「そんなことないよ」

「あ、先生腹を立ててる、そうでしょ、先生怒ってらっしゃる」

「――――」

「今日先生家まで送っていただけます」

「送るどころか、きみに話したいことがたくさんあるんだ」

「えっ」

彼女の濃い眉の下の黒い目が上目遣いに彼を見た――二人の視線が互いに親愛の情を込めた挨拶を交わした。

「ああ、先生。先生モーニングを着てらっしゃる方が、普段お宅の近くでくつろいでおられる時よりも、ずっとすてきですわ」

「誰だっておしゃれをすればすてきになるさ」

「まっ、いまはどんなにすてきな人だってみんなおしゃれする時代ですのよ」

「やあ、それは大変失敬した」

「でもお宅近く散歩してらっしゃる時の先生もとても魅力的ですわ」

「お上手を言って。でも今日きみはどうしてそんなに張り切っているの」

「つまらないこと言わないでください。先生、たくさんお話があると言われましたけど、何ですの」

川に架かっている木橋の袂に来ると、Hは手を差し伸べた。

「あら、先生、他の女の方たちに済まないんじゃありません」

「かまわんよ。もしきみが川に落ちたら、僕に水の中に飛び込んで助けろとでもいうのかい」

「…………」

「お尋ねしてもいいかしら、先生ご結婚はいつですの」

「そんなことはないよ。僕は誰とも婚約なんかしていないんだから」

「でもみんな先生があの方と結婚なさること知ってますのよ」

「そういうことはない。昨日僕は二人の若い女性に手紙を書いた後、ひょっとしたら入れ違えたのではないかと思って、もう一度開けて調べて見た」

「――――」

「一通は架空の女《ひと》に書いた。でも彼女には出せない」

「先生がその手紙を別の人に出したら、受け取った人は迷惑しますわ」

「その後、僕はその手紙をある友人に送ろうと思った。彼の恋人が僕の架空の女とよく似てるんでね。でも僕は軽い嫉妬を覚えたために、こう言った。きみが彼女と結婚できたら、恭しく彼女の手に接吻する光栄を僕に授けて貰えないだろうか、と。そうしたら、何と彼は腹を立てて、行ってしまった。要するにすべては架空のことで、ことは現実になると美しくなくなってしまう。僕の女性というのも、――」

「つまり何ですの」

「きみならどうする――じゃあきみに聞くが、いまもしかりに僕が心からきみを愛しているのに、僕に好意を持てないとしたら、もしもきみにそういう人がいたとしたら、きみは彼にほんのちょっとの同情でも与えることができるかね」

「恋愛の苦悩ですね――先生あなたなら？」

「僕？　僕は完全には彼女を拒絶できないだろう。こうした感情は男の弱点なんだ」

「なら、先生はその人と結婚なさらなくちゃ」

「だが僕には他に架空の恋人がいる」

「どうしようもない先生」

「ねえ、どうしてきみは今日そんなに張り切ってるんだ」

「お話できませんわ……」

「橋の上で手をつないだ時、僕たちとてもうち解けていたのに、なのにきみはまだ――」

「それじゃあお話しします。ただ私、断定はできませんけど、この前Bazaar《バザー》でピアノを弾いたとき、二階からお花が飛んできて、その方がつまり――」

「きみってすごいね――ピアノを弾きながら、それを見たの――」

「からかわないでください。大学の制服を着て、髪が長くて、私、何度も先生にあの方はどなたかお尋ねしようと思いましたが、機会がなくて――今日、私、自分でバラの花を持ってきたんです。ひょっとしたらあの方も聴きに来てくださるかもしれない、そうしたら席を外された時にでもあの方の帽子の中に入れることができるかもしれないと思ったものですから」

「早く言えよ。きみがどうして、どうやって彼を愛するようになり、それで、その後どうなったのか――」

「ちゃんとお話してますわ。でも話には順序がありますもの。思いもかけないことでびっくりいたしましたけど、その方先生の――おわかりでしょ？」

「わからん」

「ま、憎らしい。Cello《チェロ》の」

「どんな楽団でも、Celloを弾いてる奴は必ず女に手を出す」

「いいえ、いいえ、あの方は違いますわ」

「あいつか？ わかった」

「先生、あの方です」

「じゃあ、きみは本気であいつを愛している」

「でも、私心配で……」

「バラの花はあいつに渡したの」

「あの方のオーバーに」

「あいつは記憶力がひどく悪いから、カフェーに入り、酔っぱらい、タバコを取り出そうとしてバラの刺をつかんだりしたら、言いかねないぞ、――と」

「ええ、でも私この間私にくださったバラを一緒にあの方のオーバーの中に入れておきましたし、それに今日あの方がCelloを弾かれた時、私たち眼でご挨拶もいたしましたから、そういうことはないと思うのですけれど、でも私ちょっと気になって……」

「まず手紙を出すことだ」

「ええ――」

「わかった。あいつは寮に住んでいるから、きみはやたら手紙を出せない、ましてやきみは未婚の女性なんだから、男からのラブレターを何通も受け取るなんてとてもできない――きみに聞くが、今日どうしてあいつに送って貰わなかったんだ」

「私、先生とお話して、先生に助けていただこうと思ったものですから」

「ああ、そういう目的だったのか。それじゃあ僕は必ずきみの力になってあげよう。何といっても連絡を取ることが肝心だ」

「はい、先生、本当に？」

「うん――あいつもきっときみを愛してると思うよ」

「――」

「まずは連絡を取ることだ。もしきみたちが具合が悪いのなら、僕が郵便配達に成ってもいい。僕は心からきみの力になりたいんだ。明日の朝、あいつに会って話してあげよう」

「先生、ほんとうれしいわ」

「抱きついてきちゃ駄目だ。あれ、泣いてるのか。だめだよ、もうすぐお宅なんだから」

「でも先生はどうすればいいのかしら……」

「そんな哀れな話はよすんだ……」

「でも私、気になって」

「そこまで言うのなら、僕も――僕はあちこちをさすらい、どこにも家庭のない放浪者なんだ。だからただ架空の愛を語っているだけなんだ――それは詩だ、詩なんだよ。だからきみも僕のために気に病む必要はないんだよ」

「でも先生はおっしゃったでしょ、架空の恋人へのお手紙をお友達に出されるって、そのお友達って？」

「そんなことはないんだよ、――」

「信じられません」

「――ん、それは――」

「わかりましたわ。私はせめても自分に同情してくれる人がいるなんてことさえ信じたこともなかったんですけど、でも先生の架空の手紙は、――」

「いや、そんなことはない」

「先生のお声ふるえてらっしゃる……」


――――


彼女の家の前についた。

「さあ、ついた。幸せな人の夢を見てくれ」

彼女は黙っていた。

彼は帽子を取ると、恭しく騎士が淑女に対する大時代的な礼をし、彼女の手に接吻した。彼女は彼のオーバーからBaton《バトン》⑤を取り出した。

「どうかあの方を愛することをお許しください。Batonは私に頂かせてください。では明日また」

「うん、今日は有り難う」

突然、彼女は彼の頭を抱いて、彼の唇に接吻した。

彼はモーニングにオーバーをはおると、もとの道を引き返した。

一九二五、十二、六

（小谷一郎訳）

〔注〕
① Cadenza　最終小節。
② 二重回し　男性の和服の外套。
③ Pleyel　フランスのピアノ製造メイカー。
④ Muff　毛皮や厚地の布を筒状に縫ったもの。両側から手を入れて暖める。
⑤ Baton　タクト。

上海のフォックストロット（ある断片）

穆《ムー》時《シー》英《イン》

穆時英

（1912-40）浙江省慈渓出身、上海で育つ。銀行の幹部だった父が、穆時英15歳のとき株に失敗、家庭は没落する。中学時代から文学に関心を寄せ、光華大学中国文学科に進学後、海外のモダニズム文学に傾倒する。施蟄存編集の雑誌『新文芸』に掲載された「咱們的世界」（30）が評判となり、雑誌『現代』に寄稿のほか、5年間に『南北極』（32）『公墓』（33）など短編小説集4冊を刊行した。映像的な技法などを取り入れ、視覚や聴覚に訴えかける新しい表現手法を用いて、上海のモダンかつ退廃的な諸相を描き出した作品は文壇に驚きを与え、「新感覚派」の旗手と言われた。日中戦争開始後香港に赴くが、39年末上海に戻り、汪兆銘政権の下で日本軍に協力、翌年6月、国民党によって暗殺された。

上海。地獄の上に造られた天国！
上海西部、大きな月が天辺を這い、大原野を照らしている。灰色の原野に月光の銀灰色が敷き詰められ、濃灰色の樹の影と、村里の大きな影が一つ一つ嵌めこまれている。原野には、線路が弧を描き、天空に沿って遠く水平線へと伸びていく。

林肯路《リンカーンルー》（ここでは、道徳は足下に踏みつけられ、罪悪が高々と頭の上に掲げられる）。

弁当箱を提げた男が一人、そこを通りかかる。片手をズボンのポケットにつっこみ、自分の口から吐き出した熱気が、ゆっくりと濃紺の夜の景色の中を漂うのを見ている。

黒いシルクの長上着に、黒の外套を着た三つの人影がさっと現れた。ラシャの帽子で鼻と下あごしか見えないように隠した三つの顔が前を塞いだ。

「待てよ、兄弟」

「話は終わりだ。兄弟」

「敵味方ってことははっきりしたんだ。今日、俺たちがお前さんを許せねえってわけじゃねえが、お互い主人持ちだ。こっちも食ってかにゃなんないからな、友だち甲斐がないなんて恨むなよ。来年の今日はお前さんの命日だ、覚えとけ」

「笑わせるな、友だちだって——」、弁当箱を放り投げ、片手で相手のピストルを掴み、パンチを繰り出した。

パン！　手が離れ、ひっくりかえり、腹をおさえた。パン！　もう一発。

「この野郎、いい度胸してやがる」

「お別れだ、兄弟」

黒いシルクの長上着は、ラシャの帽子を押し上げて後頭部に載せると、線路を横切って見えなくなった。

「助けてくれ」、数歩、動いた。

「助けてくれ」、また数歩、動いた。

ごうっと吼える声がして、一本のアーク灯の光が水平線の向こうから伸びてきた。線路ががんがん鳴り響き、枕木はムカデのように光の筋の中を前へ前へと這って行く。電柱は見えたかと思うと、たちまち暗闇に隠れ、「上海特別快速」が腹を突き出して、だ、だ、だ、フォックストロット[1]のリズムで、夜光の珠を口に含み、龍のように駆け去る、弧線の上を。口を開けてまた一声吼えると、一本の黒い煙がしっぽのほうへと伸びた。アーク灯の光が地平線に潜っていき、すぐに見えなくなった。

また静まりかえった。

踏み切りの前では、車のアーク灯の光が交錯している。

踏み切り番は赤と緑の旗を逆さに持って、白い顔に赤い唇、ルビーのイヤリングをつけたような踏切板を引き開けた。それと同時に車たちが踏切板を追いかけて飛び去って行く、長い列。

白いペンキが塗られた街路樹の腿《もも》、電信柱の腿、すべての静物の腿……Revueのように、おしろいを塗りたくった太腿を交互に伸ばす娘たち……白塗りの腿の行列。その静かな大通りに沿った住宅の窓からは、都会の目玉のように、カーテンを透かして、ピンクや紫や緑の灯《あか》りがあちこちでひっそりとこぼれている。

車が別荘風の小さな洋館の前に停まり、プップーとクラクションを鳴らした。劉有徳《リウヨウトー》氏のふち無し帽の珊瑚の飾りが車のドアからのぞき、黒いポプリンのチョッキの二つのポケットから下がっている金時計の、その鎖についた何枚かの金貨が、チリンチリンと音を立てて笑いながら、彼を車の外に送り出し、部屋の中へと運び込んだ。半ばまで吸ったシガーをドアの外に投げ捨て、客間にはいって腰をおろすと、階段の絨毯を踏む軽やかなヒールの音が響いた。た、た、と。

「お帰りなのね」、明るい笑い声がして、息子の嫁くらいの年齢ながら、法律上は彼の妻である夫人が走り込んで来ると、彼の鼻をつまんで言った。「早く。三千元の小切手を書いてくださいな」

「先週渡したあの金はもう使ったのか」

答えずに手に持った小切手帳を彼に渡すと、紺色の絹の上着の大きな袖を引っ張って書斎に連れて行き、ペンを手に握らせた。

「あのなあ……」

「なあに」、小さい赤い唇を尖らせる。

彼女をちらっと見て、サインした。彼女は顔を下げ、小さな唇で彼の大きな唇にキスした。「お夕食は一人で召し上がってね、私と小徳《シアオトー》は出かけるの」、笑いながら走って出て行き、バタンと音を立ててドアを閉めた。彼はハンカチを取り出して唇を拭いた。麻のハンカチにTangeeの口紅の色がついた。まるで娘みたいだ、一日中纏わりついて金をせびる。

「父さん」

顔を上げると、いつの間に入り込んだのか、小徳がそばに立っている。猫を見たねずみのようだ。

「お前、どうして戻ってきた」

「継母《かあ》さんが電話で、戻るようにって」

「どうして」

「金を貰いに」

劉有徳氏は心中おかしかった、この継母と息子とはよくもまあ似ているものだ。

「継母さんはどうしてお前に金を貰いに帰らせたんだ。自分で貰えばいいのに」

「僕にやらせたいんだよ。僕に継母さんを遊びに連れて行かせたいんだから」

突然ドアが開いた。「現金《おかね》、持ってる?」、劉顔蓉珠《リウイエンルンチュ》がまた走り込んで来た。

「少しなら……」

マニキュアを塗ったばかりの小さな手が彼のポケットに伸びて来て皮の札入をつまみ出した。紅い爪がお札を数える。五、十、二十、……三百。「五十残して、多いほうをいただくわ。たくさん残しておくと今夜またお戻りにならないから」、色っぽい目つきをすると、法律上の息子を連れて出て行った。

息子はハンガーのようだ。一日中 Gigolo の読むファッション雑誌を読んでは、大きな折り目がくっきりつくようにアイロンをかけた上着を身につけ、ネクタイは真ん中にくぼみ《ディンプル》を入れて結んでいる。継母の腕を引っ張って車に乗り込んだ。


白いペンキが塗られた街路樹の腿、電信柱の腿、すべての静物の腿…… Revue のように、おしろいを塗りたくった太腿を交互に伸ばす娘たち……白塗りの腿の行列。その静かな大通りに沿った住宅の窓からは、都会の目玉のように、カーテンを透かして、ピンクや紫や緑の灯りがあちこちでひっそりとこぼれている。

一九三二年型の新しいビュイックを運転し、心では一九八〇年の恋愛方式を考えている。晩秋の夜の風が吹いて、息子の襟を揺らし、継母の髪は寒さを感じている。法律上の母が息子の胸に顔をうずめて言う。

「息子だなんて残念だわ」、くすくすと笑いながら。

息子は父が口づけした継母の小さな唇にキスし、危うく車は歩道に乗り上げるところだった。

Neon Light が色のついた指を青インクのような夜空に伸ばし、大きな文字を書いている。英国紳士が一人、前に立っている。紅い燕尾服にステッキを持ち、元気よく散歩をしている。足元に「Johnny Walker: Still Going Strong.」と書いてある。道ばたの小さな草地には不動産会社のユートピアが広がり、ジーシーのタバコを吸いながら上から見ているアメリカ人は、こう言っているようだ。「残念ながら、小人の国のユートピアだ。その大草原には私の片足もおろせないね」

　車の前に人影が現れたが、クラクションが一声吼えると、振り返ってこちらを見、車輪の前から歩道へ逃げて行った。

「蓉珠、僕たちどこへ行こう」

「どこか Cabaret へでも行って、新鮮な遊びをしましょうよ。礼査《アスター・ハウス・ホテル》も大華《アンバサダー・ボールルーム》も、全部あきちゃったわ」

　競馬場の屋上では、風見の上の金の馬が赤い月に向かって四つの蹄を広げている。その大草原の周囲には光の海、罪悪の波が氾濫し、慕爾堂《ムーア・メモリアル・チャーチ》は暗闇に沈んで、ひざまづき、地獄に落ちた男女のためにお祈りをしている。大世界《ダスカ》②の尖塔は懺悔を拒み、傲慢にこの古臭い牧師を見ながら、幾つもの光の輪を放っている。

　濃い藍色の夕闇がホール全体を包み、Saxophone が首を伸ばして、大きな口を開け、ブーブーとわめき散らす。真中のぴかぴかのフロアの上を、翻るスカート、翻る上着の裾、精緻なハイヒール、ハイヒール、ハイヒール、ハイヒール、ハイヒール。乱れた髪の毛と男たちの顔。男たちのシャツの白いカラーと女たちの笑顔。伸ばした腕、翡翠のイヤリングが肩まで下がっている。整然とした丸テーブルの隊列、だが椅子はめちゃめちゃだ。暗い隅には白服のウエイターが立っている。酒のにおい、香水の香り、ハムエッグのにおい、タバコのにおい……独身者は隅に座って、ブラックコーヒーで自分の神経を刺激している。

　踊っている。ワルツのリズムが彼らの腿をめぐり、彼らの足はワルツのリズムを踏んで、ラッタッタ、ラッタッタ。

　息子が継母の耳元に口を寄せて言った。「ワルツを踊っている時にこそ言えることがいろいろあるものだね。君はワルツのベスト・パートナーだ。——ねえ、蓉珠、愛してるよ」

　髪の毛にそっとキスされて、継母は息子の胸に身体を預け小さく笑った。

　フランス紳士になりすましたベルギーの宝石商が、映画スターの殷芙蓉《インフールン》の耳元に口を寄せて言った。「君の唇に浮かんだ微笑《ほほえみ》は、天下の女性たちを嫉妬させる——ねえ、愛してるよ」

　髪の毛にそっとキスされて、相手の胸に身体を預け小さく笑うと、突然、指にダイヤの指輪が一つ増えているのに気づく。

　宝石商は劉顔蓉珠を見ると、殷芙蓉の肩越しにうなづきあって笑った。小徳は身体をひねって殷芙蓉を見ると、Gigolo のように眉毛を上げて見せた。

　踊っている。ワルツのリズムが彼らの腿をめぐり、彼らの足はワルツのリズムを踏んで、ラッタッタ、ラッタッタ。

宝石商が劉顔蓉珠の耳元に口を寄せて言った。「君の唇に浮かんだ微笑は、天下の女性たちを嫉妬させる——ねえ、愛してるよ」

鬢の毛にそっとキスされて、相手の胸に身体を預け小さく笑うと、白いシャツにルージュが捺《お》された。

小徳が殷芙蓉の耳元に口を寄せてそっとささやいた。

「ワルツを踊っている時にこそ言えることがいろいろあるものだね。君はワルツのベスト・パートナーだ。——ねえ、芙蓉、愛してるよ」

鬢の毛にそっとキスされて、相手の胸に身体を預け小さく笑った。

独身男は隅に座って、ブラックコーヒーで自分の神経を刺激している。酒のにおい、香水の香り、ハムエッグのにおい、タバコのにおい……暗い隅には白服のウェイターが立っている。椅子はめちゃめちゃだが、整然とした丸テーブルの隊列。肩まで下がった翡翠のイヤリング、伸ばした腕。女たちの笑顔と男たちのシャツの白いカラー。男たちの顔と乱れた髪の毛。精緻なハイヒール、ハイヒール、ハイヒール、ハイヒール、ハイヒール。翻る上着の裾、翻るスカート、真中にぴかぴかのフロア。ブーブー人々にわめき散らす**Saxophone**は、首を伸ばして大きな口を開ける。濃い藍色の夕闇がホール全体を包む。

ガラスのドアが推し開けられて、この繊細で幻のような光景が打ち破られる。手すりのついた階段を駆け下りると、人力車が二列、路傍に停まっていて、車夫が二手に分かれて立っている。門灯に照らされた道を間に一本あけ、「**Ricksha?**」と言って客を争う。オースティンのミニクーペ、エセックス、フォード、ビュイックのスポーツカー。ビュイックのミニ、8気筒、6気筒、……大きな月が顔を紅く染め、よろよろと競馬場の大草原を歩いて昇って来た。街角では大餅《ターピン》や油条《ヨウティアオ》を売るような声で『大美晩報《シャンハイ・イブニングポスト・マーキュリー》』を売っている。

「Evening Post」

電車ががたんがたんと大安売りの広告の看板でいっぱいの危険地帯に突っ込んで来た。自転車は電車のわきに押しのけられ、見た目にも哀れだ。人力車に乗った水兵が、酔った目をしばたたかせ、車夫の尻に狙いを定めて足で一蹴りして、わははと笑った。信号の赤、信号の緑、信号の柱はインド人の巡査と同じように垂直に地面に立っている。信号が変わると、すぐに人の波、車の波が動き出した。このたくさんの人たちはまるで頭をなくした蝿のようだ！

Fashion Modelが一人、自分の店で売っている服を着て貴婦人になりすましている。エレベーターは一回わずか十五秒の速さで、人を荷物のように屋上庭園に放りあげる。女性秘書が絹織物の店のウィンドウ越しにオールシルクのフランスCrepéを見つめながら、かみそり跡が青々した支配人の顔の、唇に浮かんだ笑みを思い起こしている。主義者と党員が一山のビラを抱えて通りを横切り、心の中では、もし捕まったら、ここで一席演説をぶとうと考えている。青い目の娘はタイトなスカートをはき、黒い目の娘は長いチャイナドレスを着て、太腿のあたりには同じ媚態がある。

　通りのわきの小さな空き地に、ピラミッドのような木組みが立てられている。太い木材が泥の中に差し込まれ、てっぺんにはアーク灯が一つ取り付けられて下を照らしている。灯りに照らされた一枚一枚の板の上に人がいる。その人たちが「アイアイヤー」と叫んだ。何百丈もの高さの木組みから、木の柱がまっすぐ落ちて来る。どすん！　三抱えもあるような大きな柱が泥にぶつかる。四隅にはそれぞれアーク灯が取り付けられ、強烈な光が空き地を探るように照らす。空き地には、横に一本、縦に一本、溝が掘られ、鉄骨や瓦礫が積まれている。人々が大きな柱を担いで溝を動き、長い影を引きずる。前の方の男が足を滑らせて転んだ。木の柱が背骨をつぶす。背骨が折れ、口からどばっと血が噴き出す……アーク灯……どすん！　木の柱がまた木組みを滑るように上っていく……裸で、石炭がらの道で銅貨を転がす子供……木組みのてっぺんのアーク灯は夜空の中で月のようだ……石炭くずを拾う嫁……月がふたつ……月は天狗《ティエンコウ》③に呑み込まれた——月がなくなった。

　死体は運ばれて行った。空き地には、横に一本、縦に一本、溝が掘られ、鉄骨や瓦礫の山、それに彼の血が残っている。血の上にセメントが流され、鉄骨が立てられ、新しいホテルが出来上がる。新しいダンスホールが出来上がる。新しい旅館が出来上がる。彼の力、彼の血、彼の命を押しつぶしているのは、ほかのホテルと同じだ、劉有徳氏が今ちょうど入っていった華東《ホワトン》ホテルと同じだ。

　華東ホテルでは——

　二階。白く塗られた部屋、濃褐色のアヘンのにおい、麻雀牌《パイ》、「四郎探母《スーランタンムー》」、「長三罵淌白小娼婦《チャンサンマータンバイシアオチャンフー》」④、オーデコロンと淫欲の香り、白服のウェイター、女衒《ぜげん》、人さらい、陰謀とペテン、白系ロシア人の流浪者……

　三階。白く塗られた部屋、濃褐色のアヘンのにおい、麻雀牌、「四郎探母」、「長三罵淌白小娼婦」、オーデコロンと淫欲の香り、白服のウェイター、女衒、人さらい、陰謀とペテン、白系ロシア人の流浪者……

　四階。白く塗られた部屋、濃褐色のアヘンのにおい、麻雀牌、「四郎探母」、「長三罵淌白小娼婦」、オーデコロンと淫欲の香り、白服のウェイター、女衒、人さらい、陰謀とペテン、白系ロシア人の流浪者……

　エレベーターは彼を四階に吐き出した。劉有徳氏は「四郎探母」を口ずさみながら、牌の音が響く部屋の中に足を踏み入れると、チェロキーに火をつけ、ホステスの指名票を書く。間もなく彼も麻雀卓に座り、馴れた手つきで中の牌を壊すのが心配と言うように、そっとつまんでツモッて来た。なんてツモ牌が悪いんだろうと言いたげな、麻雀好きの顔をしながら、乳がたるんでいるのでみんなからサリバン・パン⑤と呼ばれている宝月老八《パオユエラオバー》が「申し訳ないね、劉旦那、またソウズを捨てないわけにいかないんで。これを打ち終わったら、向こうに座りましょう」と言うのをじっと聞いている。

「うちへ寄って行っておくれよう」、街角に立って、黒い目と石灰のような顔だけを見せ、建物の影に隠れるようにして、大安売りの売り子のように、行き交う人に向かって呼びかける。遣手婆《やりてばばあ》がしっぽのように後ろにくっついている。

「うちへ寄って行っておくれよう」、すぼんだ口で言いながら、のっぺりした顔の男にわざとぶつかる。のっぺり顔は笑い、ちらっと見て、自分の鼻を指さすと、顔を突き出した。

「いいやもめが、お偉いさんにぶつかるってか」

「若いじゃないの、友だちは大事よ」、すぼんだ口も笑った。

「こんなインド人の美男子が、今日、人様にみそめられるとは思ってもみなかったよ」

　彼女の顔を手で一なでして、行ってしまった。

　そのそばで、長髪で髭もそっていない作家がこのさまを面白がって見ていたが、タイトルがひとつ、思い浮かんだ。二度目の巡礼——都市暗黒面検閲 Sonata。突然、すぼんだ口の女の目が自分の顔に注がれているのに気づき、慌てて駆け出した。

　石灰のような顔は影に身を横たえたが、遣手婆がしっぽのように後ろにくっついている——影に隠れた石灰の顔、石灰の顔、石灰の顔……

（作家は心で思った）

　最初の巡礼は賭博場二度目の巡礼は街角の娼婦三度目の巡礼はダンスホールで四度目はええっと「東方雑誌」「小

説月報」「文芸月刊」と相談し書き出しはそうだ南京路北京路街娼交易所にして……だめだ――

誰かが袖を引っ張った。「旦那さん」、見ると老婆がつらそうな顔をして、彼を見上げている。

「なんだ」

「手紙を読んでほしいんですが」

「手紙はどこにあるんだ」

「一緒にうちに来てください、その横丁ですから」

一緒に歩いた。

中国の悲劇のこのあたりはきっと小説の資料になる一九三一年は私の年になり「東方小説」や「北斗」に毎月一篇単行本日訳本露語訳本各国語訳本全て出版されノーベル文学賞で偉大になり金ができ……

横丁に連れ込まれると、暗くて何も見えなくなった。

「お前のうちはどこだい」

「そこです、すぐです、旦那さん。手紙を読んでくださ い」

横丁の向こうに黄色い街灯があり、灯りの下に女がうつむいて立っている。老婆は突然またつらそうな顔をして、彼の袖を引っ張って言った。「旦那さん、あれはうちの嫁です。手紙はあれが持ってます」。女のほうに歩いて行くが、女はまだ顔をあげない。老婆が言う。「旦那さん、うちの嫁なんです。息子は職人でしたが、人様のものを盗んで、つかまってしまいました。憐れにもあたしたちはもう四日も何も食べておりません」

(すごいなんていい題材技術なんて問題じゃないあの女の話は意識は絶対に正確だから二度とお前は人道主義だと言われることもないだろうし……)

「旦那さん、憐れに思って、いくらか下されば、嫁に一晩ご一緒させます。あたしたち二つの命を救ってください」

作家はためらった。女は顔を上げ、二すじの影が痩せた頬の上に伸びた。口元に笑みが浮かんだ。

口元に笑みが浮かんだ。フランス紳士になりすましたベルギーの宝石商が劉顔蓉珠の耳元に口を寄せて、こっそりと言った。「君の唇に浮かんだ微笑は、天下の女性たちを嫉妬させるね――乾杯!」

足の長いグラスの上で、劉顔蓉珠の二つの目が笑っている。

ビュイックの車内で、Cocktailが浸透した二つの目が、コートの皮の襟の上で笑っている。

華懋《キャセイ》ホテルの廊下で、Cocktailが浸透した二つの目が、乱れた髪の毛の横で笑っている。

エレベーターの中で、二つの目が紫のまぶたの下で笑っている。

華懋ホテルの七階のある部屋の中で、二つの目が燃えるように紅い頬の上で笑っている。

宝石商は自分の鼻の下に、二つの笑っている目を見つける。

笑っている目！

白いベッドシーツ！

息を切らせ……

息を切らせて、動くこともできずにベッドに横たわっている。

シーツ。溶けた雪。

「国際クラブを組織しよう！」、突然、そんなよい思いつきが浮かんだ。汗をびっしょりかきながら。

汗をかきながら、酔った水夫を乗せて、静かな通りをバーまで走る。通りには巡査もいなくなり、こんなにも静かで、死んでしまった都市のようだ。水夫の革靴は車夫の背の上に投げ出されて、しわがれ声が大きな建物の塀に響く。

ラッタッタ……ラッタ――

ラッタッタ

ラッタ……

車引きの顔は汗だくだったが、心の中には金貨が転がり飛び跳ねている。酔った水夫が突然飛び降りて、両開きのガラスのドアの向こうに転がり込む。

「Hullo, Master! Master!」

そう叫びながら、ドアのところまで追いかける。インド人巡査が手に持った警棒を彼に向かって振り上げる。笑い声がドアの隙間から漏れてくる。酒の香りがドアの隙間から漏れてくる。Jazzがドアの隙間から漏れてくる……車夫はかじ棒を引いた。彼の前には十二月の川風、冷たい月、大きな建物に挟まれた深い路地があった。お楽しみの外へ放り出されても、彼は自殺など思うこともなく、ただ、「畜生」と一声罵ると、また生活の中へと歩いて行った。

人力車がいなくなると、通りには月光だけが残された。通りの半分が月光に照らされ、残りの半分は暗闇の中に沈んでいる。その暗闇の中にバーが蹲《うずくま》り、バーの入り口には青いライト、青い光の下に化石のようなインド人巡査が立っている。ドアが開き、ドアが閉まり、オウムのように繰り返す。

「Good Bye, Sir」

ガラスのドアから若者が出てきた。肘にステッキを引っ掛けている。灯りの下から暗闇へと歩いて行き、また暗闇から月光の下に出て来て、ため息をつくと、コツコツと歩いた。ほかの男のベッドで寝ている恋人を思い出すと、川岸に歩いて行き、欄干のそばに立って呆然とした。

東の空では、太陽が黒い雲の中で金色の目を開いた。

浦東ではテノールが一声。

「ああ……あ……ああ……」

空中にまっすぐあがって行き、最初の太陽の光とぶつかる。続いて、雄壮な合唱が沸き起こった。熟睡していた建物が立ち上がり、頭を上げ、灰色の寝衣を脱いだ。川の水はまたざわざわと東に向かって流れ、工場のサイレンも吼え始める。

歌っている、新しい生命を、ナイトクラブの人々の運命を！

目覚めたのだね、上海！

上海、地獄の上に造られた天国。

（西野由希子 訳）

〔注〕

①フォックストロット　ダンス曲の一種。二分の二、または四分の四拍子のリズムで、一九一〇年代にアメリカで流行した。

②大世界　一九一七年に開かれ、当時東洋一の規模を誇った遊戯、歓楽施設。

③天狗　てんこう。中国古代の想像上の妖怪。これが月を食うと、月食になる。

④「四郎探母」…　「四郎探母」は京劇などの伝統演目。「長三罵淌白小娼婦」は高級妓女が私娼を罵るという意味だが、劇種未詳。

⑤サリバン・パン　サリバン珈琲館（ザ・チョコレートショップ）は一九一二年アメリカ人サリバンが創業した菓子店で、レストランも営業。ビスケットやパンの工場を直営していた。

菉《りょく》竹《ちく》山《さん》房《ぼう》

呉《ウー》組《ズー》緗《シアン》

呉組緗

（1908-94）安徽省涇県出身。1933年清華大学中文系を卒業。34年に発表した「一千八百担」は、安徽省の一農村のある宗族の宗族会議の一日を通して地主階級の内部に進行する自己崩壊を活写した作品として高い評価を受ける。34年夏、南京の中央研究院に就職するが半年後辞職、以後十三年間馮玉祥の国文教師兼秘書の任にある一方で、小説執筆を続ける。もっぱら崩壊に瀕する農村社会を舞台に「時代」と「人間精神」の変化を内在的に探ろうとした短編小説で、それらは『西柳集』（34）『飯余集』（35）に収められている。日中戦争中も『山洪』などを発表。人民共和国成立後は、北京大学中文系教授として古典文学研究とその指導にあたった。

陰暦五月十日、阿円《アーユワン》と実家にやって来た。ちょうど故郷でいう「火梅《フォメイ》」の季節で、太陽と淫雨が交互に人を苦しめ、その苦痛は経験した者でなければ想像できない。母によると、数日前に二ばんめの叔母①から言伝があり、私たちが着いたかどうかたずね、「私の運は薄く、甥やその嫁たちも冷たい」といって寄こしたという。暗に私と阿円に、彼女の村に来て数日滞在するよう求めているのだった。

叔母の家には、私は小さい頃いちどだけ行ったことがあるが、それからもう十数年たっている。私はずっと異郷にとどまり、電灯・映画・洋装の書籍・アスファルト道路の全く別世界の生活を送っている。故郷のことを思うと、まるで遠い時代の伝説を思い出しているような気がする。私の脳裏にある叔母の家は、今ではいっそうぼんやりとかすんでしまった。あの陰暗で広大な奥行三棟の屋敷、あの水滲みや虫食いのある古書があちこちに置かれた書斎、それに奥の庭の池や樹木や竹林、何もかもかすかな夢の世界に思える。

叔母についての物語は古い伝奇の模倣本そっくりである。紅顔の少女であった頃の彼女にはむろん会ったことがない。だがのちに私が見た彼女の姿や振舞いは、すらりと伸びた長身、ほっそりした色白の顔、切れ長で寂しげな眼、そして沈黙しがちな沈んだ言葉の調子、いずれもその物語に十分ふさわしかった。

物語についてここではそれほど話す必要はあるまい。実をいうと、私の知っていることも多くはないのだ。というのは家人の年配者は誰もがそれに触れることをタブーとしていたからである。私が知っているのは、長い年月のうちに家人の口から偶然漏れた零細な断片を拾い集めたものだ。

ずいぶん以前、私の大叔父が開いていた塾の学生に一人の聡明な少年がいた。少年は父祖三代にわたってつづいた一人息子であった。大叔父の家の壁掛やカーテン、筆袋や一幅の雲錦《うんきん》にはいずれも様ざまな姿の美しい蝶が刺繍されていたが、少年はその美しい刺繍を見てその蝶を刺繍した娘に対する恋慕をつのらせていた。蝶の刺繍をした娘の方も、大叔父がいつも少年のことを賞めるので、早くから自ずとその少年を胸中に慕うようになっていた。この物語の主人公たちが、その後どのような機縁で相識るようになったか、私は知らない。年配者たちもおそらくあまり知るまい。私が拾い集めた零細な資料の中で、このあとがこの悲惨な物語の頂点であった。ある春の昼間、ひっそりとした奥の庭の太湖石の洞穴の中で、たまたま牡丹の花を見に来た祖母が、あわてて腰帯を結ぶひと組のおませな少年少女を取りおさえたのだ。

　この才子佳人劇の滑稽な一幕が演じられたのちは、それまで讃めぬ者のなかった蝶の刺繡をした娘は、たちまち女中たちからさえ軽蔑されるようになった。礼法に拘《とら》われないさばけた人物であった大叔父が、種々手を尽くして二人を結婚させようとはかったが、その時は結局うまくいかなかった。数年後、その時揚子江はちょうど八月の大潮の時期に当り、急に波風が立って、南京に科挙の試験に赴く途次にあった少年の船が転覆し、少年は死んでしまった。蝶の刺繡をした娘はその時ようやく十九歳であった。訃報に接したあと、金木犀の木で首を吊ったが、庭番に発見されて救けられ、生き返った。少年の家では、この娘の行為に感銘を受け、娘の家の同意を得ると、鳴り物入りで嫁に取り、帰って来た少年の柩を迎えた。娘は喪服に紅い刺繡入りの鞋《くつ》をはいて、位牌を抱き天地・父母・祖霊に拝礼して、[2]新妻となった。

　この物語がもし叔母に関するものでなかったら、とりたてて興味あるものではない。叔母にもしこのような物語がなかったら、私たちも今度ぜひ出かけようという気にはならなかった。

　母はむろん私たちに行くことをすすめ、二人は新婚だし、めったにないことに実家に帰って来たのだから、といった。叔母は一生孤独で寂しい暮らしをしてきた、今こんなに私たちに会いたがっている、この情誼に報いないわけにはいかない。しかし阿円は私の故郷の老女たちを恐れていた。これらの老女――一例を挙げれば伯父の妻などは、何かというと阿円を膝の上に抱き上げて可愛い子と呼び、顔に口づけし、肌に噛みつき、腕をなでさすり、さらには二人で接吻するところを自分に見せてくれといったりした。ひまさえあると、水煙草の煙管を持って私たちの部屋にやって来て、笑みこぼれて私たちを見つめ、顔が赤くなるような讃め言葉を繰り返した。そうしたおせっかいな振舞いを、私はあまり気にとめなかったが、阿円はいつも真赤になって、身の置きどころもない様子だった。それで、阿円は行くことをいやがった。

　私には彼女がいやがるわけがわかったので、叔母は、無邪気な何に対してもあけすけなそんな老女ではないことを告げた。さらに若い女の好みに合うように、叔母の物語に多くの感動的なエピソードを加えて説いたので、阿円は感動し、眼を赤くしてため息をついた。叔母が他の老女たちとちがっておせっかいな振舞いをするような人物ではないことを聞いて、彼女の行きたくない気持ちは完全に消滅していたが、さらにまるで線装本の古書の中から出て来たような叔母の物語を聞き、またこの機会にしばらく実家の老女たちから離れられることを思い、その上さらに金燕村が景色の美しい村で、蒹竹山房③が涼しい広びろとした屋敷であることを知ると、行きたくてならぬようになった。

金燕村というのは、叔母の村であり、蒹竹山房というのは叔母の家である。荊渓《けいけい》の石堤に沿って三、四キロ行くと、折れ曲がりながら抱き合うようにつづく山やまがしだいに接近し、両岸に青あおと茂る槐《えんじゅ》や柳の古木がしだいにふえ、川の中の暗紅色の岩が数を増してきて、さらさらと岩にぶつかる水音がしだいに近くなってくる。ここまで来ると、谷川はだんだん荊渓と呼ばれなくなり、響潭《きょうたん》と呼ばれるようになる。響潭の両岸の槐や柳や楡はいっそう多く、いっそう年ふり、いっそう青あおと茂って、両側から枝を伸ばし、白い泡をたてて流れる水面に覆いかぶさって、日光も射し込まなくなる。響潭の両岸の樹林に沿って、二十数軒の白壁の瓦葺きの家が点々と建っている。西岸の、響潭に臨んで建つ一軒はとりわけ大きい。梅花模様のくりぬきがある塀の上から竹林がのぞいている。竹は半分は緑色だが、半分は花をつけ、枯れた黄色をしている。この村が金燕村で、この大きな屋敷が叔母の蒹竹山房である。

阿円は他の地方で育ったので、これまで中国の山水画でしか見たことのない風景の中に、急に自ら身を置くことになって、そのよろこびはむろんいい表わしようもなかった。私も日頃見なれた西洋式の建築・アスファルト道路・煙突・工場などを思い比べ、夢の世界に踏みこんだような気になり、多くの漂渺《ひょうびょう》たる思いがこみ上げてきた。

叔母は長年会わぬうちに、ずいぶん老《ふ》けていた。

「昨夜灯心に三つも大きな花がつき、今日はカササギが屋根で三、四回も鳴いたから、きっと誰かが来ると思っていましたよ」

その皺の多い蒼白い顔はほとんど無表情だった。話す時の口調、歩く時の足運びも、その顔と同様、暗く、寂しげで、ひどくゆっくりしていた。彼女は私たちを母屋に案内し、自分はおぼつかない足取りで奥の部屋に行って茶菓の準備をし、女中に私たちのために洗面の水をくんで来るよういいつけた。女中は名を蘭花《ランホワ》といい、もともと私の家の女中で、三十数歳になっていた。叔母の結婚の時に付き添って来た女中が死んだあと、祖父が自分の身の回りの世話をしていた女中を、叔母に仕えさせるためによこしたのだった。彼女は叔母に仕えてもう二十年余りこの大きな屋敷に住み、叔母について詩や経を誦み、刺繍を学んで、結婚する気はないと言っていた。

叔母は、私たちがこんなに早く来るとは思っていなかったので、部屋の掃除がまだなのだといった。どこでも気に入った部屋にお住みなさいと、私たちを案内して屋敷中を見せた。四人は前後三列になって歩いた。叔母が先頭、私たち二人が彼女につづき、蘭花がしんがりを進んだ。阿円は叔母の歩調に合わせて歩くのが、ひどく勝手がちがうようで、何度も顔を上げて私を見、にっと笑う。私たちはみな何も話さなかった。

家は大きく、陰気だったが、それも叔母にふさわしかった。石段、土間に敷いた煉瓦、柱の基礎、さらには板壁の上まで、濃く浅く暗緑色に染まっているのは、苔だった。腐った土や木の匂いの混じりあったような黴くさい空気が鼻をついた。どの建物にも梁の上に淡黄色の燕の巣がかかっていた。すでに剥げ落ちて、跡だけがのこっているものもあったが、雛が孵ったばかりで、にぎやかな声をたてているのもあった。

私たちが一棟の家に入るたびに、蘭花が先に立って鍵を開けた。叔母の住んでいる母屋の他は、どの部屋も、どの戸口も鍵がかけられていたからである。母屋を見終えたのち、側門の小路を通って庭に出た。庭に隣り合って優雅な建物があり、入口に掛かった扁額には、隷書で『邀月《ようげつ》④』という二文字が書かれていた。よろい戸になった窓、框《かまち》を古《こ》瓶《へい》の形に象った戸口、扉にも半透明の紙を貼った小さな格子窓がついていた。私はここが庭に近く、他に比べてずっと明るく清すがしいのが気に入って、叔母に告げ、この部屋に泊まることにした。叔母は蘭花にいって鍵を開けさせた。観音開きの扉を押して開くと、ぽとんぽとんと何か三匹落ちて来た。二匹はヤモリ、一匹はコウモリだった。私たちはびっくりした。ヤモリは悠々と爬《は》って去った。蘭花は大きなコウモリを拾い上げ、壁の隅にそっと置くと、うわ言でもいうようにおかしな言葉を発した。

「福公公《フウコンコン》⑤、部屋を開けてくだされ。大切なお客がお泊りですから」

阿円は驚いた不安気な様子で、私の服をそっと引っぱった。おそらくこの様子を見て、この部屋に泊まるのがこわくなったのだろう。叔母は年は取ったがまだ繊細さを失っていなかった。阿円の心配を察したらしくこういった。

「だいじょうぶです。これらの部屋はあなたの叔父さまがお戻りの時必ずいちど掃除してるんですもの。すぐに蘭花にいって、ちゃんと片付けさせますから。福公も虎公《フーコン》公《コン》もみな譲って出て行きましたからね」

さらにこういった。

「この邀月廬はあなたの叔父さまがいちばんお好きなところです。去年叔父さまがお帰りになった時、私に修繕をおいいつけになりました。だから、ほれ、中は新しいでしょう」

私は部屋の中に首をさし入れて見回した。蜘蛛の巣が顔にかかったが、部屋の中は確かに新しかった。壁に掛かった額も、テーブルの上の調度も、きちんとしていた。薄く埃がかかってはいたが。

私たちの目の前で、蘭花が笹を束ねたはたきで埃を払い、ほうきで掃いた。叔母は母屋に戻って行った。阿円が子供のような驚いたいぶかしげな表情で私にたずねた。

「どうして叔父さまなの」

蘭花がはたきを置き、暗く沈んだ眼でじっと阿円を見つめて低い声で告げた。

「旦那さまは霊験のつよいお方なんです。しょっちゅう奥さまの夢に現われなさるんです。私もよくお見かけします。貴公子帽をかぶり、藍の上衣を着て、よくこの庭を歩かれるんです」

阿円は私の袖口をつよく引っぱりながら、蘭花の眼をじっと見つめた。蘭花は部屋の掃除を終えると、今度はあわただしく布団や上敷を抱えて来て私たちのベッドを用意した。壁際にはもともと紫檀の寝椅子があり、寝椅子の上の小机には碁盤と磁器の大きな蟠桃《はんとう》の置物が置いてあった。碁盤と蟠桃を小机とともに運び去り、上敷と布団をしつらえると、それが私たちのベッドだった。叔母がおぼつかない足取りで歩いて来て、ひと張りの蚊帳を私たちに見せ、これは叔父さまが使った蚊帳で薄いメリンスで作ったものだ、涼しすぎて風邪を引くのが心配ではないかとたずねた。私はむろん、涼しい蚊帳がいいと答えた。だが阿円は私の方をじっと見つめ、どうやらこの美しい蚊帳もこわそうであった。

この部屋の飾り付けが凝った美しいものであることは、壁の掛け物を見ただけでわかった。東の壁には四幅対の条幅が掛かり、それぞれ「慕竹山房唱和詩」が刺繍され、縁に沿って様ざまの色の蝶が細かく刺繍されていて、ひと眼でその絢爛さが知られた。西側には彩色の「鍾馗《しょうき》捉鬼図」[6]が、さらにこれを挟んで洪北江[7]の「梅雪松風清几榻、天光雲影護琴書」と書かれた対聯が掛けられている。ベッドの正面に当る南側の壁にはよろい戸の窓があって、そこから庭を見ることができた。窓の傍にテーブルが置かれ、その上には丹砂の古瓶、古瓶には馬の尾の毛の払子《ほっす》が挿してある。

私はこの部屋が気に入った。飾り付けも古雅で、窓の外の緑と黄の竹林と塀の外からかすかに聞こえる響潭の水音とが、その閑適と静寂をいっそう際立たせていた。

やがて晩飯になった。私たちは黙って食事をした。私と阿円は叔母の前で何を話せばいいかわからなかった。叔母自身は、寡黙な人であった。この大きな屋敷は古い墓のようで、人の声ひとつしない。ただ広間の燕だけがチーチー鳴いている。蘭花が中庭の軒を見やりながら、独り言のようにいった。

「青姑娘《チンクーニャン》はまだ帰りませんね」

叔母は黙ってうなずいた。阿円がそっと私の方を見た。実は私もいぶかしく思っていたところだった。食事を終え、顔を洗っていると、一羽の燕が中庭から飛び込んで来て、室内をくるりと一転すると、軒下の巣の中に入った。蘭花が碗を持ち、箸を口元に運んだまま、低い声でいった。

「青姑娘、あなたやっと帰って来たのね」、そういって長いため息をついた。

私はようやくわかって、阿円に笑いかけた。だが阿円は笑わず、眼を大きくして蘭花を見ていた。

私は邀月廬を明るく清すがしいといったが、それは昼間のことである。夜になって、大雨になると、灯心を三本挿した菜種油の灯皿の灯がゆらゆらと揺れ、遠く母屋の方から叔母と蘭花の読経する低い声がかすかに伝わって来る。さながら「秋墳に鬼《き》は唱う鮑家の詩」⑧の趣きであった。加えて外の雨の音、虫の声、竹をそよがす風の音がもの寂しい交響曲を奏で、鬼気迫る雰囲気となった。どのようなきっかけからか、私は自然に『聊斎志異』⑨の話を阿円に語った。一回語るごとに、彼女はいっそう私に身を寄せ、眼は西壁に掛かった「鍾馗捉鬼図」をまじまじと見ている。その額にも鼻にもしだいに汗が浮かんできた。鍾馗に押さえ込まれた悪鬼は、髪を振り乱し、大きな口を開き、二本の白い牙を剥き出し、まるで生きているようだった。私はふとそれに眼をやって、おどろいた。鍾馗も、悪鬼も、叔母と蘭花も、私たち二人さえもが、皆幽霊の物語の中の人物に化したような気がした。

阿円が顫《ふる》えながらいった。「私眠りたいわ」

彼女はぴったり私に身体を寄せ、私たちはそろそろと歩いて行った。ベッドに横になったが、むろんなかなか寝つけなかった。どれだけの時間寝返りを打ちつづけたか、いつの間にか雨音が止み、月の光がよろい戸の窓から射し込そう答えながら、彼女は突然キャーッと叫んで、私にしがみつき、大声で泣き出した。ぶるぶる顫えながら、切れぎれにいった。

「あなた……あれ……扉の上……」

私は扉を見た。――扉の上の小窓に幽霊の顔が映り、私たちの方を見ていた。月光が斜めに射して、蚊帳の中からもはっきりそれは見えた。だが、その途端、幽霊の顔がひらりと動いて、見えなくなった。私はどこからか急に勇気が湧いてきて、阿円を押しのけると、跳んで行って、扉を引いた。

扉の外には二人の女の幽霊がいた。

一人は母屋に通じる小路を逃げて行ったが、一人は逃げられなくて、私の前にうずくまっている。

「叔母さん？」

「ええ……」、低い声が漏れた。

私は額の上の冷汗を拭き、思わずほっとした気持ちで笑った。私はいった。

「阿円、こわがらなくていいよ。叔母さんだったよ」

一九三二年十一月二十六日

んで、部屋全体を凄然と照らし出した。竹の葉をそよがす風の音がして、ふと窓の外に足音が聞こえた。音はかすかだったが、耳にははっきりと聞こえた。

「あなた……聞こえた？……」、阿円は私の腋の下に頭を突っ込み、荒い息づかいでたずねた。

私も思わずぞっとなった。

足音はしだいに近づいて来て、はたと止まった。かわって何やら幽霊が訴えるような低いささやきが聞こえた。阿円はすでに全身汗に濡れていた。私が咳払いすると、その声は突然止まった。私はそれが突然止んだのを聞き、蘭花の昼間の言葉を思い出した。そして思わず恐怖を感じた。

しばらく物音が絶えた。心の緊張は少しずつ緩んだが、二人の神経は過度の緊張のため、眠りの世界に逃げ込もうと思っても、できようもなかった。阿円の恐怖を除くために、私は愉快な話題を探して彼女に語りかけた。阿円も私の腋の下からだんだん頭をもたげてくるようになった。私はいった。

「家に帰りたいかい」

「帰りたい」

「こわいか」

「こわいわ」

（丸尾常喜 訳）

〔注〕

①叔母　原文は二姑姑《アルクークー》。姑姑は姑母《クームー》のことで、父親の姉妹をいい、実家の者が用いる呼称。二姑姑は姉妹の内の二ばんめを指す。後出の叔父の原文は姑爹《クーティエ》。姑父《クーフー》ともいい、姑母の夫をいう。

②位牌を抱き…　中国の旧社会では死者どうし、または死者と生きている者とを結婚させる冥婚がしばしば行なわれた。許婚夫が死んだあと許婚婦が入嫁することもあり、その場合位牌を抱いて先祖への拝礼を行なうのが通例だった。

③蓑竹山房　蓑竹はイネ科の多年草カリヤスのこと。茎葉から黄色の、藍と混ぜて緑色の染料を作る。

④邀月　月を迎えるの意。

⑤福公公　コウモリは蝙蝠という文字から福をもたらすものと考えられた。福公公はコウモリを福をもたらす神に近い存在と考えた呼称。後出の虎公公もヤモリが壁虎と呼ばれることから、こういった。

⑥「鍾馗捉鬼図」　鍾馗は唐代の人物であるが、鬼を捉えて食べると伝えられる。鬼を捉える鍾馗の図は邪鬼をしりぞける力を持つと考えられて飾られたが、最も早いものとして唐代の画家呉道子の作が伝えられる。鬼は中国では一般に人間が死んだあとなる亡霊（幽霊）のことで、訳文の幽霊は原文では鬼。鍾馗が捉えるのは悪鬼である。

⑦洪北江　洪亮吉のこと。北江は号。清、乾隆年間の進士。経史・地理等の学者、また詩文家として有名。対聯の訓読は、「梅雪松風 几榻《きとう》清しく、天光雲影 琴書を護る」。

⑧「秋墳に…」　唐の詩人李賀の詩「秋来」中の一句。鮑家詩とは南朝の詩人鮑照の詩をいう。

⑨『聊斎志異』　清、蒲松齢作の文語短篇小説集。主として鬼（亡霊）や狐その他の物怪と人間とのさまざまな交渉を描く怪異小説を収める。

包《パオ》さん父子

張《チャン》天《ティエン》翼《イー》

張天翼

（1906-85）南京生まれ。早くから文学や絵画に興味を持ち、杭州の宗文中学時代から滑稽小説や探偵小説を創作、友人と文芸雑誌を発行、また『礼拜六』などに投稿。中学卒業後、上海美術専門学校で絵画を学び、さらに北京大学に入学、マルクス主義を受容して作風を一変させた。「三日半的夢」（28）が魯迅に認められ世に出る。南京に住み各階層の人々と交わり、社会と人生を直視する作品を描く。手法の新鮮さと題材の豊かさで左翼文壇に歓迎され、左連に参加、しばしば発禁処分を受けながら旺盛な創作活動を続け、多作な作家として知られた。主な作品に『鬼土日記』（31）「華威先生」（38）などがある。児童文学家としても有名で、代表作に『大林和小林』（33）『宝胡芦的秘密』（58）などがある。

一

まだこんなに寒い。旧暦の正月までには、まだ半月あまりある。ところが、うわさによると洋式学校では、もうじき新学期が始まるというのだ。

それはつまり、包国維《パオクオウエイ》は家で正月も迎えずに学校へ出なければならないということだ。

お屋敷では、たいていの人はそんなことは信じない。けれども、胡大《フーター》は油でべとつく包丁をまな板の上に放り出し、前掛けで手を拭いて、中指を突き出し、ほかの四本の指で空中に亀①が足をばたばたするまねをした。

「お前さんたちにうそをついたら、おいらはこれさ。嘘だというなら包《パオ》さんに聞いてみな。包さんから聞いたんだ。包さんは、多分金が足りなくなるんで、おいらに貸してくれないか、とも言ったんだ」

みんなは、一大事でもあるかのように、包さんの部屋へ押し掛けた。

「なんだって、お宅の包国維がもうじき学校へ出なけりゃならないって」

「うーむ」、包さんは、あごのかなり伸びた数本のごま塩の無精ひげをなでた。

「どうして正月も迎えないうちから学校に出るんだね」

「正月なんかなんとも思っちゃいない、というのが新式なんだ、あいつらは……」

「洋式学校は正月なんかしないことぐらい、知ってるさ。洋式学校を出りゃ洋式旦那で、いまに偉いお役人だろ」

たくさんの目が四角い机に釘付けになった。包国維はこの机で勉強するのだ。並んだ色とりどりの本、洋紙のノート、インク壺、ペン、小さな瓶が一つ。李媽《リーマー》は、包国維がこの瓶の酒に浸して字を書いたところをこの目で見たのだ。包国維の写真が一枚。テカテカの髪の毛、笑いをこらえた二つの目がこちらをちらりと見ている。もしも、包さんの息子だといわれなければ、きっとどこかのお坊ちゃんだと思うだろう。

包さんのあごはこんなに尖っていて、顔中皺《しわ》だらけだが、こんな立派な息子がいるのだから、結局は幸せ者だ。

だが、包さん自身だってほかの人間にひけを取るものではない。お屋敷に仕えて三十年、誰からも信用されている。奥様、旦那様方は、一年中留守がちで、鍵は包さんに預けっぱなしである。いま、お屋敷に客として滞在中の、親戚筋の奥様や旦那様や坊ちゃんたちも、包さんには一目おいていて、正月や祭日ともなれば、三元とか五元のご祝儀をはずむ。

「包さんは、今にきっとこれになるよ」。胡大は、親指を立てた。

包さんはにこりとしたものの、すぐに、こみ上げる嬉しさを無理やり抑えて、首を振り振り、そっとため息をついて、

「そんなことはないさ。私が望んでるのは包国維が頑張ってちゃんとした人間になってくれることだけさ。それにしても――ああ、学費が本当に大変なんだ。学費がね」

そう言って、胡大を見つめ、彼が「学費」とは何かを理解しているかどうかをうかがった。

「学費」とは何かはどうでもいい。それより何だって正月だというのに学校に行かなければならないのだろう。

その日の午後、包国維の成績報告書が送られて来た。

包さんは、用心深く引き出しを開けると、老眼鏡を取り出して、ゆっくりと読んだ。まるでなにか大事なことを研究するかのように、封筒を長いこと眺めた。薄い黒ずんだ上下の唇をパクパクさせて、表の宛名から読み始め、「省立××中学[2]高等部　緘」まで読んでいった。

「開、封、書、留」、彼はあごをさすった。「開、封、……」

彼は封筒の表に書かれた文字が少なすぎ、読むのにもの足りないとでもいうように、振り仰いでしばらくぼんやり天井を見つめてから、ようやく封筒の中身を取り出した。

空には雲が垂れこめ、昼間なのに夕方のように暗い。包さんは窓の前まで行って、眼鏡を外して空を見たかと思うと、再び掛け直して成績表を読んだ。手がかすかに震え、手に持った何枚かの紙も風に吹かれた水面のようになった。

成績表には、「不可」が五つ、たった一つだけ「体育」とかいうものだけが「良」であった。

一枚の便箋には、細かな文字が謄写《とうしゃ》版で印刷されていて、それは包国維が本学期は留年となったことを伝えていた。

包さんは、この二枚の紙を読むのに二十分あまりかかった。

「それは、何だね」、胡大は入ってくるなり、紙をのぞき込んだ。

「学校からさ。何でもありゃしない。まだ一枚あるぞ。納付書だ」

老人は目を真ん丸くした。すぐに読み終えてしまいたかったが、どうしてもすらすらと読めなかった。その紙には格子のような枠が印刷されていて、その中に小さな文字が

びっしり書き込まれ、老人は一行目の前半と次の行の後半とを続けて読んでしまった。

「学費が、四元。教材費が、十六元。……損害積立金に、……図書館費。……それに医……医……」

彼は爪で一行一行たどりながら、もう一度声に出して読んだ。喉《のど》の奥でぶつぶつと読んだので、痰がからむ音と一緒になってしまった。一行を読み終わるごとに、空を見た。

「ユニフォーム代だと。…ユニフォーム代、二――二――二十元。……通学生は、寮費と食費を除き、全て必ず……」

空を見、胡大を見る。承服しかねるという様子で、もう一度、この部分を読んだが、少しも曖昧なところは無い。それどころか、その文字たるや――一つ一つまるで石に刻んだかのように、紙にめり込んでいるのだ。彼は胡大の顔を見つめたまま呆然としていた。全身がまるで――熱いのか冷たいのか分からず、つまりはまるで水桶の中に飛び込んだようだった。

「ユニフォーム代だと」

「何だって」、胡大はびっくりした。

「う、うん。いや」

ユニフォームというのが、体操着であることは知っている。半年前に拵《こしら》えたじゃないか。彼はもともと、今度は全部で三十一元を納めなければならないという心積もりでいた。しかし、この二十元のユニフォーム代が加わるとなると、これはもう……

突然――バン！ドアが誰かに蹴り開けられ、板壁にぶつかって跳ね返った。

中の二人は跳び上がるほど驚いた。振り返ると――若者が一人部屋にずかずかと入ってきた。その顔は、先刻承知、机の上のあの写真の中の顔である。けれども、髪の毛はそんなにテカテカしていない。

胡大は、胸を手で叩きながら、追従笑いを浮かべて、

「あれまあ、びっくりした。学校から戻ったかね」

相手は何も言わず、ただ横目で胡大の顔をチラッと見た。続けて眉を大きくつりあげたので、額に何本も皺がよった。視線が父親の手にしているものをさっと掠めた。

「なんだい」と彼が尋ねる。

胡大はそっと出て行った。

老人は眼鏡をはずして包国維を見つめたまま、手にしていた三枚の紙を見せた。

包国維はいつもの格好のままである。両手をズボンのポケットに突っ込んでいるので、あのラシャの棉袍《ミエンパオ》③は短くず

り上がっている。襟が高すぎるためか、首が自由に回らないようで、ほんのちょっとこちらに顔を向けてちらっと見た。

「ふん」と口をへの字に結んで、何事もなかったかのように机のところに歩いて行った。その歩き方といったら、まるでスポーツ選手みたいで、一歩踏み出すごとに、彼の胸は頭と一緒に前に突き出る。まるでのべつ誰かと挨拶を交わしているみたいである。

包さんは、息子の背中を見つめて、

「どうして、また留年しなければならないんだね」

「郭純《クオチュン》だって留年さ」

若者は、机のへりに腹を押しつけたまま、振り向きもしなかった。彼が身体を前に突き出すごとに、机がぎしぎしと鳴った。

包さんは、小さい声で尋ねた。

「もう二度も留年したんじゃないか」

返事は無く、鼻の中でふんと音を出しただけだった。続けて机の脇の籐椅子の上にひっくりかえり、膝小僧を机のへりにくっつけ、足をぶらぶらさせた。右手で髪の毛を一掻きすると、派手な色の本を抜き出した。『我見ることなお哀れむがごとし』である。

沈黙。

部屋の中はさっきよりもさらに暗くなった。床の敷きレンガの隙間から冷気があがり、包さんの両足はまるで冷水に漬かっているようだった。

包さんは眼鏡を机の引き出しにしまうと、用心深く探るように言った。

「お前はもう二度も留年したのに、何だって又……」

「あいつの勝手放題さ」。包国維が大声をあげた。「二度留年だろうとなんだろうと、あいつがさせたかったんだ。あいつがさせたいと思えば留年になるんだ。僕の知ったこっちゃない」

外で靴音がした。音を聴いただけであの親戚の坊ちゃんだということがわかる。

包国維は眉をあげて入口を見る。親戚の坊ちゃんは自分の履いているのが革底の靴であることをひけらかし、足音も高らかに、拍子木をならすように遠ざかっていった。ひどい不平を示すふうに、包国維の二本の足は、揺れ方が激しくなった——彼はゴム底の靴しかはいていない。

老人は包国維に言わなければならないことがいろいろあった。けれども、相手が本から目を離さないので、勉強の邪魔をするわけにはいかない。

包国維は机にくっつけていた膝小僧をいったん下ろして、また持ち上げた。声を出さずに『我見ることなお哀れむがごとし』をゆっくりと読んだ。読点がでてくると必ず一、二秒停止しなければならなかった。時々、こっそりと鏡を見、髪の毛をなでつけた。自分の顔は、まずまずだ。ちょっと、唇がうすいけれども。バスケットの選手になれさえすれば、それに郭純みたいに――洋服を着れば、安淑《アンシュ》真《チェン》とだってうまくいくかなんて心配することはない。安淑真はきっと女子学生たちにこう言うに決まってる。

「包国維がチンピラみたいだなんてとんでもない。とっても素敵よ」

そこで彼女と公園をぶらつき、それから映画だ。彼自身は洋服をビシッと着こなさなくてはならないし、髪の毛は油をつけて、ポマードで固めなければならない、片手は安淑真とつなぎ、片手は髪の毛をなでつけ……

彼は『我見ることなお哀れむがごとし』を放り出して、髪をちょっとなでた。

包さんは、包国維が本を放り出すのをしびれを切らして待っていた。

「エーと――その――そのユニフォーム代だがね。……」

相手にされないので、しばらく待った。彼は三分間あごを撫でた。そうしてから、咳払いして喉の痰を切ると、うっかり言い間違えないように、一言一言はっきりと学費納入のことを言った。彼の考えでは、去年拵えたユニフォームはまだ新しい、この理由を先生に話せば、今度のこの思いがけない二十元を納めなくて済む。そうでないと――

「そうでないと、五十一元五角も納めなければならん。五十一元五角――今、手元には――たった――戴老七《タイラオチー》の金をまだ返してもいないのに、その上に二十元だなんて……どうしても本は買わなければならんし、それに……」

ちょっと黙った。彼はあごを撫で、また独り言のように続けた。

「体操着は、去年拵えたばかりだ、着ればまだ新品同様だ、着れば。納付の時に先生に掛け合おう。結局は、まけてもらえるさ……まけて……」

包国維がガバッと立ち上がった。

「あんたが納めに行けよ、あんたが。僕はいやだよ、掛け合うなんて。――誰かに見られたらみっともないったらありゃしない」

包さんは、この返事に対して、かえって満足げに頷《うなず》いた。

「よし、私が行こう。納付は――納付はと、うん、市民銀行だ」

息子は横目でちらっと見た。彼はお構いなく続けた。

「市民銀行は、西大通りだったな」

二

包《バオ》さんは、市民銀行から学校へまわった。手はポケットの中で、棒にまるめたお札をしっかりと握りしめていた。銀行の連中では話が通じなかった。お札を数えて、

「あと二十元足りません」ときた。

「あのですね、包国維《バオクオウエイ》の体操着は、まだ新しいんです。この二十元は……」

「私どもは、学校の代理をしているだけですから。私に言われても仕方ありません」

お札を彼に返すと、次の人の納付金を受け取った。

部屋は、納付に来た人でいっぱいだった。みな包国維と同じ二十歳ぐらいだ。彼らは、包さんが「体操着」というのを聴いて、どっと笑った。

「体操着だって」

「この老人は、誰の代理だい」

「包国維」、縁なし帽をかぶったのが、納付書類をのぞき込んだ。

「包国維だって？」

老人は挨拶するかのように、ちょっと苦笑いすると、包国維は半年前に体操着を拵《こしら》えたので、着ればまだとってもきれいだと言った。

「それなのに、今また納めろと言うんだ、今。君たちはみんな納めたのかね」

若者たちは、笑いながらお互いに顔を見合わせて、誰も応えない。

包さんはしばらく周りを見回すと、五、六十人の目に見つめられながら出てきた。

「なんで、銀行まで納めに来なければならないんだ」と恨めしく思った。

空は依然として雲が厚く、雪になるのかもしれない。ただ雲の薄いところからは、かすかに青空も見える。時々は、道路にぼんやりと陽がさすこともある。包さんはゆっくり歩いたが、やけにくたびれた。着ているベトベトしたぼろの棉袍《ミエンパオ》が何十斤④もあるように感じた。布靴もジトジト湿って履き心地が悪かった。靴は横に穴が一つあいていたが、少しも汗を通さなかった。この靴は三回分の冬の汗が沁みこんでいるのだ。

彼は学校の先生にどう言えばよいか、どう切り出せばよいかを考えていた。ちゃんと筋道立てて話さなければなら

ないし、それにお世辞だって言わなければならない。先生はなんたって銀行の連中みたいに杓子定規じゃあるまい。

包さんの足の速度が増すにつれ、袖の継ぎあてと上着との摩擦がひどくなった。

けれども、学校の受付に着いてみると、彼はどうしたらよいかわからなかった。

事務室は、まるで荒れ寺のようにひっそりとしていた。部屋の中ほどに木の手すりが連なり、その内側の机の席は空っぽだった。たった一人だけ居眠りをしているのがいて、丸々とした塊《かたまり》が一つ机に突っ伏して、いびきまでかいている。

「もし、もし」
七、八回呼んだが、なんの反応もない。彼は、指の関節でコツコツと手すりを叩き、軽く足を踏み鳴らした。
この人は、いったい民国の何年になったら目を覚ますのだろう。

さらに何度か声を出して呼び、指の関節で、前より強く手すりを叩いた。

机の上の肉塊はもぞもぞ動き、しばらくしてまん丸の頭を持ち上げた。

「誰をお尋ねか」、眉根に皺をよせ、目をこすった。

包さんはあごを撫でながら、

「あの、先生に会いたいのですが。私は――私は――包国維の父兄でして……」

その職員は、これでもかというほど大きく口を開け、ついでに「オー」といった。返事をしたようでもあるし、あくびをしたようでもある。

「私は、包国維の父兄でして、その、ユニフォーム代のことについて……」

「学費の納入かね。市民銀行、市民銀行」

「それはわかっているんです。ですが、うちの包国維は、実は……」

包さんはどもりどもりしばらく時間をかけて、ようやく彼の言い分をいい終えた。その間ずっと顔中皺だらけにして笑顔を作っていた――頬が疲れるほど。

デブはのびをすると、舌打ちをした。

「我々の知ったことじゃない。新入生だろうが、在校生だろうが、ユニフォームは一律に作らなければならない」

「包国維は去年ユニフォームを拵えたんです。一日二日しか着てはいませんで……」

「去年は去年、今年は今年だ」、彼は面倒くさそうに紙を一枚引き寄せ、鉛筆でなにやら書き始めた。「今年は、ユニフォームの形が変わったんだ、わかるだろう。それで――それで――ふーあーあー」

あくびをすると、その職員は全神経を紙の上に注いだ。何を書いているのだろう。もしかしたらその書き付けに、包国維のユニフォームは二度着ただけだから、今回は作るに及ばず、納入金は二十元を減ずる、とでもはっきり書いているのかもしれない。

包さんは、我慢強く待った。壁の時計は、速くもなく、遅くもなく、チック、タック、チック、タック、チック、タック。

一分。二分。三分。五分。八分。

その職員は概ね書き終えたようだ。紙を持ち上げて眺めた。口元に微笑を浮かべ、得意の出来栄えといった様子である。

紙にはいったい何が書かれていたのか。紙一面の亀の落書きである。

実のところ、包さんはこうした芸術に造詣が深くはなかった。彼はため息をついたが、顔ではなお無理に笑いながら、口では「先生、先生」と言い続けた。相手が聴こうと聴くまいと、話は続けなければならない。彼は寄付集めの人のように、先生をこの上ない善人、菩薩のような心に描きあげた。何はともあれ、情けをかけ、自分の困難を考えてくれなければならない。しかし、口はそれほどうまくはしゃべれず、舌がもつれるほどだった。笑顔を作りすぎて口元の筋肉がぴくぴくし、眉毛さえ痙攣を起こしたかのようだった。

「先生、考えてもみてくださいまし。私はですね――私は――私にどうしてそんなお金がございましょう。五十――五十――五十何元ですよ。……この棉袍だって――もう――七年も着ておるんです。一ヶ月、たったの十元の稼ぎです。食うのも切りつめ、使うのも切りつめて、包国維のために――ひたすら……私はその上借金もあるんです、借金が……何口も……利息が三分⑤のが何口もなんです。私は……」

その職員は癇癪玉を破裂させることにした。彼は持っていた紙を投げ捨てると、くるっと振り向き、眉を逆立てて睨んだ。

「俺にそんなことを言ってなんになる。それに学校は慈善団体じゃないんだ。俺に寄付させようっていうのか。――ばかばかしい」

包さんは、呆気にとられた。彼の頰はこわばってしまった。けれども、この笑顔を残しておいた方がいいのか、引っ込めた方がいいのかわからなかった。膝頭ががたがた震えた。手すりにすがると、まるで鉄でできてでもいるように冷たかった。彼はその職員がまた絵を描いているのを見ると、ようやくきびすを返し——ゆっくりとドアの方へ歩いていった。

息子は——なんとしてでも学校にやらねばならない。けれどももしも明日学費を納付しなければ、包国維はきっと除籍になるだろう。

「除籍……除籍……」、包さんの心臓は魚の目でも出来たようにキリキリと痛んだ。

除籍になったら、どこの学校へ行けばいいのだ。あの子は二つの学校を退学になり、やっとの事で大坊ちゃまに口を利いてもらって、この省立中学に入れたのだ。

やはりあの先生に頼み込もう。

「先生、先生」、包さんは引っ返してきた。「もう一言、先生に聞いていただきたいことがあるんでございます、一言だけ。……先生、先生」

彼は待った。いつかはあの先生も振り向いてくれるはずだ。

「先生、えーと、えーと——先生、ユニフォーム代はちょっとあとで納めます。とりあえず三十元納め、三十——いや、三十一元五角納めるというのはいかがでしょう。ユニフォームが出来てから——それから……今は——今のところは実際——実際——今は——今は、足りないものですから——本当に私は……」

「またかよ。ちぇっ」

職員は、「いいわけにならん」ということを示すようにそっぽを向き、それからこちらを向いた。

「ユニフォーム代は先払いだ。これが学校の決まりだ、決まり、わかるだろう。つまりだな、結論はだな、各種費用は一括先払い、市民銀行に納付ということになっておる。通学生は合計五十一元五角だ。明日の午前中までに納付しなければ除籍。わかるか、わかるか。わかったかね」

「先生、ですが——しかし……」

「えーい、まったく。私の言うことがわかったのかね、わかったかね。いくら話しても、何の足しにもならん。まったく手こずる。……お前一人でしゃべってろ」

職員は立ち上がるやドアを出て行き、続いてドアが大きくバターンと鳴って閉まった。壁もそれにつれて振動し、掛け時計さえ小さくジャーンと鳴った。

部屋の中に取り残された包さんは、誰か出て来ないかと、一人手すりのところに佇《たたず》み、かれこれ十数分もたった頃ようやく立ち去った。

「うえっ、うえっ、うっ」

包さんの喉が鳴った。自分でも何を考えているのかわからなかった。何か大きな災厄がやって来ようとしているように思った。けれども恐ろしいとまでは思わなかった。どんな大変なことだって、その困難の時はいつか過ぎるに決まってる。彼は一歩一歩歩道の上を歩いた。さっきまで、自分が何をしていたのかも忘れてしまい、何か災いが来るということもほとんど忘れてしまった。自分の手も足もぶるぶる震えているのに気がついた、けれども歩くのはそう大変ではなかった。あのジトジト湿ったぼろ布靴を履いた足も、すでに自分のものではなくなっていた。道行く人も目に入らなかった。他人とぶつかっては、よろよろと退った。

通りでは自動車が警笛を鳴らし、もの売りが声を張り上げていたが、彼には煩《うるさ》いだけだった。

太陽が雲の隙間から顔を覗かせ、足の右側に伸びた影が、半分折れ曲がって壁の上に伸びていた。どんどん歩き続ける彼の影が、突然縮まって後ろに回った。彼が角を曲がったのだ。

反対側から三人の若者が談笑しながらやって来た。

包さんが呼んだ。

「包国維！」

彼は息子を呼ぶときも、学校の規則通りに――苗字と名前をいっしょに呼んだ。

包国維は二人の学友と並んで歩きながら、手に持った紙袋から、色とりどりのものを取り出して口に運んでいた。彼らの歩く姿はそろって同じで――一歩ごとに首から胸までを同時に前に突き出していた。

「包国維！」

若者たちはびっくりしたように立ち止まった。包国維はすぐさま今までの笑顔を引っ込め、しかめっ面をした。心持ち顔を回しただけで、横目で自分の父親を見た。

包さんは、さっき出くわしたことを息子に話そうと思ったが、その言葉が凍り付いてしまって、肚《はら》の中に重たく積み重なり、吐き出すことができなかった。彼は、ぎごちなく言った。

「お前は今日――お前は今日――いつ頃家に戻るのかね」

息子は口をへの字に結んで、鼻先で答えた。

「帰りたくなったら、帰ることは帰るよ。家で宴会の用意でもして待っててくれるかい。……まったく俺は本当に大事《おおごと》なんだから。それだけさ」

振り返ると、友達はもう七、八メートルも先だ。包国維はすぐにマラソンでもする格好で追いかけていった。「郭純《クオチュン》、郭純」。彼は笑いながらその郭純の肩に手を掛けた。「さっきの話まだ終わってないよ。——孫桂雲《スンクイユン》はどうして……」

「今の爺さん、誰」

「へっ、関係ねえよ」

振り返ると、父の後ろ姿がだんだん遠のいていく。彼は気が軽くなり、安心して続けた。

「孫桂雲が短距離をやめちゃったのはとにかく惜しいよな。そうだろう。おい、龔徳銘《コントーミン》そう思うだろう」

龔徳銘と呼ばれた若者は、郭純の持っている紙袋から何かを取り出して口に運ぶばかりで、何も答えなかった。

彼らは、小さな裏通りに入った。

包国維は、両手をズボンのポケットに突っ込み、孫桂雲のバスケットボールを話題にした。それから話は自分たちのバスケットボールの話になった。彼はため息をついた。前回全市のバスケットボール大会の決勝戦で、彼らが飛虎チームに敗れたのは本当に残念だった。彼は話に夢中になり、眉毛がつり上がって、今にも目の上から飛んでいってしまいそうだった。

「我々のヒマラヤ・チームは、どうしても頑張らなきゃ。郭純、君は、メンバーのみんなに何がなんでも……」

郭純は、彼らヒマラヤ・チームのキャプテンなのだ。

「お前、口で言うだけなら簡単だぞ」。龔徳銘が肘で包国維を突いた。

「え、何をいうか。……俺はうまくなったよ。なあ、うまくなったよな。郭純、そうだろう」

「うん」、郭純は、鼻先で返事をしたが、そのまま鼻唄を歌い出した。

包国維はまるで優勝でもしたように、身体が火照《ほて》った。話したいことがいくつも浮かんできて、押さえきれずに口走った。

「俺は、今学期試合に出られるだろう、俺は……」

「あわてるなって」

「なんだと」

「お前は、シュートがまだ正確じゃない」

「でも、俺は、——Passは、うまいだろう……」

「パスがうまいだって」、龔徳銘が叫んだ。「おととい、俺がボールをPassしたとき、お前は受け取れなかった。お前はまだ……」

「おい、シーッ」、郭純が声を抑えた。

向こうから女子学生が二人やってくる。

三人はすぐさま横一列にピッタリと並んで、教練式に歩を進めた。この陣形は何よりも得意なのだ。彼らは、これで彼女たちに通せんぼするつもりなのだ。二人の女子学生はうつむいて道をゆずり、塀際を歩いた。彼らも塀際によった。

包国維は笑ったので、目が一本の糸のようになった。

「ヘイ、ヘイ、パーマがきれいだね」

彼女たちは再び避けようとして、反対側の塀際に行こうとしたが、彼らもまた反対側によっていった。郭純が女の声をまねて言った。

「通してちょうだいよ」

「通してちょうだいよ」。包国維も物まねの芸人のようにまねると、郭純に舌を出して見せた。

二人の女子学生は生の牛肉みたいに赤くなって、まるで頭がおなかにめり込まんばかりに、さらにうつむいた。

郭純は包国維に向かって口をとがらし、あごをしゃくった。

これまでの包国維だったら、女の子たちに出会っても別に大したことはなかった。せいぜいがチラッと見て、大声で、こいつの尻はでっかいなあとか、あいつの目はきれいだなどと言うのがせいぜいだった。けれども今回は違う。郭純の意図は明白である。彼は包国維に腕前を見せてみろと言っているのだ。郭純はなぜ龔徳銘にはやらせないで——

——包国維にだけそんなことをやらせるのだろう。

包国維は有頂天になっていた。英雄のように——女子学生の太股に手を伸ばしてつねった。

女子学生は悲鳴をあげた。郭純たちは大笑いした。

「いいぞ、包国維」

三

郭純《クオチュン》の家に着くまで、包国維《パオクオウエイ》は、自分の自慢の行動についてしゃべり続けた。

「太股を撫でることぐらい、ふん、お手のもんさ」

郭純は自分の家に着くとオーバーを脱ぎ、鏡で襟元を正した。それからストーブの火に目をくれた。包国維がどんなに力を込めてしゃべろうが、郭純は聞こえないかのように、あれこれ言い付けた。老王《ラオワン》には石炭をくべさせ、劉媽《リウマー》には茶を注がせ、阿秀《アーシウ》にはスリッパを持ってこさせた。それから、ソファーに腰を埋め、タバコを吸いながら、阿秀に革靴を脱がさせ、スリッパに履き替えるのを手伝わせた。包国維はやむを得ず口をつぐみ、阿秀の両の手を見つめた

――阿秀を召使いだと馬鹿にしてはいけない、手はとても白く柔らかそうだった。その手が革靴を脱がせると、郭純の手が彼女の頬をつまんだ。

「持っていって磨いておけ」

「坊ちゃんたら」、阿秀はぶつくさ言いながら出ていった。龔徳銘《コントーミン》は、机のそばで本をめくっている。着ている皮袍《ピーパオ》の裏地が椅子の上に大きく広がり――真っ白な毛を見せている。

太陽がまた隠れた。郭純は薄緑の窓のカーテンを開けた。

「龔徳銘、お前顔を洗いたくないか」

相手は首を振ると、尻を椅子の上にきちんと乗せた。しかし、包国維は顔を洗おうと思って、自分の家のようによく知っている浴室へ行った。慣れた手つきで蛇口をひねる。それからいい方の石鹸を選ばなければならない。二つの石鹸の香りを交互に嗅いで黄色い方を使った。

「これはなんて石鹸だろう」

郭純たちが使うのはこの石鹸だ。安淑真《アンシュチェン》が使っているのもきっとこれだ。

ここには、何でもあるな。香水、整髪料、クリームなどなど。

十分以上もかけて念入りに顔を洗った。

「郭純、君、髪は毎日油をつけるの」。彼は十いく本もの瓶を眺めた。

外ではなにか一言答えがあった。

包国維は櫛で髪の毛をとかしながら、喉の調子を整えるように言った。

「僕は何日もつけていないんだ」

それから、動かしていた手をしばらく休めて、外の返事に耳を澄ました。

「お前が使っているのはなんて言う油だい？」――龔徳銘の声だ。

「僕かい、僕が使っているのはね、えーと、やっぱり司《スー》丹康《タンカン》⑥」

そこで彼は司丹康を櫛につけて、髪をとかす。彼は念入りに鏡に向かう。一本だって突っ立っていてはいけない。こうして五、六分もしてから、櫛を髪の毛から離した。彼は鏡に向かって正面から眺め、左から眺め、右から眺めた。口をひねってみる。首をちょっとねじってみる。笑ってみる。目を細めてみる。眉をあげ、眉間に皺《しわ》を寄せ、首を傾げてみる。何を根拠にしてか、美男子というものは、こういう顔つきをしていなければいけないといつも思っている。彼の眉は影のように薄く、眉毛には……

クリームがよく伸ばされていないので、眉毛が白くなっている。こうしたものを塗るとき、確かに少しつけすぎである。彼はタオルをとって花模様を描くようにふき取る。

良心に従っていうが、彼の顔はハンサムだといってもよい。ただ、鼻が少し平べったい。あごが少ししゃくれていて、下唇が上唇より二倍は厚い。頬も明らかにくぼんでいる。しかし、こんなことは大したことではない。今や、髪の毛は光り、顔は白くなり、様々なきわめていい香りさえしている。ふん、もしも安淑真が見たら……

しかし、少し鏡から離れて立ってみて、ぞっとした。彼は、いつもこんなラシャの棉袍《ミエンパオ》だ。いつもこんな灰色ともつかない、青ともつかない色の棉袍だ。胸にはこんなにたくさんシミができている。この頭は、この高い襟の上に乗っかって、まったく……

「まったく釣り合いがわるい」

包国維は逃げるように浴室を飛び出し、音を立ててドアを閉めた。

郭純の部屋に来ると、二人はわざと包国維をからかうかのように、ひたすら着るものの話をし、ズボンの型について話題にした。郭純は、タンスを開け、服を取り出して龔徳銘に見せた。

「これは先週つくったんだ」、郭純がケースを開けると、中には三本のズボンが挟んであった。彼は二本を取り出した。

龔徳銘はケースを指さした。

「このケースは実際何の役にも立たないね。始めのうちはバネが堅すぎるし、使っているうちに、どんどんゆるくなって、ズボン二本挟むにもゆるすぎる。僕は……」

「この一揃いをいくらでつくったか、あててごらん」

二人は包国維のことが目に入らないかのようだった。包国維は思った。郭純はどうしてこの包国維に訊かないのだろう。彼は顔を寄せて念入りに調べ、手で髪の毛を撫で、断固とした口調で言った。

「五十二元」

しかし郭純は彼を一瞥しただけだった。

続いて郭純と龔徳銘の話は、服のことから一年生の呂等《リュトン》男《ナン》のことに移った。郭純によれば、彼女は自分にぞっこんだというのである。バスケットの試合の時には、いつも会場に来るし、郭純のシュートが決まれば、呂等男は特別力を入れて声援するのを見てみろというのだ。郭純は、時間をかけ、にやけきってこの話を続けたので、テーブルに昼飯の準備ができてもまだ終わらなかった。

包国維は郭純の方を見つめたままで、食事さえも上の空だった。しかし郭純はただ龔徳銘だけに聴かせるかのように、龔徳銘の顔に向いてだけ喋った。包国維の目は、箸で料理を挟む時以外は、少しも郭純から離れることはなかった。郭純に自分がそばにいるのを思いだしてもらおうと、わざと碗や箸の音を立てた。時に郭純の目がちらっとでも彼を見ると、「はっはっは、ちくしょうめ」と大声で笑ったり、心を込めて「うん、うん」と頷《うなず》いたり、時には、びっくりでもしたかのように、「えーっ?」という具合で、郭純がもう一度ちらっと見てくれるのを待った。

「彼女をどうするつもりだい」、龔徳銘が訊いた。

「誰を」

「呂等男だよ」

語り手はちょっと笑って、

「どうするもないさ。引っかけて、口づけして、いただいて、終わりだよ」

突然包国維が、体中を震わせて、大笑いを始めた。

「まったく人でなしだね、郭純。君の言いぐさったら——君って奴は」

また笑った。

今度は郭純は明らかにいくらか上機嫌だった。彼の目玉がしばらくの間包国維の顔に釘づけになった。

こっちはいっそう笑いに力がこもって、食事が終わって郭純の部屋に戻るまで、何度もわはは、わははと笑った。彼は涙を拭き、力いっぱい息を吐くと、また笑い出した。

「郭純、君の言いぐさったら。君はまったく——こんちくしょうの人でなしだ。君ったら……」

もう一人も性体験を語った。龔徳銘は、自分が五人の女と関係をもった、みんな岡場所の女だと言った。郭純は、しかし一ダースだという、必ずしも商売女じゃ無かったが、それでものにするにはかなり金を使ったのだそうだ。中には、なんと五百元以上も使ったのがいる、と。

「誰かが、君は宋家璇《ソンジアシュワン》と何したと言ってるが……」、龔徳銘は爪楊枝でテーブルに絵を描きながら言った。

「そうとも、それがあいつだよ」、郭純は立ち上がると、声をひそめた。「ちくしょうめ、あいつの腹が膨れてきちゃったんだよ。あいつの家じゃ、俺とは続けさせられないときた。それで、脅したりすかしたりの挙げ句、五百元くれてやって、チョーンさ。……あーあ、親父からこの五百元をだまし取る時は、なかなか骨がおれたよ、ちくしょうめ。手に入れて、やっと安心したさ」

包国維は口を挟みたかったが、自分には話す材料がなかった。彼は考えた。

「ここでもう一度笑うべきだろうか」

彼は考えがまとまらない様子で、きょろきょろ見まわした。郭純はこんなにたくさん洋服を持っている。郭純はこんなにたくさん女とつき合っている。郭純はそれにヒマラヤ・チームのキャプテンだ。郭純は父親に金が要るといえば――いつでも、少なくて四、五元だ、十元とか二十元の時だってある。そうでなきゃ百元、二百元だ。

「百元、二百元」

包国維は、気が滅入ってため息をついた。足を投げ出し、また縮めた。足を絨毯の上に置いたまま、何時までもここに座っていたかった。ああいう新しい洋服を身に着け、安淑真が自分のそばに寄り添っていなければだめだ。バスケットボールの試合の時だけは出かけるにしても、後は一年中、外に出かけたくないと思った。

しかしここは郭純の家だ。包国維はいつかは自分の家に帰らなければならない。

というわけで、彼は両手をズボンのポケットに突っ込み、上半身を一歩ごとに前に突きだしながら、自分の住処《すみか》に戻ってきた。入口のドアを足で蹴飛ばした――バーン。

部屋の中には包さんの友人たち何人かが座っている。包国維のあの籐椅子には、戴老七《タイラオチー》が座っている。胡大《フーター》は包さんのベッドの上に寝そべっている。一生懸命何か話しているところだったが、包国維を一目見るなり口をつぐんでしまった。彼らは機嫌を伺うように包国維に作り笑いをした。戴老七が立ち上がって、包さんのベッドまで退いて座った。

包国維は、眉をあげて一瞥すると、籐椅子に腰掛け、足を組んで――ぶらぶらさせた。本を一冊抜き出し、ペラペラとページをめくり、めくった手で髪の毛を撫でた。本はバネ仕掛けのように閉じられた。

何もかもが黒ずんでいた。豚のレバーを煮たような色合いの板壁、濃い茶褐色の机、黒ずんだ床、窓から差し込んでいる弱々しい光も、あの四角の机のところまでしか届かない。包国維の暗い影が、黒い大きなベールのように――奥のベッドに座っている人々を覆った。

沈黙。

包さんはひたすらあごを撫でている。数本のゴマ塩になった短いヒゲは、さながらちびた歯ブラシだ。まだ戴老七たちと話さなければならないことがたくさんあった。しかしその場の空気に気圧《けお》されて声を出すことができなかった。

しかし戴老七はこのやりきれない沈黙を破ろうとした。

彼は小声で尋ねた。

「いつから学校かね」

まるで針でちくりと突かれたかのようだった。包さんは全身をブルッと震わせた。左手で癇癪を起こしたかのように力一杯あごをひねり、顔をこわばらせて言った。

「あさって」

突然包国維がめくっていた本を放り投げ、立ち上がるとドアの方へ向かった。

誰もがびっくりした。

包さんの左手はあごの下で止まり、口も目も大きく開かれたままだった。自分が何か息子を怒らせるような大失敗をしでかしたと思った。彼は許しを乞うような口調で、包国維にそっと声をかけた。

「お前は、そこで勉強じゃないのかい、どうしてまた……

……」

「勉強だって。部屋の中がこう煩《うるさ》くちゃ、勉強になるかい」

老人は何かを求めるようにみんなを見た。胡大が小さい声で自分の部屋に行こうと提案したので、みんなはほっと一息つき、ドアを出た。

包国維は軒下に立って、顔を中庭に向けていた。


皆は包国維の身体にぶつかっては大変と、用心深くそっと歩いた。みな顔をうつむけていたが、一人戴老七だけは、こっそりと包国維のテカテカの頭髪を盗み見て、彼がつけているのは、広生行《コワンションハン》⑦の水油だろうかと考えた。

自分の部屋に来るやいなや、胡大は元気をとりもどした。彼は戴老七に嬰孩印《あかちゃん》の巻きタバコを一本やると、自分は板のベッドに寝ころび、吸いさしを取り出して火を着け、足を小さな腰掛けの上に載せた。

「俺のこのお屋敷はいいだろう。このベッドが俺ので、あっちが高升《カオション》のだ。包国維に表札でも書いてもらおうかな」

この小さな部屋は、誰が見たって胡大のお屋敷だ。全てが油でベトベトしている。腰掛け、寝床、板壁、どれも削ったことのないまな板みたいだ。ベッドのぼろ布団は、テーブル雑巾のような臭いがする。料理の控え帳にしているノートには黒ずんだ指紋がべたべた付いている。

ところがどういうわけか、みんなはここに座っていると気持ちがよかった。包さんときたら、もう十何回もしゃべった話を戴老七に蒸し返し始めた。

「あんたにはわるいねえ、まったくさ。私も本当にさ——

——本当に——考えてごらんよ、ちゃんと肚《はら》づもりしてあったのに、勝手にユニフォーム代なんか請求しやがって……」

「あたしゃ、だいじょうぶだよ。けど陳三癩子《チェンサンライズ》の奴は……」

「わかってる、わかってる」、包さんはため息をついた。「お前さんたちの商売もそれほどよかない。床屋もけっこう多いからね。よそで大きな店を開かれた日にゃ、店が小さいてんで、お客は来てくれやしないよ。わかってるよ。お前さんたちもここ数年――この数年――本当に済まないね、あの金――あの金は」

ここで彼はまたせき込み始めた。

胡大は指を焦がしそうになって、ちびたタバコを投げ捨てた。

「戴老七はだいじょうぶだと思うよ。彼の分は今年返さなくとも何ともない、そうだろう」

「うん」、戴老七はしきりにすぱすぱタバコを吸ってから、「その通りだ。陳三癩子の方は俺には請け合えないよ。奴《やっこ》さんがどうしても返せというかも知れないし、仲介したわしとしては……」

「あんたからわけを話してやってくれよ、あんたから。金があるのに返さないってわけじゃないんだ。私は、ほんとうに……」

「うん。陳三癩子には話してみるよ」、戴老七は作り笑いをした。

包さんは戴老七を見つめた。飛びついて戴老七を抱きしめてやりたいほどだった。

部屋中がタバコの煙でもうもうとしていた。包さんはまたせき込んだ。

「ゴホン、ゴホン。――小謝《シアオシエ》のあの十元の頼母子講《たのもしこう》の金、あれもあんたから言ってみてくないか。今月は――ゴホン、今月は本当に返せないんだ、本当に――ゴホン、ゴホン。先に声を掛けておいてくれれば、後から自分で――あいつに」

「うん、必ず話しておくよ。小謝という奴は悪い奴じゃないよ。たぶん……」

そこで包さんは何度か咳払いをし、くどくどと自分の暮らし向きをしゃべった。彼は胡大に二十元を借り、高升に七元借り、梁《リアン》のお屋敷の車夫に五元借りていた。学校の費用を納めると十元そこそこしか残らない。それで本も買わなければならない、靴下やら何やらも買わなければならない。話しながら、目の周りに皺を寄せた。

「ねえ、こんなに何もかも切りつめて、それでも――まだ――ほら、包国維は革靴も持っていないんだよ、包国維は」

こう言ってしまうと、包さんはなにかとてつもないことが解決したように感じた。彼は計算すれば合計で三十二元借りられたのだ。五十一元を市民銀行へ納めれば、もう何も怖いものはない。年越しに十元ぐらいの心付けはもらえるはずだ。そうすりゃ、ちょうど足りる。彼はこの午後を気持ちよく過ごした。

気分がよくなると、我慢できずに息子に話したくなった。

「明日は学費を納めに行けるよ。明日だ。……金は足りることは足りたんだ。胡大のところでね——胡大はね……」

包国維は髪の毛を撫でると立ち上がってぶつぶつ言った。

「髪油を一瓶買わなければ」

「何油だって」

「髪油だよ。——髪に着けるやつ」、包国維は机の引き出しをひっかきまわした。うんざりといった顔つきで。「引き出し三つ、みんなごちゃごちゃで、何にも見つからない。まったくやんなっちゃうよ、まったく。何でも僕の引き出しにつっこんじゃうんだから。老眼鏡まで……」

包さんは急いで自分の眼鏡を取りだした。あたりを見まわしたが、眼鏡をどこにしまえばよいかわからなかった。

四

次の日、包《パオ》さんは市民銀行へ金を納めに行き、ついでに戴老七《タイラオチー》の店に寄った。帰ってきた時には、赤い色の油の入った小瓶を一本持っていた。

お屋敷の誰かが訊いた。

「包さん、それは何だね」

「うちの包国維《パオクオウエイ》が使うんだ」

「なんだって。また外国の字を書くやつかい」

包さんは笑って、その瓶に入ったものを、大事そうに部屋へ運んだ。

息子は丈の短い綿入れの袷を着て歯を磨いているところだったが、眉をあげて瓶をちらっと見た。

「お前にだ」、老人は瓶を差し出して彼に見せた。

「いったい何さ」

「髪油だよ。戴老七に頼んで分けてもらって来たんだ。……匂いをかいでごらん。いい香りだよ」

「ふん」、包国維はそっぽを向いて歯磨きを続けた。

包さんはしばらく呆気にとられていた。瓶を持った手が宙に浮いた。突き出していいのか、引っ込めた方がいいのかわからなかった。

「頭につける油が要るってただろう」

相手は急に歯ブラシを口から出して大声をあげた。包さんの顔じゅうに白い飛沫が吹きかかった。

「僕が欲しいのは司丹康《スータンカン》だよ。司丹康、司丹康。わかっただろ、司丹康だ」

父親の顔を見ながら、昨日この老人が郭純《クオチュン》の前で自分を呼び——自分に話しかけようとしたことを思い出した。老人に今後は往来で自分に声をかけないようにさせたかったが、どんな風に切り出せばよいかわからなかった。そこでいっそう腹が立った。

「持っていってよ。そんな油、使えやしない。——みっともないったらありゃしない」

包国維はしきりに怒っていたが、顔を洗い終えると飛びだして行った。

包さんはまだその瓶を手に持ったままだった。机の上に置こうかとも思ったが、息子が帰ってきてまた癇癪を起こすといけないし、かといって捨ててしまうには忍びなかった。瓶の栓を開けて匂いをかいでみた。あごを撫で続ける。しかし、どうしても包国維がなぜあんなにカッとしたのか思い当たらなかった。

鏡に目をやると、自分の顔が一面白いまだらになっている。彼は瓶をベッドの下に置くと、タオルで顔を拭いた。

「包国維は、なぜ腹を立てたんだろう」

しばらくとっくり考えて見る——わが包国維に十分にしてやらなかったことがないだろうか。息子が癇癪を起こすのを見ると、胸が締め付けられるような気がすることがある。自分は息子を放任して、あんなわがままにしてしまったのだ。しかし、それでも小言を言おうとしない。火に油を注いでますます息子を怒らせてしまうことが心配なのだ。若者はこらえ性がない。腹立ちのあまり身体でも壊されたら笑いごとではすまされない。女房が死んでからは、同時に包国維の母親にもなったのだ。親父の威厳は半分以上消え去ってなくなり、どんなことでも男らしくなくなった。

しかし、時には包国維がかわいそうになることがある。あれを買うにも金がない、これを買うにも金がない。この若者は、いつもこんなかび臭い部屋で勉強し、本を読んだり字を書いたりするのもこんな机しかない。勉強道具もあんなに多いのに、いつまでたってもこんな引き出しが三つきりだ——しかも親父たるものが、眼鏡なんかで彼のわずかばかりの場所さえ塞いでしまった。

長々とため息をつくと、台所の胡大《フーター》のところへ世間話をしに行った。肚《はら》の中のことは、息子には話せない。ただ胡大にだけは気の済むまで話せる。胡大は自分をわかってくれる友人だ。

胡大の話は本当に筋が通っている。

「まあ、あんたね」、胡大は油の小鉢を一つ一つ拭いてはまな板の上に置いた。

「あんたはさ、今にお宅の包国維のおかげで幸せな生活をするんだろう。そうだろう？」

少し間をおくと、胡大が自分で答えた。

「そう、あの子のおかげで暮らすのさ。そうなりゃ、こうさ」、親指を立てた。「今は、あんたが食わしてる。今に、あの子が食わせてくれる。食わしてもらうのさ——あんたは旦那様だ。いいものを食わせてもらい、いいものを着せてもらう。あの子が面倒をみてくれて、楽な暮らしができる。今は、あんたが食わしてやってる——考えてごらんよ、あの子がどんな暮らしをしているのか。いいものを着たことも無いし、うまいものを食ったこともない。朝から晩まで勉強だ……」

包さんは、指で涙をぬぐう。包国維に申し訳がない。今にも飛びだして行って、あの若者を捜して連れ帰り、懐に抱きしめ、ほっぺたに頬ずりし、あの薄い眉毛に頬ずりし、突き出たあごに頬ずりしたいところだった。息子に向かって、——「申し訳ない、申し訳ない」と泣きながら謝らなければならない。

鼻の先がツーンとして、また手で目を擦った。

しかし、口に出す言葉——これはまた別だ。

「けれどもあいつの癇癪ときたら、……」

「癇癪だって、まあ、まあ——」、胡大は微笑みながら、相手が何もわかっていないと言うように頭を大きくのけぞらせた。「若い者は誰だって腹を立てるさ。包さん、あんただって若いときは……誰だって同じさ。あの子を責められるものか。俺の言うことが間違っているかどうか——高《カオ》升《ション》にも聴いてごらんよ」

そのとおり、包さんが聴きたかったのはこの言葉なのだ。自分ではうちの包国維のことはよくわかっているのだ。そして、ほかの人にもうちの包国維をわかって欲しいのだ。そうでないと、「ほらご覧、あの息子は、親父に対してあんな態度だ、ふん」と言うにきまってる。

今、ほかの人までうちの包国維をわかってくれた。

包さんは気分が良くて心臓までむずむずし始めた。胡大に目をやり、高升を見た。

高升は厨房へお湯を汲みに来て、ヤカンを提げたまま立ちつくし、二人のおしゃべりを聞いていたが、さっそく話に割って入った。

「当たり前さ。若い者は誰だって、気が短いんだよ。ほら、親戚の坊ちゃまなんかさ、お母様に対してすごい態度するじゃないか。坊ちゃまなんか、あんなにいいもの着てさ、あんなにいいもの食べてさ。お宅の包国維よりずっといい暮らしだよ。お母様が粗末にしたわけじゃないよ。わがままを通したいだけなんだよ」

「まったくだ」。胡大は前掛けで手を何度か擦った。

「おおそうだ」。包さんは急になにかを思い出したように、帰りかけた高升を呼び止めた。

「高升、坊ちゃまは、頭にどんな油をつけるんだい」

「知らないよ。坊ちゃんが油なんかつけているところ見なかったよ。ただクリームのようなものを使ってるだけさ」

「クリームなんか頭につけるのかい」

「クリームじゃなくて、クリームみたいなものを」

「いい匂いがするかい」

「するとも」

包国維が朝いったあの「康《カン》だよ、康、康」というやつ——あれがきっとそいつだ。

午後、坊ちゃまの出ていく革靴の音がすると、包さんは早速坊ちゃまの部屋に忍び込んだ。クリームなら包国維だって持っているから、包さんだって知っている。クリーム以外の瓶の蓋を開けて、一つ一つ匂いをかいでみた。彼は一番いい香りの瓶を選んで手に取った。

「いけない」

もし坊ちゃまが調べて、この瓶が自分の部屋にあるのを発見したら、とんでもないことになる。包さんは、お屋敷にきて三十年ほどになるが、悪いことは何一つしたことがない。

彼は瓶を置いて、しばらくぼんやりしていた。

「康だよ、康、康」

きっとこれだ。ただ瓶に書いてある外国の文字が彼には読めない。

突然ある考えが浮かんだ。紙を一枚取ると、瓶の中身を懸命に掻き出し、たっぷりとその上にのせて、注意深く包み、こっそり部屋に持ち帰った。

今度こそ包国維は喜ぶに違いない。しかし——

「今どこにいるんだろう。まだ腹を立てているんだろうか」

包国維はその時、郭純の家にいた。包国維はその時、少しも腹を立てていなかった。包国維はしかも非常に愉快だった。郭純が、今学期バスケットボールの補欠選手になることを認めてくれたのだ。包国維はソファーに身を委ねていた。包国維はほかの数人の学友たちがしゃべっていることなどぜんぜん気にも留めなかった。

「いつ頃、正式に試合に出られるのだろう」。包国維は自問した。

もしかしたらまだ数ヶ月は練習しなければならないかもしれない。その時には飛虎チームとやり合って、この包国維の腕前を見せてやらなければならない。このヒマラヤ・チームの姿は今度の全国スポーツ大会に出場した河北チームよりもすばらしいのだ。一人一人みな飛ぶように速く走れる。一番はもちろん包国維だ。ボールがひとたび彼の手に渡れば、もうほかの人はお手上げだ。彼は味方にも渡さず、一人だけで突進する。相手はもちろんあわててブロックしようとする。ところが彼はひらりとかわして、ボールもろとも前方へ。……

彼の身体が、ソファーの上でくるりと回転した。

その時、もちろん観衆の数は数千数万、みんなが拍手して——包国維のプレーを称賛する。女子学生はスタンドに座って懸命の応援だ。一番力の入っているのは言うまでもなく——安淑真《アンシュチェン》だ。彼女は顔を紅潮させている。ちょうどその瞬間、包国維はシュートをする。スポッ。——二点だ。

「ヒマリア——ヒマリア——がんばれ」

女子学生たちは狂ったように叫ぶ。その叫び方があんまり速いので、ヒマラヤが「ヒマリア」になってしまうのだ。

こんなふうに、さらに五回もシュートに成功し、前半で十二点を獲得だ。

ハーフ・タイムには、彼は真っ白なジャージーのスポーツシャツを着なければならない。女子学生たちが自分を取り囲み、彼の前でしなをつくる。誰もが自分のとなりに来ようとする。となりになれないのは口をつぐんでやきもちをやく。喧嘩になるかもしれない。……

喧嘩といったってそんなに大事にはならない。

喧嘩はしない。安淑真さえ隣にいればそれでいいのだ。空いているところはいっぱいあるのだから、あと何人かかわいい娘を近寄せたってかまやしない。そこで安淑真がサイダーを飲ませてくれる……

「サイダーより、やはりオレンジジュースの方がいいでしょう」

もちろんオレンジジュースだ。銘柄は? たしか、なんとか牛とかいう銘柄のがあったなあ。雄牛か雌牛かそんなことはどっちでもいい、つまりはオレンジジュースだ。一気に二本飲んで、安淑真の肩に手を置いて再びコートへ。自分の独壇場でまたシュートが七回も入る。いいぞ、いいぞ。

郭純はシュートを入れただろうか。……

彼はソファーの上でお尻を移動させると、郭純をちらっと見た。

よし、郭純にも三点得点させてやろう。三点とは、シュートで二点、フリースローで一点だ。

試合が終わるとみんなが自分を胴上げする。本当に面倒くさいことに、十数人の新聞記者が争って自分の写真を撮り、明星公司は自分をレンズの前に立たせて――ニュース映画の撮影だ。当日の夕刊は各紙とも自分の写真を載せていて、お嬢さん奥さんたちが切り抜いてベッドのカーテンにピンでとめる。もう包国維を知らないものはない。全ての女子学生が自分のニュース映画を見に映画館に押し掛け、シュバリエのフィルムでさえ見たがる人がいなくなる。

……

包国維は立ち上がり、テーブルからタバコを一本とって火を着けると再びソファーに座る。彼の心臓はどきどき鳴っている。

ほかの連中のおしゃべりなど何一つ耳に入らない。ただ、その時どんな服を着るべきか考えている。もちろん洋服だ。郭純みたいにたくさん持っている。毎日とりかえて、安淑真を連れて街へ繰り出し、また安淑真を連れて家に戻って座る。それから彼女に……

「家に戻って座る！」

突然ガツンと一発くらったように辛くなる。

自分にどんな家があるというのだ。薄暗くてなにもよく見ることができず、ただカビのにおいが鼻を突くだけだ。二つのベッドがL字型に並べられ、カーテンは黄色く変色している。家中でたった一つの籐椅子。――胡大があの油でべとべとの尻でそこに座っているかもしれないのだ。安淑真はきっと誰なのか尋ねるだろう。コックだ。あの老人は誰。自分の親父だ。あごを撫でることしか能のない、咳をし、ぼろの棉袍《ミエンパオ》を着ている、劉《リウ》のお屋敷で三十年勤めている年寄りの下僕だ。……

包国維は心の中でいらいらしながらつぶやいた。

「この家じゃない、この家じゃないんだ！」

家は郭純の家のようでなければならない。父親もあの親父ではなく、顔がふっくらしていて、チンチラの毛を裏地につかった皮袍《ピーパオ》を着、口には太い葉巻をくわえていなければならない。それにヒゲをちょっと生やしているかもしれない。眼鏡を掛けているかもしれない。話す時には、にこにこするのだ。そこで、安淑真は自分の家にきて、日がな一日腰を落ち着ける。自分は蓄音機をかけて、「妹よ、君を愛す」を聴かせる。安淑真は、身体をくねらせはじめる。自分は蝶ネクタイを直し、彼女の前に進み出て……

　突然誰かが大声で叫んだ。

「そりゃだめだよ、そりゃだめだ」

　包国維はびっくりした。彼は目が覚めたように周りを見回した。

　彼は郭純の家にいたのだ。学友たちは騒いだり、笑ったりしている。龔徳銘《コントーミン》はカニとレスリングをしていたが、どういうわけかカニが急に大声を出したのである。

「そりゃだめだよ。みんな、龔徳銘のやつったらね。この龐錫爾《パンシーアル》はお前になんか騙されるもんか」――彼の名前は龐錫爾というのだが、みんなから「カニ」[8]と呼ばれている。

　包国維はため息をつき、タバコの吸い殻を痰壺に投げ捨てた。

「僕はやはり短距離を練習しなければいけないな。毎日……」

　やがて劉長春《リウチャンチュン》[9]より速くなって、極東記録を破らなければならない。公式記録のアナウンスが発表される時……

　しかし、どうしてもそこから先を続けて想像することができない。アナウンスがとつぜん龔徳銘の声に変わってしまった。

「今のはノーカウント、ノーカウント。僕の足をつかんだから、僕は……」

　龔徳銘はカニに床の上に転ばされていた。部屋中に笑い声。

「もう一度、さあこい」

「カニの方がずっと強いや」

「そんなことあるか」、龔徳銘が息をはずませている。

「あいつはズルをしたんだ」

　包国維が笑い出した。彼は髪の毛を撫でると、龔徳銘に近づいていって引き寄せた。

「もう一度、さあ」

「もうおしまい、おしまいにしろ」、郭純が片手を挙げた。

「そんなに騒ぐと――俺たちの手紙が書けないよ」

「手紙だって?」

　包国維はテーブルに近づく。テーブルの上には「明星便箋」が一枚ひろげられ、ペンがその上を走っている。李祝《リーチュ》齢《リン》が書いているのだ。郭純がそばで被さるようにして見ている。

「誰に出すの」、包国維が笑うと歯が全部むき出しになった。

ペンは紙の上を走り続けている。

「我が最愛の花の如き月の如きバラの如き等男《トンナン》妹妹へ」

続いて、――「シャッ」という音がして、感嘆符が書かれる。

なんだ、郭純が李祝齢にラブ・レターを書かせているんだ。包国維はいくらか不機嫌になった。郭純はどうしてこの自分に書かせてくれないんだ。――郭純は李祝齢の方がこの自分より優れていると思っているのか。包国維の笑顔は徐々に消えていき、口をへの字に曲げて便箋を見つめた。肚の中でラブレター書くときに使うしゃれた文句を何度も思い返しながら、李祝齢が言葉につまって書けなくなってしまうか、少なくも最後まで書き上げられなくなってしまうことを願った。この包国維は、『愛の川に浮かぶバラの花びら』を読んだこともあるし、今だって『我見ることなお哀れむがごとし』を読んでいるところだ。名文句だったらいっぱいあるぞ。

李祝齢がうまく書けるかどうかに関わりなく、包国維はとにかく少し不愉快だった。郭純が自分をさしおいてほかの奴を信頼するなんて。だが今学期からは、郭純はこの自分一人と特別親密になるはずである。郭純と自分だけが留年し、同じクラスになるのだから。

そこで包国維は顔を背けてそのテーブルをはなれた。

向こうの連中はある同級生の父親を話題にしていた。その父親は小学校の教員で、いつも紺の木綿の長衣を着ている。その老人は息子を結婚させたいと思っているが、先立つものがない。

「ああ、あいつか」、包国維が口をはさんだ。眉をあげ、口を力いっぱいへの字にまげ――そのために下唇が二倍も厚くなっていた。「あーあ、あの情けない格好たら。まったくみっともない」

しかし、ほかの連中はまるで聞こえなかったかのように、ちらっと見ただけで、その貧しい学友にそれはいい妹がいるという話題になった。その娘《こ》は女子中等部にいて、それがなかなか――なのだという。

「本当に美人だぜ。ふっくらはしてるんだが、悪くないんだ。畜生め」

包国維は、その話題は退屈だとでもいうようににやっと笑うと、衣装ダンスの前に行き扉を開けた。彼は中に下がっている紫やピンクや濃褐色やブルーや緑やえび茶や黒のスーツを眺めた。

これらの衣装の持主は顔を包国維に向け、注意深く見つめた。

タンスを覗いている方は、口をとがらしてため息をつき、髪をちょっと撫で、薄緑の地に菊の花をあしらったネクタイを一本取り出した。尻をソファーの肘掛けに乗せ、鏡に向かって一心に棉袍の高い襟にネクタイを結び始めた。彼はみんなの視線を窺った。誰かに注目して欲しいのである。見ていたのは、郭純だけであった。

「えい、このバカ野郎」、郭純はパッとネクタイを奪い取った。「畜生め、ヒトのネクタイをよごしやがって」

包国維は無理に笑った。

「あれ、あれ」

「なんだ」、郭純の顔つきは幾分本気だった。ネクタイをタンスにしまうと、バタンと扉をしめた。「今度盗んだら、おれは殴るぞ」

「盗むだなんて」、包国維は小さい声で言った。「へっへっへ」

この笑顔を、包国維はむりやり長い時間持続させようとした。頬の筋肉が震えていた。郭純が本当に腹を立ててしまわないように、なにかお愛想を言おうと思ったが、相手は机に覆い被さるようにして、一心にラブレターの代筆を見守っている。

「俺のことなんかどうでもよくなったのかな」

包国維は待った。郭純はもう自分のことを見向きもしてくれないのだろうか。手で顔をこすり、髪を撫でた。立ち上がったかと思うと、また肘掛けの上に腰掛けた。それからまた立ち上がって二、三歩歩き回り、今度はカニのそばに座った。手を肘掛けに置いたかと思うと、しばらくしてすねの上に置き、数秒の後には両手を胸の前で組んだ。足を投げ出したかと思うと引っ込めた。彼はとにかく居心地が悪かったのだ。手を胸の前で組んで肺を締め付けるようにしたかと思うと、また肘掛けの上に置いた。まるで両手を置く場所が無いかのようだった。両足は縮めたままにしておいたので幾分しびれてきた。彼の目にはどういうわけか何を見てもしっくりしないような気がした。龔徳銘たちは、まるでこの世に包国維なんてものはまったく生まれ出なかったとでもいうように、ひたすら自分たちの話に夢中になっていた。

彼は考えた。口をはさむべきだろうか。しかし彼らの話していることがわからない。連中は上海のトルコ式按摩屋のことを話している。

「まったくつまらねえことばかり話しやがって」

立ち上がってテーブルの前へ向かった。連中の話題に乗らなかったのは、誰かに突然、「お前上海に行ったことあるか、按摩屋に入ったことあるか」と訊かれて、「ないよ」、「ふん、なさけねえの」となるのを恐れたからだ。

彼はひたすら郭純がこっちを向いてくれるのを待っていた。こっちは郭純の方ばかり盗み見ていた。結局のところ、郭純は自分と仲良くしたいのである。

「おい、包国維、来て読んでみろよ」

今書いている文章を見せてくれる。

包国維は、ひどく驚いて叫んだ。

「えっ?……う、うん。……はっはっは。……」

「なかなかのもんだろう?」、郭純は机をコツコツならした。「李祝齢ときたらまったく、おお、ラブレター書きのベテランだ」

郭純は、ほかの連中には見せないのに、包国維にだけ見せるのだ! 彼は全身がかっと熱くなった。郭純は自分を相手にしてくれただけじゃなく、特別自分によしみを示したのだ。彼は飛び上がりたかった。思いっきり手も足も運動させたいと思った。郭純とは誰よりも親密で——まったく身内なんだということを示さなければならない。そこで肩を震わせながら笑った。

「はっはっは。呂等男《リュトンナン》は必ず君のものさ」

さらに、そっと郭純の頬を叩いた。

相手はありたっけの力で包国維を突き飛ばした。

「このやろう、人の面を張りやがって」

包国維の後頭部がタンスにぶつかった。正直に言って少し痛かった。彼は顔を真っ赤にして笑いながら、

「そんな、おおげさな」

郭純は半分は冗談に、半分まじめに拳骨を突き出した。

「もう一度やってみろ」

ほかの連中は二人を見ていたが、何人かがひやかした。

「わかった、わかった、諍《いさか》いはやめようよ」、包国維は笑いで息も付けないといった調子で言った。「お辞儀をするよ。それでいいだろう。……え、それで、まじめな話だけど、江朴《ジアンプー》は本当に呂等男の尻を追いかけようと思ってるのかなあ」

郭純はやはり自分の親友である。郭純は早速、江朴が呂等男の尻を追いかけていることを話題にした。郭純は拳骨でテーブルを叩き、もしも、江朴が依然として身のほどをわきまえていないのなら、「武力解決」しかないと言った。

郭純はまるで出陣の誓いのように語り、目を大きく見開いた。その両の目の視線は結局包国維の顔にはあまりむけら

れなかった。

しかし、それでも包国維はとても愉快で、よくしゃべった。郭純に江朴をあしらう方法をいくつも考えてやった。続けて他の連中がひとしきりしゃべり、なぜか彼はまたバスケットボールを話題にした。バスケットボールの選手は毎日二時間は勉強時間を割いて練習すべきだと主張した。

「今度は、どうしても飛虎チームをやっつけなければならない、そうだろう、郭純。君もそう思うよな。我々バスケットボール選手は、毎日二時間は授業を休んで練習するべきだ、もしも我々選手が……」

「お前は選手じゃなかろうが」、龔徳銘が彼の話をさえぎった。「お前が試合に出ても何の役にも立たん」

包国維の顔がかっと熱くなった。

「そんなことあるかい。俺は補欠選手だ」

「正式の部員にはまだ早すぎる。もっと練習しなければな、わかったか」

「だから、練習しなければ、って言ったんじゃないか」

郭純が無頓着にちょっと頷《うなず》いた。

そこで包国維はまた活発になって、何度も繰り返し言った。

「そうだろう、そうだろう、郭純、君もそう思うだろう、僕の言ったことは正しいだろう、ねっ」

包国維のこの活発な態度はしばらく尾を引いた。彼は自分の背が伸び、身体が大きくなったような気がした。家に帰ると早速父親に——白いジャージーのスポーツシャツを作らなければならないと話した。

「スポーツシャツは欠かせないんだ。僕は選手になったんだ。それに狩猟ズボンも作らなければ」

暖かくなったら、ジャージーのシャツを着て狩猟ズボンを穿いて、街にでるつもりだ。オーバーがなくたって大丈夫だ。

「いくらかかるんだ」、包さんがまたあごを撫でている。

「いくらかだって。知るもんか。僕は仕立て屋じゃない」

「少し遅れてもいいだろう。うちにはお金が実際……」

「少し遅れるだって。来週試合があるかもしれないんだよ、試合に出るなって言うのかよ」

「正月までまてよ。いいだろう」

包さんは、正月には十元ぐらいの心づけが入る当てがあった。息子が籐椅子に座ると何も言わなくなったのでようやく安心した。今度はどうしても包国維を喜ばせてやらなければならない。この若者は、自分の息子として本当に辛いんだ。

包国維は、膝頭を机のへりに掛け、手で髪の毛を撫でながら、窓をじっと見つめている。

包さんは、こっそり紙包みを取り出した。もうずっと前から包国維に見せてやりたかったのだが、今こそその機会だ。紙包みを開くと匂いをかいでみた。香りはまだとても強い。それをそっと机の上に置いた。

「ほら」

「なに、これ?」

「お前、頭につけたいって言ってたろう。お前が言ってたその康《カン》――康――」

包国維はちょっと見て、指につけてみたが、突然力いっぱい床に投げ捨てた。

「これはノリじゃないか」

けれども、授業が始まった翌日、包国維はついにあの「康」とかいうものを一瓶買ってきた。留年したので教科書を買う必要がなく、包さんが残しておいた十数元がこれらに変わったのである。老人はあの「康」がいくらするのか、ついに知らなかった。ただ、新たに買ってきた硬い革底の靴が八元半であることだけはわかっていた。包国維に十数元渡したのに銅貨一枚返ってこなかった。包さんは聞いてみようと思ったが、そこでまた胡大の言ったことを思い出した。

「うーん、やはり訊かないことにしよう」

五

元日も包国維《パオクオウエイ》は登校しなければならなかった。お屋敷の人々はやはり少し納得がいかなかった。

「本当に年越しもしないで、学校に出るのかい」

「そーさ、あたりまえよ」。胡大《フーター》は得意げに言った。

包《パオ》さんは、しかし年越しをしなければならない。その日の午後、陳三癩子《チェンサンライズ》が戴老七《タイラオチー》と尋ねて来た。借金を取りにだ。

「悪く思わんでくださいよ。今年は年越しが苦しくてね。あの金を、何とかしてくださらんか」

「陳三よ、陳三。今回はわたしも火の車なんだよ、今回は。包国維の学校でね……」

陳三癩子は籐椅子に座ると足を組んだ。まったく表情を変えず、ただ自分の苦境についてのみ語った。この陳三は面子を重んじないわけでは無いが、実は緊急の入り用があって、あの二十元を元利合わせて返して欲しいというのだ。

外では爆竹の音が、パンパンパンパンと響いている。

包さんは、まるでストーブに腰掛けているように、尻が熱く痛くなった。戴老七はと見ると、相手は急に目をそらした。

　借金取りに来た方ははっきりと言うのだろうか。もしも、相手がいささか強気に出てきたときには……

　ゴホンと咳をして、包さんが前に言ったことを繰り返し始めた。懐がひどく寒く、もともとは足りるはずだったのが、包国維の学校で、突然体操着とやらの代金を納めなければならなくなった。それから、子供を学校に上げるのは大変なことで、すべて何人かの知り合い友人にすがってようやくなんとかやっていると話した。少し話してはしばらく休まなければならず、陳三癩子のまん丸の頭を見つめながら咳払いをし、また続けた。しばらくすると、二人のお茶が冷めたのを心配して、宜興《イーシン》の急須[10]でお茶をついだ。手が震え、急須のつぎ口からでる茶色のお茶はふらつき、茶碗の外にこぼれることもあった。

　その男は一言、

「いやいや。事情はどうでも、あなたに何とかしていただかなければ」としか言わなかった。

　包さんは、しばらくの間、ぽかんとしたままだった。顔中の皺《しわ》という皺が小刻みに震えていた。

　部屋の中には、ピンピンという、戴老七の爪を弾く音が響いた。戴老七は見るからに辛そうである。包さんとは親友であるが、この金は自分が仲介者なのだ。床の黒い敷きレンガをじっと睨んだまま、まるで二人の話が聞こえないかのようである。陳三癩子が口を開こうとすると、コホンコホンと空咳をした。

　三人ともしばらく黙り込んでしまった。外では爆竹の音がまばらになってきた。李媽《リーマー》がわいわいとなにやら噂話に花を咲かせている。

「どうなんです」。陳三癩子の声がいくらかこわばった。

「なんとかしていただきたいですな。この件を早く片づけて、ほかにも回らなければならないところがたくさんあるもんでね」

「本当に、私には……」

包さんはつづけて、例のいいわけを繰り返す。

胡大が入ってきたが、すぐまた後戻りして出ていこうとした。

「胡大、まあ入ってお座りよ」

だが陳三癩子にはもうゆとりがない。胡大の前だろうが同じように言い続ける。まじめくさった顔つきだが、声だけはまるで鉄のようにこわばっている。

「たのんます。皆さん、こちらの身にもなってください。大晦日に警察沙汰にするなんてつまらんこってす、そうじゃありませんか。戴さんよ、お互いに、顔をつぶさんようにしましょうぜ。あんたの仲介だ。あんたはどうしてもなんとか——あんただけが頼りだ」

戴老七は、視線をゆっくり包さんの顔に移した。

「包さん。……」

包さんを呼んでそれからどう言うのか。あの二十元が返せないのは事実なのだ。唇がかすかに動いたが、声にはならなかった。肚《はら》の中に言いたいことがあるのに言うことができないというのはあまり気分がよくなく、まるで下剤を飲み下したみたいなものだ。

借金取りはいつまでも帰ろうとせず、二、三分するとすぐこう来るのだ——

「ねえ、いったいどうなんです。冗談はやめていただきたいですな」

こんなふうに四時ごろまで居続けていたところに、突然、省立中学から用務員が手紙を届けてきた。包国維の父兄と保証人にすぐ学校に来てくれというのだ。

「なんだね」

「校長が話があるそうです」

ところが、陳三癩子は包さんを引き留めた。

「おいおいおい、行っちゃだめですぜ」——包さんの肩をしっかりつかんで放さない。

「ちょっと、行ってきます。すぐに帰りますよ。……学校へ……学校へ行くだけです……」

「だめだめ」

用務員はしきりに包さんを急かせる。

陳三癩子は胸を叩いて、

「なら、一緒に行こう。戴さん、あんたももちろん一緒に行かなけりゃだめだよ」

二人は包さんと一緒に学校へ行った。用務員は包さんを案内して補導課の事務室に入った。戴老七は外の廊下を行ったり来たりしている。陳三癩子はガラス窓から中をのぞき込み、包さんが別の入り口から逃げ出さないように、しっかり見張っている。

包さんは補導課に足を踏み入れたとたんびっくりした。包国維が別の少年と一緒に、青い顔をして部屋の隅に座っている。包国維は、目に根が生えたように壁を見つめ、耳元は紫色になっている。髪の毛だけはまだテカテカしていた。「康《カン》」なんとかという奴をつけていたが、それほどきちんとはしていなかった。

部屋には大勢の人がいた。包さんは、事務室のあの太った男を探そうと思ったが見あたらなかった。

校長は、にこにこ顔で一人の若者と話をしていた。若者がなにかいう度に、校長はお辞儀をするように「そうですとも、そうですとも」と、腰をかがめている。しかし、包さんを頭のてっぺんから、ほころびた布靴の先までじろじろ見た後、汚いものでも見るように眉を顰《ひそ》めた。

「あんたが、包国維の父兄かね」

「は、はい。私が――その――」

校長は補導課主任の方にあごをしゃくると、そのままさっきの若者の方に向き直って話を続けた。

補導課主任は、ずかずかと包さんの目の前までやってくると、包国維が学校で騒ぎを起こした一部始終を話して聞かせた。しゃべりながらも絶えず包さんの全身をじろじろ見まわし、時には包国維の方をちらりと見た。

「実は、こういう次第であります。――」

数人の生徒が、バスケットの練習をしているところへ、江朴《ジアンプー》が通りかかり、郭純《クオチュン》が彼をバカにしたところ、二人が言い合いとなった。補導課主任は、諍《いさか》いの内容はあまりよくわからないが、話によれば恋人のことが原因らしい。

「そこでであります、龐錫爾《パンシーアル》が――」

そこで龐錫爾が、「やっちまえ」と叫んだ。包国維は江朴に飛びかかっていった。江朴は穏やかに龐錫爾に言っただけだった。

「僕は、郭純と言い合いをしているのに、なんで君がでしゃばるんだ」

包国維が飛びだした。

「僕らのキャプテンを侮辱するのは――僕らのチーム全体が侮辱されたのと同じだ。やっちまえ」

「やれ」、郭純もそばから叫んだ。「俺のかわりにやれ」

ほんとうに喧嘩になった。包国維は、不倶戴天の敵ででもあるかのように、江朴と必死にやり合い、龐錫爾も助太刀した。江朴がひっくり返ると、二人は情け容赦なく拳骨をお見舞いした。みんなが駆けつけたときには、江朴は気を失なっており、口から血を流していた。体中が青あざだらけである。校医がかなり危険だというので、車で病院に運ぶと同時に、電話で江朴の父兄に連絡した。

「こちらが、その江朴の家の方《かた》であります」、補導課主任があの若者を指し示した。

江朴の家の者は、裁判所に訴えると言っているが、校長は穏やかな解決になるようになだめた。そこで……

「そこでであります。三つの条件が提示されました」、補導主任は指を折って数えた。「第一はですな、暴行に及んだ者を退学にすること。次はですな、江朴の治療費は包国維と龐錫爾が負担すること。最後がですな、江朴に今後不測のことが起きた場合は、法的な措置に訴えることとする」

補導課主任は、ここで少し間をおいた。

包さんは目の前が真っ暗になり、耳ががんがん鳴りはじめた。彼はぺたんと椅子に座り込んでしまった。

暴行に及んだ者を退学にするというが、郭純は退学にならなかった。もし郭純を退学にするとなれば、郭純の父親が校長に対して引き下がるはずがない。戒告二回と厳重注意二回にしようと言うことになったが、体育主任が反対して、結局戒告一回ということになった。

しかし、補導課主任は、そういったことは包さんに話さず、ただお金のことについてのみ話した。

「龐錫爾はもう五十元を支払いました。――これは江朴の治療費分としてですな。今後不足が生じればさらに払っていただきます。さてそこで、あなたにおいで願ったのはこの件についてなのでありまして。ひとまずいくらかお支払いいただいてですな……」

「なんですって」

「あなたにひとまずいくらかお支払いいただきたいのです。江朴の治療費としてですな」

包さんの舌が突然自分のもので無くなったようになり、ぶつぶつとつぶやいた。

「私のお金……私のお金……」

多くの者がみな黙ったまま包さんを見守っていた。

突然――包さんは目が覚めたようにみんなの顔を見た。立ち上がろうとしたが、また腰を下ろしてしまい、ぶるぶると震えながら立ちあがった。彼は補導課主任をじっと見つめた。しばらく見つめていたかと思うといきなり前に進むや、しゃにむに補導課主任の腕にしがみつき、かすれた声で叫んだ。

「包国維が退学だなんて。退学にしておいて、……その上お金だなんて、金だなんて。どこにそんなお金があるんだ。うう……、うちの……包国維が退学だなんて。うう……うちの包国維……」

何人かの人によって包さんは椅子に座らされた。息をぜいぜい言わせている。ぶるぶる震える両の手はしっかりと握り締められていたが、しばらくすると開かれた。口は大きく開かれ、片方の口角には白い泡をつけたままだ。頭がかすかに揺れている。包さんにはみんなの頭が揺れているように見えた。何か重いものが自分の身体の上で回っているように感じた。涙が突然糸のようにこぼれ落ち、あわてて手で目を覆った。

「おい」、辛抱もこれまでといったように校長が声をあげた。「いったいどうするつもりだ。……泣いても何の役にも立たん。治療費はどうしても持ってこなければならないんだ」

包さんは声を振り絞った。

「お金は無いんです、私には……。……借金があって……う……うちの包国維が退学だなんて。……」

「お前に金が無いなら——保証人に頼めばよかろう。保証人は、どうして来ないんだ」

「上海へ行ってしまったんです」

「ふん」、校長は眉根を寄せた。「それじゃ、保証書はでたらめを書いたというわけだ。——これだけで裁判ものだ」

「先生、先生」、包さんは立ち上がって校長にお辞儀をした。しかし、ちゃんと立っていることができず、椅子の上にへたりこんでしまった。「本当に、——本当に——お金は後から払いますから」

「それでもよかろう。それじゃ保証してくれる店を探してこい」

「行って来ます」

「うちから、職員をつけることにしよう。宓《ミー》先生」、とあごをしゃくった。職員が一人ぱっと帽子をかぶって立ち上がった。校長は頷《うなず》くと、「よし、包国維をつれて行ってよろしい」

しかし、包さんは入り口のところまで行くと、くるりと向きを変えた。校長の前にひざまずいた。涙が後から後からしきりに流れ出る。

「先生、先生、どうして退学にしなければならないんですか、あの子を。あの子を……どこに通わせりゃ……あの子は……どうかあの子を退学に、退学にしないでくださいまし。……先生、先生、お情けを、どうか……どうか……」

「そりゃあ——そんなことはできんことだ」

「先生、先生！……」

もうあとには引き戻せないことだった。包さんは引っ張られて何歩か歩いたが、また学費のことを思い出した。

「学費は返してくれますか、学費は？」

学費は慣例により返されない。二十元のユニフォーム代はどうか。ユニフォームはすでに仕立て中なので返すことができない。その他の諸雑費などは返還されてしかるべきところだが、江朴の治療費として預かっておく。

包さんは出てきた。ドアの外では野次馬の学生たちが見送った。後ろには、陳三癩子、戴老七、かの宓先生、包国維がぴったりと続いた。

「戴老七、情けをかけると思って、私の保証人になっておくれよ」

「おいおい、考えてもごらん。陳三の二十元も、私が請け合って、未だに片が付かない。こんなつまらんことはもうやらないことにしたよ」

どこの店に保証を頼んだらいいのだろう。包さんは正門を出るとしばらく茫然としていた。彼の身体はふらふらして今にも倒れそうだった。それなのに、陳三癩子は鉄のようにこわばった声で追い打ちをかけた。

「おい、いったいどうするんだね。いつまでもあんたの後にくっついて歩くわけにはいかないんだ」

包国維が前にでた。手をズボンのポケットに突っ込み、首と胸をがくんがくんと前に突きだしながら。ぴかぴかの革靴の音が歩道の上で、コツ、コツ、コツ、コツ、コツと響く。

包さんは突然包国維を胸に抱きしめようと思った。父子二人抱き合って泣こう――二人の運の悪さを泣こう。包さんは速度を速めて包国維に追いつこうと思ったが、その時包国維はもう遥かかなたを歩いていた。通りにはたくさん靴音が響いていて、どれが包国維のものか聞き分けられなかった。前方に何かピカリピカリと光るものがあった。それが包国維の頭なのか、それともガラスかなにかなのかわからない。

「包国維! おうい、包……包……」

陳三癩子が必死でぐいっと包さんの肩を押さえた。

「おい、どうするんだ。もし、出るところに出れば……」

かの宓先生が、額を拭いながら、いらだたしげに言った。

「あんたの保証をしてくれる店は、どこにあるんだ。こんなふうに、何時までもあんたにくっついて歩けというんじゃあるまいね」

包さんは突然たくさんの黒いものが回っているのが見え、天も地もぐるぐる回りだした。自分の身体が空を飛んだかと思うと、今度は地面の中にもぐり込んだ。唇がお経を唱えてでもいるかのように震え、頬から血の気が引いた。

「包国維が退学になっちまった。た、退学だ……しゃ、借金だ……」

頭がふらふらし、身体が頭の方に引っ張られて――二、三歩さがった。彼の背が塀にぶつかった。その途端、足の力が抜け、尻から地面にへたりこんでしまった。

一九三四年

（近藤龍哉 訳）

〔注〕

①亀　罵りことばの忘八《ワンバー》（妻を寝取られた男）の象徴。

②中学　日本の中学・高校に相当する。高等部が高校にあたる。

③棉袍　綿入れの中国式長衣。

④斤　重さの単位。一斤は約五百グラム。

⑤利息が三分　年利の場合は三割、月利の場合は三パーセント。

⑥司丹康　ポマードの一種。

⑦広生行（Kwong Sang Hong）有限会社。香港の化粧品会社。

⑧「カニ」　螃蟹《パンシエ》（カニ）の音が龐錫爾《パンシーアル》に似ていることからついた。

⑨劉長春　（一九〇九―一九八三）遼寧省大連の人。一九三〇年の全国運動大会での短距離の三冠王。

⑩宜興の急須　江蘇省の宜興は良質の陶土である紫砂を産し、この紫砂で焼かれた急須が有名。

蓮どろぼう

葉《イエ》紫《ズー》

葉 紫

（1910-39）湖南省の水郷に生まれる。本名は兪鶴林。教育者や革命家を輩出した一族に育つ。26年共産党員で農民運動の指導者の叔父に薦められ、中央軍事政治学校武漢分校に入学したが、27年父や姉、叔父を蒋介石軍に殺され流浪の身となる。30年ごろ、上海で共産党に入党し活動を始めるが、まもなく逮捕、投獄される。釈放後、家族を養うため仕事探しに奔走しながらも文学に親しみ、創作を始め、32年に無名文芸社を興して活発な文学運動を展開する。33年に小説「豊収」を発表、天災と闘い豊作を勝ち取っても全てを取り上げられてしまう農民が、ついに社会の不公平に立ち向かう決意をする過程を描き、高く評価された。同年、左連に加盟。37年日本軍の上海侵攻により、妻子を伴い帰郷、39年貧困のうちに病没。

一

午後、ちょうど日が沈んだころ、赤っ鼻の老作男と牛飼いの少年秋福《チウフー》が、若主人の部屋へかけこんできた。

「どうなすったんで、漢《ハン》若旦那さま」、作男は声をひそめてにやりと笑い、ひげをさすりながら、「湖の見張り番のことですが、……」

漢若旦那は手にしていた麻雀牌をおいて言った。

「おれが行く。親父にそう言ったから」

「ほんとですか」、秋福が口をはさんだ。

「ああ」

作男はひげをなでおろすと、またもやにっと笑って、「それでは、今晩は湖のあたりに近づいてはいかんのですね」

「そうだ。おまえは酒でも飲みにいけ」

秋福は躍り上がって喜んだ。今晩は上の村の小貴《シアオクイ》と葦原へ野焼きに行く約束があったので、湖水番をするなというなら、願ったりかなったりだ。作男はというと、酒を思いうかべて、もう口もとがゆるんでいる。若主人にむかって、あてこするような、滑稽な、そして卑猥な意味をこめた手振りをしながら、「お気をつけて」と一言いって、出ていった。「まて」、漢若旦那がふいに一声かけた。

秋福と作男は振り返った。

「粉ひき場の作男どもにも言っておけ、今晩は用がなければ湖へ来るな、ただし……」、首にかけた音のよく響く呼び子を指して、「わかったな」

「へい」、作男が答えた。

二

月が暗い雲から滑り出てきた。

偵察に出された桂姐《クイジエ》と小菊《シアオジュ》は、息を切らして、細かい汗の粒をながしながら、駆けもどってきた。ふたりは見識抜群の雲生《ユンション》のねえさんに報告した。

「今夜は、……ええ、大丈夫。あの赤っ鼻のじいさんもチビもいないし、作男たちも酒や博打で出払っているから……」

「じゃあ、だれが湖水番なの」

「それは……」、桂姐は恥ずかしそうに、「あの……省都の洋学堂からもどってきた……」

雲生のねえさんはうなづくと、桂姐を見つめ、悪賢そうな、意味深長な笑みを浮かべている。

桂姐の顔は赤くなり、うつむいて、ぱっちりしたおちゃめな目をまんまるに見開き、本気でおこって雲生のねえさんにつっかかってきた。「なに笑ってるの、雲生のねえさんったら、もう……」

「おまえさんを笑ってるんじゃないよ。あの洋学堂からもどってきたガキのことを笑ってるのさ。……お行き、太《タイ》生《ション》のおばさん、桃秀《タオシウ》、李老七《リーラオチー》とこの娘……多い方がいい、月が真上に昇ったら、二股の水路が一つになる湖口でおちあおう」

「まあ、あの人たちまで誘うの……」、桂姐は小菊の手を引くと、心の中では怒りながら、そそくさと上の村へ駆けていった。

三

蓮の花托は、老いさらばえようとしていた。うなだれて、顔はしわくちゃ、所在なげに湖面に立ちつくし、その悲しい運命を嘆いている。蓮の葉は、ほとんど破れた扇形になってしまい、なんとか枯骨数本をもちこたえて、風に揺られている。九月のひんやりとした露が湖畔一面に降りた。遠くの方で、果てしなく広がる葦原で、腕白どもの放つ野火が幾度となく大小の火炎を上げていた。

漢若旦那はそっと湖岸へ近づき、大きな漕ぎ舟に乗り、高みを仰ぎ見、手のとどかない星空を仰ぎながら黙っていた。おちゃめで猫のようなぱっちり目と、太陽を浴びてわずかに焼けた愛くるしい乙女の紅みが透ける面差しとで、頭の中はいっぱいだった。六月に湖でチャンスを逃してしまったこと、そして、今日の昼間に湖畔を散歩していて見かけた、忘れられないその笑顔を思いおこしていた。

「よし。女たちは絶対にくる」、彼は独り言をいった。「向こうの頭数が多かろうが少なかろうが、呼び子は鳴さない、あのぱっちり目を捕まえさえすれば……」

学校のクィーンたちは、とてもここの娘に及ばない。彼は考えた。あいつらは、けばけばしく厚化粧して、変な臭いをぷんぷんさせて、何かといえば人を自分に従わせ、自分への忠勤を求める……ところが、ここの娘は、汗の香りに、土の香り、自然のままの乙女のほんのりとした紅みにぱっちりとした目。

嬉しくなって、待ち続けた。露がじわじわと全身にしみてきたが、気にとめず、湖の風に何度か身震いしたが、気にもとめず、気力をしぼり、学校で一万メートル走るようながんばりで、じっと湖口の尖端を眺めている。

月はもう、ゆっくりと真上に昇っていた。

四

「先にお行き、桂姐」

「どうしてわたしだけ行かせるの、ねえ……」、桂姐は怒って、三メートルほどのゆりかごのような蓮の実採りの舟を湖口につけ、小さな櫂で力一杯、水面の月を粉々にうち砕いた。近くの者はみな気がついた、その顔はたしかに、耳の付け根まで真っ赤だ。

「悪いようにはしないから、お馬鹿さんだね。……」、雲生のねえさんが自分の蓮舟をひとこぎして、ふたりはアヒルのように寄り添った。「あいつを引きよせてくれれば、助けに行くから……」

桂姐はそれでも、うんと言わない。やられる前にみんなが助けてくれるとわかってはいても、どうしてもいやだった。六月に湖へ涼みに出たときのことは、今もはっきりと覚えている。あいつ、あの洋学堂のやつは、まるで犬畜生みたいに……

雲生のねえさんや李老七の娘らが何度も説得したり、気持ちを楽にさせたりして、ようやく桂姐は黙りこくったまま、その小さな櫂をこぎ出した。

頭を舟板にするほど下げて、胸はどきどきと、不安げに打っていた。蓮舟が蓮の根や葉をすり抜ける時、水中では、小さく、ザザッと音がする。振り返ってみると、雲生のねえさんたちは、まだはるかかなた、のんびりと後のほうにいて、決意と勇気を何度も送ってくる。

思いきって、力一杯その小さな櫂をこぐと、舟は矢のように岸の南へと奔っていった……

五

漢若旦那は目をこらし、待ちこがれていた。蓮舟が一そう、こちらへ向かってくるのが目に入った時、忘れもしない、すらりとした、しなやかな体つきを認めた時、軽やかに手慣れた様子で舟をこぐその姿にうっとりした時、自信満々、ずんぐりした大舟をこぎ出して、必死に追いかけ始めた。

桂姐はぐっと歯を食いしばりながら、わざとぐるぐる後を追わせ、それから仲間が近づくころを見計らって、ふっと舟をとめ、向こうの大舟にぶつけてやった。

漢若旦那が手を伸ばして舟を引き寄せると、娘はひらりと相手の大舟に乗り移ってしまった。漢若旦那は正面から娘を抱きすくめ、首の呼び子が水に落ちた。

ふたりはつかみ合い、とっくみ合った……

待ち伏せしていた蓮舟が十そうあまり、マガモのように押し寄せ、女が十何人も大舟に飛び乗った。

桂姐は救い出され、漢若旦那はつかまった。

「縄で縛りあげよう」

漢若旦那は叫ぼうとした――するとその口に、ひとかたまりの大きな綿が押し込まれた。

桂姐は泣いている。やられてしまったのだ。死にものぐるいで漢若旦那の顔をばりっばりっとひっかいた。漢若旦那は痛さに目をまるくし、顔に幾筋も血が流れた。

雲生のねえさんが指さして罵った。

「このへなちょこめ。これまで辛い目にあったこともなかろうが、畜生め。楽しみたいかい」

「ははは！　ここで一晩涼んでもらいましょう」

人垣の中から誰かがこんな冷たい嘲笑を投げつけた。

六

月が少しずつ西に傾いていく。

十数そうの蓮舟が湖を自在に動き回り、十数丁のはさみが一斉に鳴り響く。

桂姐は怒りおさまらず、蓮の花托を切りながらも、涙を拭っている。収穫は人よりずっと少ない。


雲生のねえさんが慰めた。

「だいじょうぶ。やられたのはみんなわかっているから、あとでみんなの分を少しずつ分けてあげる」

湖に風がおこり、波が不規則に蓮の葉や根をかすめ、蓮舟をゆらゆらと揺する。

「はやく！　作男たちが捕まえにくるよ」

「平気。あいつら、酒を飲みだしたら、ぐでんぐでん……」

どの舟も蓮の実でいっぱい、だれもが喜びでいっぱいだ。じいさんの大きな叫び声もないし、凶悪な作男が舟を駆って追ってくることもない。……

湖口で再び落ち合ったとき、女たちは小さな声で、とぎれとぎれに歌を歌い出した。


蓮どろぼう……盗み盗んで真夜中まで……

どの家も……深い眠りについている、……

金持ちは……貧乏人の苦しみ知らぬが、……

貧乏人は……金持ちの心がよくわかる。……

しっかりこぐんだ……はやく棹させ、……

湖水番が追ってくる……ああ、逃げきれない！……

…………

……………

七

酒が老作男の鼻をますます真っ赤に焼いた。あくる日、男がかびの生えた犬の寝床のような藁のなかから、けだるそうに這い出した時には、日射しはもう壁から床に移っていた。

男はぼろ綿で目を拭うと、よろよろと若主人の書斎へ駆けていった。

「若旦那さま、若旦那さま……」

書斎から秋の朝特有の冷気が流れてきた。続けて男は、どうしたらよいか解らず、独り言をいった。

「ほんとに奇妙なこともあるもんだ。ほんとに……小悪魔どもに拐《かどわ》かされたに違いねえ」

大急ぎで犬の寝床に駆け戻ると、夜、野火にすっかり頭髪を焼かれてしまった少年を起こして、

「このぼんくら。おい、おい、……畜生め、さっさとさがせ、漢若旦那をおさがししろ」

湖で、年寄りと子供は、さんざん苦労して、やっとのことで漢若旦那の舟を引き寄せた。

漢若旦那の顔はむくみ地獄のお役人さながらで、幾筋かの血痕が黒く固まっている。若旦那は作男に思い切りびんたをはり、しゃがれ声でどなった。

「おまえ、おまえら、……この役立たず。畜生め」

作男は泣くに泣けず、笑うに笑えない。ぐいっと鼻をこすると、

「若旦那さま、……あの、呼び子を鳴らさなかったんで？」

「畜生」、漢若旦那はほとんどつぶれそうになった声で、「戻るぞ、おれといっしょに戻って親父に言いつけろ！親玉は雲生のかかあだ、畜生。あいつには小作料も、金の貸しもある。あいつの亭主を三年はぶちこまないと腹の虫が治まらん」

秋福は野火に焼かれた頭をしっかり抱えて、目やにだらけの眼をまるくして、若主人を見つめながらふるえている。つるつる頭にびんたを食うのが怖いのだ。そして思った。

「いったいぜんたい、どうなってるんだ。若旦那が……畜生め、まる一晩、ふんじばられた……」

一九三五年二月二十日

（加藤三由紀 訳）

貨物船

蕭《シアオ》 軍《チュン》

蕭　軍

（1907-88）遼寧省義県出身。本名は劉鴻霖。瀋陽の東北陸軍講武堂に学ぶ。満洲事変後、ハルビンで作家活動を始める。35年、上海に移り、東北の抗日武装闘争を題材とする長編『八月的郷村』を発表、脚光を浴びた。日中戦争勃発後、武漢、臨汾を経て延安に入る。42年、王実味に対する中共の処遇に異議を唱え、党員との間に確執を生んだ。48年、入党するも、間もなく「反ソ、反人民」的な言論を発表したとして批判を受けた。57年、36年以来書きついできた長編『過去的年代』の出版が実現したが、翌年の反右派闘争の最中、「反党分子」として再度批判された。80年、名誉回復。前記の作品のほか、短編集『羊』（36）『江上』（36）などがある。

（一）

お日さま昇るよ、赤々と
海原は青々、くる年もくる年も……
お日さま昇るよ、高々と
海は波寄せる、くる年もくる年も……

少年の水夫が唱《うた》い、仲間が静かにそれに和した。彼等が手にしたデッキ・ブラシは忙《せわ》しなく動き、海水が打ち上げるのにあわせて甲板の汚れを擦りおとさねばならないから、手を休める間もない。どの船も港に入る間際には、清潔にしておかねばならないのだ。

黒海の水は黒かろか
親父は行ったよ、ウラジオストックへ……

ザッ、ザッ、ザッ……ブラシは、一斉に残酷さをあらわにした。
スクリューは、相も変らぬ速度で回転していた。海水は、スクリューにかきまわされ、いつまでも逆らうように渦を巻き激怒し、船尾の後に長い帯を引いた。白い鴎や魚を食うほかの鳥たちが、海面めがけて身を躍らせたかと思うと、すばやく真一文字に舞いあがり、低く旋回を続けた。空模様はひどく悪く、亜鉛で鋳造した巨大な鍋をひっくりかえして、この海の周りを隙間なく覆っているかのようだった。甲板の油を塗ったところは、どこも溶けた油がしだいにたまり、ちょろちょろと流れだした。煙突の煙も、いっそう憂鬱さを加えたようだった。船体は、孤独でいささか愚鈍な一頭の水牛だ。夜や今朝のように霧の出る時は、たえずモー、モーと鳴く。今は黙って、その真っすぐな鼻で連なる波を砕いている。うちつける波はこの鼻と争い、舷に砕け散った波しぶきがいつも宙に舞い、それから寂しげに漂いおちていった。冬に雪が吹きつけるように、波は激怒し、しぶきを一つ残らず甲板までとどかせようと企んだ。

シベリアの大雪は白かろか
親父は行ったよ、モスクワも……
ウラジオストック着いたら、言葉をかえる
饅頭は「フリエプ」
「マラカー」は牛乳……

モスクワ着いたら、労働者になる
男も女も同志と呼びあい、顔あわせりゃ握手する……
……

はじめのうち、私は船尾近くの欄干のあたりにいて、注意をすべて速度計に集中させていた。既に二昼夜が過ぎた。その間ずっと、速度計の針は、十マイルか、あるいはその数値にとどかぬあたりを移動していた。そのデブは、私が航海に不慣れで苛々していたので、しばしば打ち解けた態度で釈明した。

「午後五時でしょう。五時には港に着けるはずです。河口に入るだけでも、二時間はかかります。船がひどく古いうえ、積荷を多く積んでいるときちゃ、時速は、精一杯とばしても、この数字を超えられやしません。霧や風がなけりゃ、ちっとはましですが、いつもこんなもんです」

彼は、腹を短い青いシャツの外に出し、甲板で休みなく扇子をあおいで風を送り続けたが、汗はいっこうに流れやまなかった。夏に、汗は太った者にはいたって安上がりなものであるにちがいない。太陽も、だんだんと近づいてきたようだった。彼はこう続けた。

「今年の暑さときたら、ほんとに格別です。上海が四十度ですから、香港は四十三度以上にはなります。私たちの船は、上海にはたった一日停泊して香港に発たなきゃなりません。更にこんなふうに暑くなっていけば、四十九度はかたい」

お日さま昇るよ、赤々と
海は青いぞ、くる年もくる年も真っ青だ
………………

歌声が船首の方へ響きわたっていった。ザッ、ザッ、ザッ、ブラシが甲板を擦る音も、少々だれてきた。

「あの唱っている少年の水夫は、ほんとに楽しそうだ」、私は、船首の方を眺めながら言った。海はもう青くはなく、黄色くなっていた。

「坊主のおやじは、本当にウラジオストックにいます。あいつも行ったことがある。あの格好、変だと思いませんか。この暑い日に、頭の後ろは鳥打帽をかぶったまま、腰は細いベルトで締めているんですからね。畜生めが」、デブは理由もなく口を開き、眼を細くした。太った連中は、とかくよく笑うものだが、彼の笑い方は善良そうだった。

デブと私は昨日知りあったが、言葉をかわしたのは今日になってからだった。彼が北方訛りだったので、私は彼にいくらか親近感を覚えたわけである。

「船では、何の仕事を受け持っているのですか」

「機関長です」。彼はこともなげに言った。私にはわかっていた、それは彼にとって簡単な仕事ではない、と。それは、船のありとあらゆる機器に通じている必要がある。少なくとも私は、彼が専門学校かどこかで学んだことなどあるはずがないと推察した。

「船の機械のことは、よく知っているのですね」

「ああ、まあ適当です。専門学校に通ったこともありませんし」。彼は、分相応な謙虚さと自信を見せた。片手で、彼の肥満した体とつりあいのとれた腹を撫で、遠くを見ながら話を続けた。「二十五年になります。海の上でばかり暮らしてきました。ある程度は経験を積みました。ほら、あれは上海から神戸へ行く船です。何『丸』といったかな。たしか……私も神戸に行ったことがあります」

彼は、私たちに指差して見せた。遥か彼方に、蟻のような黒い小動物が、水平線の上でじっとしているようだったが、煙が昇るのが微かに見えた。

お日さま昇るよ、高々と
海は波寄せる、くる年もくる年も

甲板にブラシをかけていた水夫たちが、船尾の方に向きをかえてきた。ザッ、ザッ、ザッという音が私たちの話を遮り、デブは扇子で歌を唱っている若い水夫を叩いて言った。

「こん畜生、仕事になると、唱っていやがる――貴様が甲板をブラシできれいにできず、検査が通らなけりゃ、畜生、泣きっ面みるぞ」

「ウラジオストックに着いたら、言葉をかえる、饅頭は『フリエプ』、『マラカー』は、……お二人さん、どいた、どいた、水がはねて靴を汚すよ、『マラカー』は牛乳……」。その水夫の髪は汗まみれだったが、鳥打帽は相変らず後頭部にかぶったままだった。

「機関長さん、もうじき港につきます。そしたら、遊ばなくっちゃ」。彼が機関長と話をする時、明らかに見えない溝が存在していたが、見た目には疎遠な様子ではなかった。機関長は扇子をあおぐ手を休めずに言った。「遊ばなきゃだって。こん畜生……」。彼は笑っていた。笑ってはいたけれども、少々表情をくもらせ、扇子をあおぎながらそこを立ち去った。今、そばに座っているのは、甲板を清掃し終えた水夫たちだ。

「あいつの稼ぎは、一月百元以上だ。俺たち一年分の働きさ」

「百元以上だって、それだけの腕があるんだろ」

「何が腕だ、デブの腕なんか」

「甲板にブラシをかけるほかに、貴様に何ができるってんだ。こちらの御方は、きっと学校に通われたことがあるにちげえねえ」。彼等の目が、みな私の白い服をじろじろと見た。

「学校に通えば、外国語を習えるし、外国語がわかりゃ、たんと稼げるってもんさ」

「『機関長』の野郎は学校に通ったことはねえのかい」

「やつは通っちゃいない。けども、外国人の仕事はしたことがある。やつは外国人から機械のことを習い覚えたのさ」

「それじゃ、俺たちはだめだ」

「俺たちはだって。なあに、そのうち良くなるさ」、少年の水夫が、この論争に口をはさんだ。彼は歌がうまかったから、彼の話すことに、私は殊に興味をひかれた。

「お前みたいな洟垂《はな》れ小僧に何がわかる。また『ロシア人』のところで習い覚えた減らず口だ」。長身の水夫は髭をひねりながら言った。

「あんたみたいな進歩のないくそったれ、百歳生きたって……」

「それでどうなんだい。え、言ってみろ」

「睨みつけてどうしようってんだ。くそったれなものは、くそったれさ」

少年の水夫は甲高い声で言い返し、帽子を脱いであおいだ。水夫たちのある者は日陰で眠りについた。長身の水夫は、少年をとっつかまえようとして仲間に制止され、またもとの場所に腰をおろし、煙草をさぐりだしてひょいっと唇にくわえた。体を左右にまわしていたのは、ポケットのマッチを探していたからであろう。そうしながら、彼はおどすように少年の水夫を指さして言った。

「小僧、覚えていやがれ、いずれ思い知らせてやるからな」

「あんたのことなんか先刻ご承知さ、くそじじい」

「誰のこった、くそじじいって。ノッポよ、俺に一口吸わしてくれ」。黒い手が、知らぬまに、飢えた鳥が何かを啄《ついば》もうとするように、長身の水夫の、髭をたくわえた口元にのびてきた。しかし、それは、そのままじっと待っていた。

「もう半分になっちまうのに、お前が一口やるのか。思いっきり吸うなよ」。長身の水夫は、二口目を吸っていた煙草を、飢えた鳥が何かを啄もうとするような、その手に抜き取られるがままにした。彼は眼を瞬かせて言った。

「交代したのか。じき港に着く。船底はどんなだ。劉《リウ》親方はまだもどらんのか。十分な火力なんだろ」

煙草を吸っていた男は、何も答えず、咳き込むまで吸いこんでから、半分残った煙草を、ようやく自分の口から離した。しかし、口元に近づけたまま、惜しそうに指先にさげ持っていた。

「畜生、よこせ。見ろ、半分も吸いやがって」。ノッポは、はじめのうち口から煙草の臭いをぷんぷんさせていた。

「誰だ、お前をくそじじい呼ばわりしたのは」

「あのがきでなけりゃ、誰が。あいつ、寝たふりしてるんじゃねえのか」

「お前たち二人は、いつもぎゃあぎゃあ言い争ってばかりだ。かっとなりゃ、またきっと――もう一口吸わせてくれ。俺はまだ降りてかなきゃならねえ。今度の当番は劉親方のかわりをするんだ」

ノッポは、残った煙草の吸いさしを、気前よくこのボイラー・マンにくれてやり、飛び跳ねるようにして、甲板中央の煙突の下にある、洞穴のような小さな入口に姿を消した。

（二）

船は、上海の港を出ると、元どおり赤道の方角にむかって航海を続けた。

私の白かったシャツは、もう誰の注意もひかなかった。現に、それはもう真っ白ではなくなっていた。汗と、あちこちの煤煙のせいで、それがどんな色に変わってしまったのか、誰にも即座には判断できない。要するに、それはこの全てのものと調和したのである。自分がこの船で暮らして若干の時日がたち、眼に入るもの全てに、私は親しさを感ずるようになった。少年の水夫が唱う曲を覚え、夜、海水が舷にうちつける、怒りをぶつけるような響きも、霧の中を這っていく、この孤独な水牛の、モーモーという、くぐもり憂いを含んだ鳴き声も耳に馴染んだ。船は私にふさわしい家のように思われた。友人もいる。彼等も、私が船客であるのを忘れてしまったようだった。私は、どこにでも好きなように行けるようになった。もちろん、船底、甲板、水夫やボイラー・マンの居場所に限られていたが、後から少しばかり上等な、デブの小さな部屋がそれに加わった。これらは、私の勝手知った場所だった。

デブは、しきりに私と彼の故郷のことを話したがった。彼は私が同郷ではないのを知っていながら、私を彼の故郷をよく知る人間に見立てたのである。ある時、彼は言った。

「この船は、この御時世ですから、客を乗せても幾人にもなりゃしません。おわかりでしょ。これは貨物船です。ほとほとうんざりです。年がら年中、人が貨物に使われ、それを運んで、行ったり来たりの繰り返しです。海の上では、まるで宙につるされているように、何もかもとつながりを断たれてしまう。五年です。まるまる五年、家に一度も帰っちゃいません。船が港に寄る機会もありません。私の言っているのは煙台《イエンタイ》のことです。あすこに一日でも停泊しさえすりゃ、家に会いに帰れます。泊まらなくたってかまやしません。肝心なのは顔を見るってことです。子供たちのね」

「休暇をとって帰るわけにはいかないのですか」

「そんなこと、どうしてできます」

彼は、寂しそうに、人のよさそうな、些か不格好な手を横にふり、人のよさそうな、憂いを帯びた笑みをうかべて話した。「そりゃできませんよ。あなたは、十日、半月の短い休暇ならとれるとでもお思いですか」。彼は茶を一口飲み、私にも勧めた。

「うん」。私は、黙って彼の顔を観察していた。彼の鼻は、普通の女の鼻のように、少しの力強さも奢りもなく顔に貼りついていた。その顔からは、ごつごつした骨があるとは見えなかった。下顎には、ほかの肥満漢と同じように、たれさがった贅肉がついていた。すっかり日焼けし、鼻のつけねのあたりに、まばらに痘痕《あばた》が消えずに残っていた。眉は薄く、じきになくなってしまいそうだった。

私たちは暫く茶を飲んだ。この茶は彼が新しく知った友人をもてなす善意のあらわれだった。海は見えなくなっていた。見えるのは、闇ばかりだった。

なんというすがすがしさ。

「あんたはまだ御存じない、船の仕事を」。彼はまだ汗をたらしていた。船底の発動機から伝わってくる騒音に、私たちの会話はしょっちゅう邪魔された。彼は船底に近い小さな扉を閉めた。この扉を出れば、すぐそこが船底に通ずる階段だった。仕事の便宜のために、彼はメガホンを用意していた。

「……船の仕事は、そんな簡単に休みが取れるもんじゃありません。私たちみたいに、船では十年、八年と家に帰らないのはあたり前です。言ったでしょ。私は子供たちに会いたいって。休みをとったら、やめなくちゃなりません。嘘なんかじゃありません。仕事しないってことは、……」。彼は海に面した窓に向かって、つらそうに一呼吸しながら、独り言のように言った、「まるで貨物みたいなものだ……」。続けて、彼は真剣になって私に言った。「あんた方は、どんなにか自由か知れやしません。私たちみたいなのは、金のために……一時だって船を離れられやしません。私のような役を勤める者はなおさらです。どこかで螺子《ねじ》が緩んでいないとも限りませんから……おわかりでしょ、螺子ひとつのことでも厄介なことになります」

私には、このデブが子供のようにひ弱に見えた。その小さな眼は、微かに潤んでいた。

「この船は古いから、一休みして修理しなければならないのでしょ」

「誰だってそう思います。二十年以上も行ったり来たり航海を続け、船主の建物もあんなに増え、あんなに高くなりました。息子や娘を外国に出すことだってできるようになりました。船主の計画じゃ、今年の冬、修理することになっています。その時になったら、家に帰り、子供たちに会います」

小さな目は、ますます潤んだようだった。

（三）

お日さま昇るよ、赤々と
海原は青々、くる年もくる年も
……………

甲板の欄干にもたれ、意識してとも、無意識にともつかずに、私はこのフレーズを口ずさんでいた。海水が舷にうちつける音は、昼間よりもずっとはっきりと響きわたった。飛沫が休みなく、雨の雫《しずく》のように顔まで舞いあがってきた。デブの小さな部屋の明かりは既に消え、彼の鼾《いびき》が聞こえた。

こんな時、船体はいっそう孤独で、いっそう老い、いっそう悲しげだった。のろのろと、力を振絞り、それがあげる音は、何かを訴えているかのように不自然だった。私の近くにいたのは、例の髭をたくわえた長身の水夫だ。彼は煙草を吸い、火をちかちかと瞬かせ、欄干にもたれて海を見ていたようだった。時々顔の向きをかえたり、空を見上げたりして、何かを探しているようでもあった。

「明日も晴れだな。小便一滴落ちてきやしねえ。香港に着いたら、暑さで死にはしなくたって、気を失っちまうにちげえねえ。ほら、なんて沢山の星なんだ」

確かに、星が夜空を隙間なく埋めつくしていた。私は言った。

「君が暑さにやられたりするだろうか。甲板にブラシをかけおえれば、それでいいのでしょ」

「ええっ、あんたはまだ知らないんですかい。今日、俺は半日仕事をかわってやった。たぶん明日だって、かわりをしなけりゃならない」

「誰かどうかしたのですか」

「ボイラー・マンが病気で三人倒れたんです。呉青《ウーチン》が今日倒れました。あん畜生が火を焚いていた最中です。危くボイラーの口につっこむところだった。」

私は知っていた。呉青というのは、しばしばノッポと一本の煙草を分けあって吸っている、飢えた鳥が何か啄むような手をした、あの男だ。彼は、猿のように敏捷だった。彼が船底でボイラーを焚いている最中に、私は会ったことがある。

「病気で倒れたら、どうします」、私は言った。

「どうするかですって。我慢するんです。後は港に着いてからのことです」

ノッポの煙草は、みるみる減っていった。風のせいだった。彼は火を消し、煙草を耳に挟み、それから注意深くその位置を安定させた。

「あなたは学校にお通いになったことがあるのですか」、彼はさらに学校のことを訊いた。

「学校は通ったことはありません。ちょっと私塾で勉強しただけです」。私はそう答えた。

「それは結構なことで。そんなズボンをはいて――」。彼は横目で私のズボンを見ていた。

「少なくとも、『イエス』『オーライ』くらいはできるでしょ。港の車夫ですら話せるんですから。まして、あなたなら。アメリカやイギリスと関わりを持つなら、水兵だって話せなけりゃならない。俺はいろんな仕事をしました。兵隊だったこともあります。あなたにお話したでしょ、もう一年で副官になれるところだった。俺が学校で勉強したことがあれば、『士官学校』に推薦されたでしょう。あなたにお話したことですが」

ノッポは話をはじめると、なかなか折り目正しく、少年の水夫と罵りあっている時のようには粗野ではなかった。顔立ちは明敏そうで、学者のかける眼鏡でもしたら似合いそうだった……しかし、彼は貨物船の水夫なのだ。

確かに、彼は私に話してくれたことがある。色々な仕事を経験した、と。兵隊になり、髭に白いものがまじってきたので、水夫になったのだ。

私たちは、それぞれ海を眺め、満天の星を観察していた。それは、まるで無数の小さな釘が、きらきら光るダイヤモンドで作られた小さな釘が、果てしなくひろがる黒い繻子《しゅす》に打ちこまれていて、今にも落ちてきそうだった。

「あの水夫は寝たんですか」。さりげなく、私はこう尋ねた。

「誰がですって。あのやんちゃ坊主ですか。本を読んでいます。馬鹿野郎が、今、あいつの親父はウラジオストックです。日本人とロシア人がもめごとをおこしてなけりゃ、あいつもとうに行っていたでしょう」

「日本とロシアが仲たがいしているのを、あなたたちも知っているのですか」

「あの坊主は物知りです。港につくと、あいつは新聞を買って読みます。俺があいつを見くびっているなんて思わんでください。俺も、あいつが新聞に載っている事件を話してくれるのを聞きたい。あいつはモスクワにだって行ったことがある。あんた、モスクワを知ってるかい」

「名前は知っているけれど、行ったことはない」

彼は、「あんた」を「あなた」と言い換えるのを忘れてしまった。彼は少し私に近づいた。潮風が吹きつけ、私たちの髪をなびかせた。

「うーん、機会がありさえすりゃ、俺もなんとしても行ってみなくちゃ。まずウラジオストックに行ってから」。彼はこぶしで欄干を叩いた。「……中国全土十八省、どこでも行ったことがある。たとえ外国に行ったことがなくたって……どのみち、独り身の男は、どうやったって生きられます……あのデブでさえ――彼が言っているのはあの機関長のことだ――あいつだって外国に行ったことがある。俺はあいつとはくらべられん。あいつには女房、子供がいるし、月々の給料だって百元あまりだ。だから、この船で老後の蓄えをつくることだってできる。でも、俺たちはね」

「交替だ、油を売りやがって」、船底への口から、誰のとも見分けのつかぬ半身があらわれ、大声で叫んだ。

「俺は交代しなけりゃならん。明日またな」

彼の姿は、マストの灯火の下を静かに揺れながら入口に消えた。

「また番がまわってきたんか」、この声は奥から聞こえてきたが、精彩がなかった。

（四）

日中、必要もないのに、日陰のないあの甲板に、誰だって、少しも留まってなどいたくはない。鉄板は、どこもかしこも、さながら炎で精錬されているかのようだった。

ボイラー・マンたちが倒れると、水夫たちがそれに替わった。もちろん、それには手当てがついた。普段は甲板にブラシをかけたり、錨の鎖を引く以外は、船尾で雑談している水夫たちの姿がしだいに減り、仕事のあがった者は、時には食事もとらず、犬のように眠った。罵りあったり、口喧嘩したり、からかったりする声は、もう聞こえなかった。船全体が、いや、海全体が、死んでしまったように静まりかえっていた。

デブは毎日、一日中寝ていた。少年の水夫が唱うこともまれだった。しかも、唱う時は、彼一人だけだった。

「おい、小僧、唱えよ。こんなに気が滅入る時なんだから」

彼はズボンを繕いながら、首を横に振って言った。

「暑さでくたばりそうだ。なのに唱ってなんかいられるかい」

「暑いだと。暑いからこそ唱うのさ。鳥打帽はかぶったままでいるくせしてよ。それにベルトだって」

「馬鹿野郎。このくそ暑い日に……」

「このズボンはまだ繕うのかい」。私は彼に近づき、ズボンを引っぱって言った。

「ちょっと待てよ。ひどく破れているだろ。これはウラジオストックから持ってきたのさ。見るからに、しっかりしているだろ。とても丈夫なのさ。上海で買えるかい」。ズボンは厚い麻布で作られ、見たところ、生地は確かに以前は丈夫だったにちがいない。今では、残念ながら、破れていて、油の汚れで元の色も分からなくなっていた。

「こんどは、いつウラジオストックに行くんだい」

「わからない……どのみち、いずれ行くことになるさ。親父がいるからね。あすこに行けば、おいらは学校に通える……学生と同じにね。このズボンは、学校が支給してくれるやつさ」

少年の水夫は、器用にズボンを繕っていた。女のようになれた手つきで。

「石炭をすくったら、破れてしまったのさ。船底で何時間か働けば、あんたは一生熱病にかかったりしないってうけあうよ。船底を見に行ってみるかい」

「やめておく」。船底は行ったことがある。最初から、私は思った、こんなところには二度と来るまい、と。

「君は交代するの」

「ああ」。彼は人目も憚らず素っ裸になり、繕ったズボンにはきかえて、慰めるように言った。「これで火の粉が少々はじけたって平気だ。あんたも行ってみないか」

「うん。また行ってみるかな」

私が船底に通ずる入口に入る間際に、彼は私に、最初に倒れたボイラー・マンは、たぶん港まではもたず、途中で魚の餌にされてしまうだろう、と話してくれた。

息のつまる、いやな臭いで、鉄階段に踏み出す力が失せてしまった。モーターは狂ったように動き、それがどんな音を発していたか、またそれをどう形容したものか、言葉では言い表せない。要するに、人の意志は、この怒り狂った巨大な咆哮、鋼鉄と鋼鉄とが取っ組みあい、噛みあう叫び声にかき消されたのだ。何もかも、存在しなくなった。てかてかと光を放つ、銅製の手すりは、どこも振動し烈しい熱を帯びていた……。

全身を薄暗がりに沈めると、貪欲そうな、大きく開いた深々とした二つの口だけがはっきりと見えるボイラーに、未知の怪獣が休みなく人から餌を与えられているかのように、次々と石炭の食料が投げこまれた。

人々はちっぽけな幽霊のように、その閃光に全身を赤く照らし出された。ノッポは、石炭の山の近くにしゃがみ、手に茶碗をもって水を飲んでいた。

「ようこそ、先生」

その時になって、私はようやく元気をとりもどしたようだった。私は通風管の口に近づき、管から風が入ってくるのを期待した。風はあるにはあったが、そこまで達するとすぐに生暖かくなってしまった。初めてここに来た時には、その通風管を通って出てくる風は、それでもまだ涼しかった覚えがあるのだが。

少年の水夫は、あのボイラー・マンの手からシャベルを受け取った。

「お前なんか、ここに来てどうする。碌なことになりゃしねえぞ。また一人、気を失ったばかりだ」

ノッポは手にしたシャベルをあげて、少年の水夫とかわろうとした。少年の水夫が交代してやった男は、力なく覚束ぬ足取りで、表に通ずる小さな階段をよじ登って出ていった。その階段は急で狭かった……私は思った、もしこの船底が浸水したら、逃げるのは定めし困難であろう、と。デブが言っていた。この船は古すぎる、小さな暗礁に出くわし、乗り上げでもしたら、何もかもおしまいだろう、と。

少年の水夫は、さっきノッポが持っていた茶碗を手にとり、水をいっぱいに注いだ。しかし、すぐには飲まず、気持ちを静め、一息ついているようだった。彼のまだ成長しきっていない、あの肩と首筋からは、彼がこのような労働に不向きなのが見て取れた。しかし、彼は仕事を続けた……

あの繕ったばかりのズボンが、また破れているのが見えた。髪は額にべったりとはりつき、視線は弱々しく茶碗に注がれていた。ボイラーから放たれる赤い光が、彼の頭と顔、それに右半身を包みこんでいた。

「君のズボンは、また破れてしまった」。私は新たに破れたところを指して言った。

「うん。すっかりぼろぼろだ」。彼は、穏やかに水を一口飲み、破れたところをさらに広げようとするかのように、無頓着に指で少し引き裂いた。

「もう直せないな。これ以上何箇所も破れてしまったら、海に捨て、魚にくれてやるさ。このいかした学生ズボンは、三年はいた。じきまる三年になる。いつかウラジオストックに行って、一本同じのを買わなきゃ」

ノッポはシャベルを振りあげては、間をおかずに、さらに火掻き棒で貪欲な二つの口の中をほじくりかえしたり、掻きまわしたりしながら、とぎれとぎれに小唄を口ずさみ、時には私たちの話に加わった。

「……学校に通ったことのある人は、こんなことしやしないでしょ。一生やりっこない。坊主、お前の番だ、二度目の」

交替はすんなり運んだ。ノッポのシャベルが少年の水夫の手にわたり、彼が手にしていた茶碗は、もちろんそれを享受すべき者の手に残された。

私の全身は汗の世界に浸った。

ノッポの眼は深く窪み、下顎が尖って見えた。こんな人間の全身で、白いとわかるのは、彼の白目のほかにない。

「ノッポよう、おいら調子がちょっと変だ、気持ちが悪いよ」

少年の水夫は叫びながら、同時に、身体をふらつかせて水気を含んだシャベルいっぱいの石炭をボイラーにくべ、続けて二つ目の口にくべようとしたが、シャベルをあげきらぬうちに、彼の身体はがっくりとくずれおちた。

少年の水夫は気を失った。

私は、みんなが新鮮な海水を彼の頭にあびせ、彼をシートでくるみ、船底から縄でひきあげるのを見ていた。その間、彼は声をあげず無言のまま、ぐったりとしていた。その顔と、まだ成長しきっていないあの首筋は、丸焼きのアヒルの肉のような色をしていた。

夜、デブの部屋から出てくると、甲板でノッポと出会った。

「あの子はどうしました。心配はないのでしょ」。私は、ひたすら「心配はない」と願うばかりだった。

「あいつは、心配ないですかって。最初にぶっ倒れた爺さんは、おそらく港までもたないがね」

「明日の午後には港につけるじゃないか」、機関長が言った。

「俺が言ったのは、明日の午後にはってことさ……」。彼は、背中をちょっとまるめて、顔をあげていた。海はぼんやりとし、眠りに落ちようとしているようだった。船体は停止するのを感じたかのように穏やかだった。

「見なさい、あの星を。一つも減っちゃいません。」

（五）

いっそう残酷に甲板にブラシをかける音が、調子はずれの歌声といっしょくたになり、もうこれ以上寝ていられなくなった。太陽は空のはてにまだすっかり姿をあらわしてはいなかったが、その光芒が、折り重なりその境をはっきりとは見分けられない雲と霧の隙間という隙間から射し、薄く紅をさしたように、銀色の朝の海をうっすらと染めていた。

甲板はどこも、しっとりと濡れ、静まりかえっていた。デブは手を後ろに組み、欄干の方を向いて海を見ていた。私は、今日、甲板にブラシをかけながら唄っているのが少年の水夫ではなく、髭面のノッポであるのに気づいた。ほかの者たちは、確かに黙りこんでいた。

……………
お日さま昇るよ、赤々と
海は波寄せる、くる年もくる年も
……………

「今日、あんたは下船することになってましたね」、デブは、向こうから、声を高くして私を呼んだ。

「おはよう、何時に港につけます」

「午後の三時にならないと。私の部屋でお茶をどうぞ」

「すぐ行きます」

私は、あの少年の水夫のことが気にかかり、ブラシかけが船首のあたりまで達しようとしていた水夫たちに近づき、ノッポに尋ねた。

「あの子はどうなりました」

「一日もすりゃよくなるでしょう、あん畜生めが。若いもんは、年寄りよりも頑張りがきくからね。あんた、今日、船を下りなきゃならんのでしょ」

「ええ」

「この先、俺たちはめったなことじゃ会えなくなるな。こんな船は……」。彼の言葉は、少しく感慨深げであった。続けて彼は言った。「いや、二つの山は一つになれやしないが、二人の人間はきっと一緒になれる。畜生め、この船もたよりにならない女房みたいなものさ。いつだって、ぶらぶらしているのさ。あんた、坊主に会いに行ってくれ。あいつはあんたに訊きたいことがまだあるのさ。」

……………
モスクワ着いたら、労働者になる
男も女も同志と呼びあい、顔あわせりゃ握手する
……………！

歌声は瞬く間に船首の方に伝わっていった。私は水夫とボイラー・マンのいる場所を尋ねた。あわせて六人が眠っていた。いちばん端が、少年の水夫だと私は気づいた。暗がりで、彼の寝息が聞こえた。向こうの端が、ノッポの言っていた、港まではもちそうにない、あの爺さんだとわかった。

私は立ったまま、どうしたものかと思案した。彼は眠っている。安らいだ様子で眠っている。大きく裂けたあの学生ズボンは、いつものようにはいたままだった。髪がべったりと額全体を覆っていた。成長しきっていないあの首筋に、血管がふだんよりも太く浮きあがり、不規則に脈を打っていた。ベルト、鳥打帽、ほかに数冊のぼろぼろになった書籍や新聞が、副葬品のように、まだ息のあるその死体を囲んでいた。

私は丸窓から外を眺めると、遠くに陸地が見えた。海面は、すでに今日の太陽の光で染めあげられていた。飛び舞う海鳥も姿をあらわした。やはり、このまま彼をしばらく休ませておこう。今、彼を目覚めさせたり、あるいは彼に下船する乗客を見せたりするのは、彼にとって役に立ちはしない。さらに親身な言葉をかけたとしても、役立ちはしないだろう。

デブの部屋で朝の茶を飲んでから、彼もこう言った。

「お別れですな。私たちはめったなことじゃお目にかかれんでしょう。今年の冬には、私は、たぶん子供たちに会いに家へ帰るでしょう」

私たちはそれ以上言葉をかわさなかった。船をおりてし

まうまで、彼等は私を見ていた。

デブは手を額にあて、ノッポは片手を振り、顎をつきだして、この船客が、孤独に渡り板をびくびくしながら降りていくのを見ていた。

埠頭を離れても、あの水牛の背から分泌されるうっすらとした煙がまだ身近に感じられた。私は、父親がウラジオストックにいるあの子の幸福を祈った。

一九三五年一月二一日、上海

（下出鉄男 訳）

夕立の女

蕭《シアオ》乾《チエン》

蕭　乾

（1910-99）北京出身。父は漢族化したモンゴル人で、北京東直門の門番だったが、彼が母の胎内にいたときに死に、貧しさの中で育った。働きながら学んで燕京大学を卒業、在学中から書いていた小説が沈従文に認められ、その後を継いで天津『大公報・文芸』を編集した。39年中国語講師としてロンドンに渡り、第二次大戦中は主に記者として活動、すぐれたルポルタージュも書いている。戦後ケンブリッジ大教授招聘も断って、建国前夜の中国に帰るが、反右派闘争で右派とされたのを始め文革では自殺未遂も経験するなど、苦難の道を歩んだ。79年名誉回復。本編「夕立の女」（原題「雨夕」）は、自作中もっとも好きな作品は、という訳者の問に答えて挙げたもの。

私が過ごした日々の中で、ロマンティックだったことといえば雨やどりの経験をあげねばなるまい。

あっという間に、遠くの空で黒雲に何か不思議な生気でも生まれたように、たちまちびっしりとつながり、黒々と固まって崩れて来そうになる。道に残された人びとは運命のすべてと競争するように夢中で力いっぱい足を走らせ、降りかかってくる激しい雨の襲撃を避けようとする。雷が雨を援護する兵器のように、背後から低く重く襲って来る。人はその黒い掌のような兇悪に笑っている黒雲を振りかえり振りかえり走るが、やがて冷たい雨粒が鉛玉のように頭や肩に落ちてくる。手をあてると、手の甲一面にも立て続けに落ちて来る。

雷はゴロゴロからカリカリになって破裂し始める。つぎつぎに光る稲妻が絹の織物を広げるように目の前を照らす。人はあわて、息が切れ始める。しかし足は本能的に走り続ける。頭や背中が無情に強く当たる冷たい雨滴にさらされる。玉だった雨がやがてつながって筋になると、人は服が気になり始め、足も心配になり、そこで足をゆるめる。濡れた睫毛《まつげ》ごしにまわりを見やる。ちょうどよく道ばたに土地廟か茶館がある。こんな時、人は礼儀を気にすることもすべて忘れて跳びこんで行く。急いで濡れた髪をしぼり、びしょびしょの手をすりあわせ、安全な入口の敷居の内側に入ってほっと息をつき、初めて気がついたように、「うわー、雨だ」。それから木を一つ拾って門の片隅におき、両肘《ひじ》をかかえて腰を下ろす。今しがた走ったあわてぶりも、早く帰ろうという焦りも忘れて、熱い息を吐き、膝を撫でながら、雨の景色を楽しみ始める。——もしこのとき雨の中で一人きりで慌てふためいている人が別に一人二人いれば、この雨も許せる気持ちがいっそう強くなる。

雨宿りといえば、聡明な読者は科挙の試験に都へ急ぐ受験生が、どしゃぶりの雨が縁となって、崩れかけた古寺の庫裡《くり》や竹林の奥深いお屋敷でなまめかしい女妖や美しいお嬢様に出会う話を難なく即座に思い出すだろう。長い月日はこういった書物をほとんど失わせてしまったけれども、あの種の他愛ない夢想は若い男女がひっそり静まりかえった場所にゆっくり足を運ぶ時には今でも存在しているものだろう。

だがここでお話ししようとしているのは、それほど優雅な話ではない。いかに色をつけてみても、私は当時ほんの十二、三歳だった。笑いたもうな、そのころ私にはまだ櫛形をした前髪があった。毎日、村の南の私塾に通って、よく通る声であのぼろぼろになった「弟子心得」を読み上げ、掌を打たれる①だけ打たれてしまい、壁に貼った拓本の至聖先師孔子様の像に腕を組んだお辞儀がすめば、もう何の拘束もないところへ遊びに行けた。

塾は実は家から遠いというほどではなかった。芦の生えた、紅海のようにまん中が割れた沼を過ぎ、三、四本の柳の幹を渡してある小さな川を渡ればもうそこだった。しかし、遊びとなればどこへ行くかわからなかった。

ある時少し上の塾友だちと五、六里②離れた長い川にかにを取りに行った。かには取れなかった（連れて行ってくれた子は夜提灯を持って来るのでなくちゃ、としきりに弁解した）。私は片足を水につっこんでしまった。土手にぼんやり坐って乾かしているうちに、黒雲が四方から集まってきた。川ばたの高粱《コーリャン》が南東からの風に首筋をつかまれたように上へ下へと首を振っていた。遠くの墓地では白楊の枝がさらさらと音を立てていた。相棒が帰ろうと言った。とても間に合うわけがない。やっと五百戸まで来ると、冷たい雨粒が首筋にしたたかに落ち、とうもろこしの葉にぱたぱたと当たった。あたりを見まわした末、枝豆畑をまわって、とある粉ひき小屋に跳びこんだ。

四十歳過ぎの作男がキセルをくわえて、石臼のへりに腰を下ろし深々と吸っているところだった。私たちを見ると、顔に二、三本荒いしわを寄せたようだったが、また力と注意をキセルの方にもどした。

私たちはおそるおそる入って行き、頼んだ。「すみません、おじさん、雨宿りさせて」。彼はキセルを気が進まないように抜くと、かすかにうなずいた。そこで私たちは小屋の入口近くに腰を下ろした。

雨が本降りになってきた。小さな粉ひき小屋の入口はもう軒先から簾《すだれ》のように落ちる雨水にふさがれた。それを隔てて、私たちは激しい雨の重圧にもがいている農作物を見ていた。腰はもうこれ以上曲がらないほど曲がっているのに、怒りをためた雨はなお容赦なく打ちつける。あの酒に酔ったときの私たちの先生のようだった。空間はすでに太い雨筋にぎっしり占有され、その隙間も水しぶきで埋まっていた。相棒は本を包む風呂敷をのんびり畳んでいた。私は濡れた靴をなでながら、相棒を恨み、この新しい経験の代償として今晩どんなに叱られるか考えていた。

ふと、小屋の外に水を踏んで歩く重い足取りの音がした。顔を上げると、細い手を粉ひき小屋の入口の煉瓦にあてて、乱れ髪の若い女が入口に立ち、軒先から落ちる激しい雨をまともに受けていた。私は大事にしていた靴を急いで放し、その度を失った表情の女を見上げた。纏足でちまきの形になったその足先がすっかり泥だらけになっていたのをまだ憶えている。藍色のズボンは濡れて濃い紫色になっている。白い上着はほとんど中のふるえる肌が見えそうなほど濡れていた。寒さも羞恥も忘れたようなニコニコした顔は、たらいを傾けたような雨に打たれてひどくなってはいたが、目は濡れた乱れ髪を通してでも、人を驚かすほどの光を放っていた。

明らかに彼女は中へ入りたがっていた。彼女が振り向いたとき、尻についた泥から私はこの女が雨の中でどんなにひどく転んだか想像することができた。私は急いで身体を脇にずらし、この奇妙な災難仲間に場所を空けてやろうとした。私が小さな粉ひき小屋に仲間が一人増えるのを喜んでいた時、石臼のへりに腰掛けていた作男がさっと立ち上がり、目をむいて、威嚇するようにキセルを振り上げ、にらみつけて叫んだ。「出て行け。ここはお前の来るところじゃない」。女はそれでも笑ったまま、私に近づいてきた。叔母さんにするように、私は両手を広げた。

「だめだ、そいつは狂ってる」。小作人はキセルの火のついた端を女の手に近づけ、外へ、雨がざあざあ落ちている軒下へ、ざあざあ降りの畑へ退くよう迫った。

女はとうとう水の落ちてくる軒下に立った。雨が女の全身を伝って地上に落ちた。

私は小作人を振り仰いだ。彼がどうしてそんなに残酷なのかわからなかった。私は「入れてやろうよ、雨あんなにひどいよ」というように彼を見つめた。しかし彼の丸い目はじっと女の顔を見つめていた。

彼女は手を壁に当て、憎々しげに私たちに歯を剥いてみせると、高粱畑の方へ去っていった。かわいそうに、彼女は歩きながら何度も振り返り、あの不思議な顔で私に向かって無表情に笑った。滑って転んでは起きあがり、それでもやがて雨や高粱の葉にさえぎられて見えなくなるまで振り返り振り返りしていた。

私は怒りで泣きそうだった。どうして彼女を追い出さなければならないのだ。相棒も不服そうだった。しかし作男は私たちのふくれ面から察したらしく、質問を待たずキセルを靴の底に打ちつけながら、こう弁解した。「そりゃダメだ、ダメなんだ。うまく言えんがね、狂った女には、何もせんことだ」

私はいったいどういうことなのか聞いた。彼は答えかけたようだったが、またすぐ空になったキセルをタバコ入れにつっこみ、指先でまさぐっていた。まさぐりながら壁際に行って腰を下ろした。私たちもすわって、じっと彼を見つめた。なんてのんびりした男だ。雁首にタバコを固くつめ、器用な姿勢で火をつけると、深々と一口吸った。白い煙が鼻から吹き出した。それから耳の付け根に手をやり、ようやく、

「狂った女だ。亭主に捨てられた」

「どうして狂ったの」

「バカだな、狂うのにどうしてもこうしてもあるもんか。聞いてないがな。頭に血が上って狂っちまったのさ」

「何で血が上ったの。豚が逃げたの」。私は黄荘のことを思い出した。

「ふん、亭主のところを追い出されたのさ。あの女の亭主は村の杜五爺《トウウーイエ》の次男でな。子供の頃童養媳《トンヤンシー》に来て、一昨年の春になって、ようやく正式のかみさんになった。次男坊は北京の何とか学堂に行った。念の入ったことで、進んだ話さ。一昨年帰って来るとあの女を離縁するって騒ぎになった。出ていかないって言うにも、奴は街から連れてきている、おめかししたのをな。追い出そうとしても、いやだって言う。可哀そうな女さ。どこに行くところがある。親父もお袋も死んじまった、兄貴は意気地なしで、かみさんの言いなりだ。街から来た若い方はなにもかも気に入らない。一日中殴るわ怒鳴るわ、それで狂わせちまった。朝から晩まで車置き場車置き場って歌ってな」

私はどういうことかよくわからなかった。だが子供心にも彼女が狂ったのは彼女自身の罪ではないとたしかに意識していた。私は作男を責めるように聞いた、「どうしてあの人を追い出したの」

作男はやまない雨を一声罵ってから、言った。「憶えておけよ、お前はおれがあの女を追い出したのを見たな。明日人がお前に聞いたら、証人になってくれるんだぞ。もし追い出さなけりゃ、いや、追い出したって噂は避けられない。人間て奴はまったく畜生と同じさ。狂った女は夜閉め出されて村はずれの大きな槐の木の下に行って寝た。どこの悪い奴か知らないが——夜回りの保安隊だって言う奴もいるが、おあつらえ向きとばかり暗闇の中であの女をやっちまった。そのあとも——いやお前等子供はまだ何も知らねえ。やっぱりよけいなことはあまり聞かないことだな」

この長い曖昧な話は、私の質問に答えていなかった。雨音はあまり激しくなくなった。相棒が帰ろうと促したが、私はしつこく聞いた。「それで追い出さなけりゃならなかったってわけ」

「ああ、村じゃ今誰がその悪いことをしたのか調べている。見つかったら村全体の名でそいつを訴えるって話だ。

追い出さなかったら、そう、追い出さないで明日誰かにおれとあの女が粉ひき小屋で雨宿りをしたと知られて見ろ、何て言われるか。近頃は避けたって避けられないんだから。避けたって――」

雨は弱まって軒先から落ちる雨水もまばらな雫《しずく》だけになった。あたりは灰色の雲よりも暗くなってきた。腰を曲げた農作物は黄昏《たそがれ》の中で涙をたらしながらあえいでいた。話への私の興味はいっそう強まってきたが、相棒が帰ろうと言いはり、そのお陰で私も左足の濡れた靴を思い出した。

「帰りな、曇った日は早く暮れる。ちゃんと勉強するんだ、こんな罰当たりな話を聞いて何になる。さあ、おれももう帰らなくっちゃ」。そう言いながら、彼はキセルを叩き、腰を伸ばした。「女は器量がいいと不運がついてまわるものよ」。彼はため息まじりの咳をした。

私は元気なく粉ひき小屋から出た。

何日も経って、私が村の北はずれのコの字に建った三棟の壁の前を過ぎると、中庭から不健康な笑い声が切れ切れに聞こえ、また哀切な歌声も伝わって来た。

東の棟に
西の棟
立派なお屋敷立ってても、
私は悲しい車置き場暮らし

一九三四年九月七日、海甸。

（丸山 昇 訳）

〔注〕

①掌を打たれる　昔の塾では生徒に落ち度があると杖で掌を打たれた。

②五、六里　約三キロ。

一週間と一日

駱《ルオ》賓《ピン》基《チー》

駱賓基

（1917-99）吉林省琿春県出身。本名は張璞君。高級中学在学中に満洲事変。ハルビンの清華学院でロシア語を学ぶ。36年に上海へ。上海事変当時、青年防護団員となり、その体験を基に報告文学集『大上海的一日』（38）を出版。中編小説『東戦場的別働隊』で作家としての地位を確立。東北の抗日義勇軍を描いた長編小説『辺陲線上』（42）は初期の代表作。香港で中編『一個屈強的人』を発表、日本軍の香港占領後、桂林に逃れ長編『幼年』を刊行。短編集『北望園的春天』（46、邦訳有り）、長編『混沌』（47）が代表作。『蕭紅小伝』（47）では若くして逝った女流作家を悼んだ。人民共和国成立後は『過去的年代』（79）を刊行、晩年は金文研究に傾倒。

一

日本海軍陸戦隊から三百メートル離れた薀藻浜《ユンツアオパン》は、中国精鋭の保安A大隊の同志たちが守っていた。

一週間の白兵戦、突撃ですでに力は尽きかけ、わずかに残った三十数名の兵士たちが辛抱強く持ちこたえて、友軍の交替を待っていた。

指揮権は軍曹のあばたの秦《チン》にあった。他の少尉級の将校何人かと兵士たちの死体は周囲で血の臭いを放ち、それがまだ埋めていない穴から四方にあふれていた。

陣地後方には歩兵の攻撃を援護する任務の機関銃隊が構えている。

さらに三マイル後方では陣地は迫撃砲隊になる。呉淞《ウーソン》砲台湾の中程に位置する水産学校では、迫撃砲兵が、弾薬箱を運んでいた。

二

崩れた墓場や石碑のある地形に沿ってノコギリの歯の形の塹壕がのびている。灌木の藪を縫い、荒れた田の畦、膝より高い雑草の生えた綿畑を抜け、……至るところで土の臭いが鼻を衝いた。たまった雨水の生臭いにおいと混じり合っていた。

濃い霧が立ちこめた重苦しい空から雨が降り注いでいた。

兵士たちは、戦闘の合間を見ては泥や水もろともに、柔らかい豆腐のような死体を埋め、軍用スコップで素早く土を掘り返していた。腰をかがめてはまた伸ばし、上下させていた。

権木の藪の中でうずくまっていたあばたの秦の黒く痩せこけた顔を雨水が斜めに流れ、水滴が頭上に巻き付けた偽装の草からもぽたぽたしたたり落ちた。

「交替の部隊はまだ影も見えずか……」。左の頬を膝頭にこすりつけると、頭を上げ、四方を見渡した。

アシナガカがブンブンと飛び回り、病原菌を送り込む血管を探し回っている。腐乱した死体からはじかれたように飛び立つ金蝿が雨の中で柔らかい羽根を重そうに広げている。

慌ただしい、すべてが慌ただしかった。人が動き、黄金虫が跳ねていた。

「敵機……」、監視哨の兵士が低く叫んだ。

兵士たちは鼻の頭に泥を付け、目を草に埋めて伏せた。四、五人が頭を上げ、上向きに寝た姿勢で銃身を斜めに空中に向けた。

五百メートル向こうから爆発音が伝わってくる。もうもうと煙が立ち、地面が揺れ、木々の枝からは雨水がざざっ、ざざっと落ちた。兵士たちは声も立てず、身じろぎもしなかった。ただ悪魔のような「ファシスト」に支持された吼え声がドーンドーンと大地を震撼させ、破壊していた。

敵機がまた後方へ向かったので、兵士たちは起きあがった。スコップが土を起こし、まるで円筒のようになった死体は穴の内側に引きずり込むか、転がしこまれた。

「交替の部隊はきっと来られないだろう。今夜も耐えねばならない」。目におおいかぶさる草を手で払いながら、あばたの秦は遠くを見た。

「埋め終わりました」。若い小杜《シアオトウ》が這って来た。身を震わせていた。「後方に下がりたいのです。身体がもちません」

もう一人の暗い黄色くむくんだ青白い顔が鈍い視線をあばたの秦に向けた。「そうだ、皆後方に下がって休息を取るべきだ。数時間だけでも。しかし交替の部隊がまだ来ないとなると我々は……」。あばたの秦は同情をこめた目で小杜をなだめた。

「皆が退却しても、僕は退却しません。でも皆がここで守っているなら、僕一人ぐらい……」

「これは組織なんだ、軍隊なんだよ。おまえ、ここは復旦大学じゃなく、戦場なんだ」。痩せこけた黒い顔が暗くなり、紫色の唇を閉じた。

「帰って油のたっぷり入った煮込み豆腐を食べて……、タバコを吸ったら、たとえチフスにかかっていたって戻ってくるのに！」。小杜の目から豆粒のような涙がゆっくりと流れた。

「隊長、隊長の顔が証拠です。後方に戻って一息つきさえすれば……」。むくんで黄色くなった顔の目が、あばたの跡をじっと見つめていた。

雨水が偽装の枝や葉から斜めに流れ、細い蛇のように鼻筋と頬骨の間のくぼみを伝わって絶え間なく落ちた。

「全員撤退しますか」

「いや絶対全員退却などできない。友軍に引き継ぐまでは我々で守り抜かねば、しかし……」。泥にまみれた銃の柄を撫でながらむくんだ顔をうつむけた。

目の前で傾いた稲がザワザワと小さく音を立て、歩哨に立っていた孫国玉《ソンクオユー》が静かに這ってきた。青白く突き出た唇と顔いっぱいに汚泥がはねている。両目は黒く、小さく、鋭い光を放っていた。

「何か動きがあったか?」、あばたの秦は急にふり返り、泥だらけの孫の顔を見た。

「……敵は煙幕を張っています。どうやら急いで橋を架けているようです」。低い声が震えていた。

「原陣形でその場に散開しろ」

急に一隊がはい出したので、塹壕にたまった水が激しく揺れ動き、ぬかるみもかき回された。

敵機から遮蔽する目的で刺してある木の枝や茂った草などは、枝先がしなだれて、兵士の頭上に雨の雫《しずく》を垂らしていた。

むくんだ顔の男は、ワニのようにゆっくり力をしぼってはい上がった。

皮膚が腫れて痛む兵士たちは「陣地」の曲線の外に頭をのぞかせて、にぶい眼光を放っていた。

バーン。突然銃弾が頭をかすめ、銃声がはげしくなり、鋭い笛の音も混じった。

草や葉、稲の茎が舞い、泥水が四方に飛び散った。長く続くうなりに、巨大な爆音が続き、砲弾が長い虹のように光った。地面が震動し、濠の中にたまった水を揺り動かした。

あばたの秦は唇を閉じてモーゼル銃を草の間から突きだし、するどい目で周囲を見渡した。上唇を下唇にかぶせるのはもう習慣になっていた。

小杜は水に落ちたイヌのように伏せている。銃剣を歩兵銃にさしこむと銀色の光を放った。どろどろの雨水が腰までを浸し、身体はすこし震えている。

広東製の二三式手榴弾が、弾丸を撃ち尽くした兵士たちの泥だらけの手に固く握り締められていた。
ド、ドーン……後方の迫撃砲が、五発続けて頭上を越していった。
残りの三九名の兵士は静かに呼吸を整え、ほおは銃身にぴたりとつけ、左目を細めていた。

砲弾は競い合うようにうなりを上げて夜空をとびかい、火光は絶え間なくきらめいた。轟音が鼓膜を麻痺させ、まぶたまでそれにつれて痙攣する。

敵機は濃霧の中でうなり声を上げていた。時には高く時には低く、遠のいてはまた近づいた。

銃声が入り乱れ、閃光がはげしく交錯する。照明弾が四つ五つ低く浮かび、広野が一面明るくなった。

下士官も兵士も黙りこくり身じろぎもしない。迫撃砲の音が突然やんだ。

敵の軍艦の探照灯が現れ、二、三匹の金の蛇のように、真っ直ぐに伸びた身体で夜空をはい回った。砲弾が数珠つなぎになって飛んでいった。

パン……パン……突然小銃の音が起こり、鋭い笛が聞こえてきた。

「目標、前方二百メートル……射て」。モーゼル銃があばたの秦のがっしりした泥だらけの手の中で鳴った。

銃声が兵士一人一人の心に火をつけ、冷え切った身体を燃え立たせた。パン……パン……射つたびに台尻が肩にぶつかり、ガクッガクッとゆれた。

ドーン、ドーン、二百メートル後方で崩れた墓の腐った木棺が飛び散り、草や枝や土くずが空中を舞った。

「機関銃班は射撃を強めよ。小銃班は前進！」、あばたの秦が声を抑えて叫んだ。

水浸しの身体が濠からはい出ると、稲草の茂みや綿花畑に身を隠し、畑の畝あいに沿って、伏せながら射撃した。ドドド……ドドド……、ド、タン…タン…パン…ポン…パン……。あらゆる音が交錯しあって一つになっていった。

友軍の砲兵隊長の命令が慌ただしく伝わってきた。「目標、正面前方二千メートル、撃て」

ドドーン……ドドーン……

敵の探照灯が消えた。ただ、大砲の閃光だけが光っている。

孫国玉はドロまみれ水まみれになって、手榴弾の安全弁を抜いた。耳元で銃の引き金も乾いた音を立て、傍らにはむくんだ顔の兵隊がワニのようにはいつくばっていた。

火薬の刺激臭が鼻を突き、目の前はひどい煙だ。

草の屑が、バッタのように、身体に当たる。土と銃弾がいっしょになって飛びかっていた。

向かってくる機関銃弾は、蛍のように一すじ一すじ光のすじを作って飛んでいた。「やっつけろ」、小杜が大声をあげて遠い影に向かって突っ込んで行った。

手榴弾があちこちから投げられている中で、あばたの秦は弾痕だらけになった壊れた墓の中に身をかくして、そこからモーゼル銃を撃っていた。

弾薬が爆発し、鉄片が四方に飛び散り、銃剣に白い光が映った。影が取っ組み合っている。

「やっつけろ……」、怒鳴り声が一丸となった。

「ワア……ウッ……」、高い叫びが急速にわき上がった。

孫国玉は二十メートル離れたところで「広東製」を投げていた。一個、また一個。

小杜は追いかけた。敵の分隊長は身をかわしたが、泥水で重さを増した革靴で足を取られてころんだところを草履に肩を踏みつけられた。銃剣が柔らかな肉に差し込まれた。

彼は死ぬ間際のニワトリのように激しくのけぞって身体をふるわせた。

自分の頭がクラクラし、黒や金の火花が目の前におどり、小杜は倒れ込んだ。膝を突き、手には硬く銃の柄を握り締めていた。顔が敵の死体の胸にべったりとつき、鼻中、生臭い血で染まった。

この時、孫国玉は力が尽き果てていた。「広東製」が十メートル以内に炸裂し、鉄片が右腕を吹き飛ばしていた。

「誰のだ?」、左手で落ちているちぎれた腕を拾い上げ、大きな目を見張って鮮血のほとばしり出る腕の付け根を見やった。

「あ……」、よろよろと倒れ込み、顔を草むらに埋めた。

「這って後方に行け! 俺たちは自分の死体さえ持って帰れないのだ。よく覚えておけ、本部に早く交替部隊を派遣するように……」。むくんだ顔の兵士はワニのようにのろのろと這っていった。

激しい肉弾戦は川べりへと移っていった。孫国玉は助け起こされてかすんだ目でまわりを見回した。

「おい、早く……早く彼らを……救援の部隊を……、おれたちは……」。また身を震わせてがっくりと頭をたれた。

「兄貴!」、小杜は耳元で叫んだ。

「早く戻れ……早く引き継ぎを、……俺にかまうな、陣地が大……事だ」。身体は依然として草の中に突っ伏したままだった。続いてブルッブルッと震え、うめいた。

小杜は突然に走り出した。薄暗くぼんやりとした中を腰をかがめて飛ぶように走った。

流れ弾が周囲で炸裂し、火花がリンのようにきらめいた。傷ついた兵士たちは血の海の中でのたうっていた。うめき声が単調に周囲に散ってゆき、夏の終わりの虫の鳴き声や田の畝を流れる雨水が合流するザーザーという音と溶けあった。

小杜はすでにこれらに気を取られることはなかった。意識は麻痺状態で、血は激しく頭に向かってわき上がっていた。

だが、走り続けねばならないと分かっていた。泥水の中、乱れた稲の茂みを、一人急いで走った。しかも、腰をかがめたままで。

迫撃砲弾が空中を切り裂いて、うなっていた。

「止まれ」、どなり声がどこからか聞こえた。

「えっ……!」、小杜は身震いをした。

「小杜じゃないか! どうしたんだ?」、歩哨が走りより、一目見ると、肩を支えた。

「早く……兵を出して……増援を……皆、突撃していったんだ」。うずくまってあえいだ。

「クソッ！　三十師団が交替するはずだったのに、連隊長が承知しないんだ、奴が言うには、俺たちの軍隊は……」

「早く行け……交替させるんだ！　俺たちはもう八日間も戦ったんだ……」。小杜はドロリとした血をはいた。

「クソッ！　あの野郎めが……」

「早く……早く行ってくれ。俺はもうだめだ。水に八日も浸かってたんだ」

三

保安第二隊がやってきた。

夜中過ぎ、濃い霧が深まり、田畑全体をおおっていた。元気溌溂とした戦士たちは、服は濡れきっていたが、心には炎がたぎっていた。

夜霧がたちこめている間、路傍の屍は見えず、血なまぐさい腐臭だけが鼻を突いた。

空の担架がさっと通り過ぎ、兵士たちは小杜の死体が処理されたと思った。

長い隊伍が散開したとき、塹壕の中の泥にまみれた銃身がまっすぐに突き立って彼らに挨拶していた。

赤茶色の水の中の死体はふくれて浮かび上がり、折れた枝や落ちた葉が緑色を添えていた。

さらにその先には、稲の間に横たわる死体が点々と、月夜の星のように散らばっていた。ここにはもう生きている者は一人もいなかった。

新たに来た兵士たちは、落ちている銃や手榴弾を拾い取った。

ある者は喜び、ある者は嘆息した。おのおのは「陣地」に這い戻り、精神を集中して敵を待った。夜は正に明けようとしていたからである。


（前田利昭 訳）

蓮花池

蕭《シアオ》紅《ホン》

蕭　紅

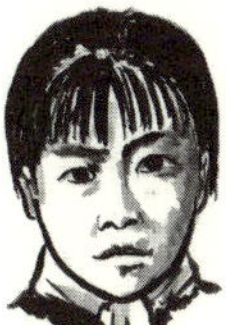

（1911-42）女性作家。黒龍江省呼蘭県出身。本名は張廼瑩。29年ハルビンの女子中学に入学、新しい思想や文学に触れる。父親の決めた結婚や封建的な家に反抗し、30年に出奔、放浪生活の中で数々の困難に遭う。32年ハルビンに戻り、蕭軍と出会い、作家活動を始める。蕭軍との共著で短編小説・散文集『跋渉』（30）を出版したほか、羅烽、白朗、金剣嘯らと反満抗日の絵画・演劇活動を行う。34年東北を逃れ上海に移り、翌年、「満洲事変」前後の東北の農村の生活を描いた「生死場」（35）を、魯迅の編纂する『奴隷叢書』の一つとして出版し注目を集めた。代表作に「商市街」（32）「牛車上」（37）「馬伯楽」（41）「呼蘭河伝」（40）がある。香港で肺結核により死去。「東北作家」の一人。

部屋は全体がほんのり明るかった。子供は一晩になんども目を覚ました。毎晩そうだった。子供が目を開けると部屋はいつも明るく、じいちゃんが明りの中に座っていた。ぼろきれで何かを包んでいた。ぎゅっと力を込めると、腕がぶるぶる震え、鬚さえも震えだした。じいちゃんが手にしていたのは、ときには銀色に光るものだったし、ときには金色に光るものだった。小さな徳利のこともあるし、銅の器のこともある。あるとき、小豆《シアオトウ》はじいちゃんがおそろしく長いキセルを磨いているのを見た。あれほど長いキセルを小豆はまだ見たことがなかった。それは小豆の想像の中で、水桶を担ぐ天秤棒と同じぐらいの長さにも見えた。部屋の入り口よりの隅に、小さな穴蔵が掘ってあり、じいちゃんは夜になるとときどきその中に入っていった。ふだん穴蔵には四角い板がかぶせてあり、その上には柳の枝や、焚き付けにする小枝や草が積んであった。かまどがすぐそばにあったからだ。穴蔵から取り出されるものはどれもそれほど大きくはなく、汚くて少しも役に立ちそうには見えない。遊び道具にもなりそうになかった。銀のピアスやら、おばあさんが髪に挿すような四角く平らな簪《かんざし》、銅の燭台やら、ブリキの香炉……だがじいちゃんはこういうものが好きだった。夜中になると取り出しては手でさすっていた。じいちゃんがさするとザーザーザーと音がした。じいちゃんの手はまるで紙やすりかなにかのようだ。

小豆は寝ぼけ眼を開けてぼんやりその姿を見ると、すぐまた眠ってしまった。だがそれも夜のはじめのうちだけで、夜が更けると目を覚ましても部屋は真っ暗で、誰もいなくなり、何も見えなくなっているのだった。

じいちゃんはいったい何をしに出かけるのだろう。小豆にはそれがわからなかった。

子供はごろんと寝返りを打つと、小さな歯で歯ぎしりをしながら再び眠りに落ちた。

子供が夜見る夢は、いつも荒涼として息苦しく、多少にしろ怖い夢だった。子供はよく雲が頭の上を飛んでいく夢を見る。雲はあるとき彼の帽子を掠め取っていった。一匹の蝶が蜘蛛の巣に捕えられている夢を見たこともある。蜘蛛の巣は真っ暗な洞穴のなかにかかっていた。子供の一群に殴られそうになる夢や、犬の群れに追いかけられる夢も見た。じいちゃんが真っ暗な穴蔵に入ったきり出てこなくなった夢を見たときは、全身にびっしょり汗をかいて、目の中で緑色の火花がちかちかした。恐ろしくて、口を開いたまま息が絶えたかのように、身動きもできなかった。

ずっといつもそうだった。ひとつの夢が終わるとすぐ別の夢がはじまる。もう夢は見たくなかったが、見ないわけにはいかなかった。昼間いつも窓辺にうずくまっている彼が、もうそこにじっとしていたくはないのに、外に出て行けず、そこにじっとしていなければならないのと同じように。

　湖畔の小さな蓮花池は、周囲がびっしりと草に覆われていた。茂って盛り上がった草はたっぷりと水を含んで重たそうだったが、風が吹くと、草の先は風につれて揺れ動いた。風が南から吹けば、いっせいに北へ頭を垂れ、やがて風向きが変わるとこんどはいっせいに南へ頭を垂れる。つややかな青々とした草の葉は、太陽の方を向くと鮮やかな明るい緑になり、太陽に背を向けると深い緑に変わる。たまに緑の草の中に一、二株の小さい花を見つけることができる。花は草むらの中であっちへ押され、こっちへ押され、まっすぐ立っていようにもいられず、倒れようにも倒れられない。すっかり青草に囲まれ、草と一緒にあっちへ傾ぎ、こっちへ傾ぎしている。だが見かけは、青草の頭上に頂かれているように見える。

　いまこの手を伸ばしあの花に触れてみたらどんなにいいだろう、と子供は思った。

　だが子供は、自分がこの窓辺から一歩だって離れられないとわかっていた。扉を推して外へ出れば、近所の子に殴られてしまう。彼は痩せて青白く、足や腕だって近所の子供より細い。あるとき外へ出て、家の周りをしばらく歩いてみた。そんなに遠くへ行くつもりはなかった。そのとき、一匹の黄色い蝶が目の前を飛んでいるのが目に入った。一、二歩前へ出れば捕まえられそうだった。蝶は家から三、四メートル離れた築山の上にとまり、さらに築山よりもう少し遠い柳の根っこに下りた。つぎはここ、こんどはあそこ……毎回もう少しで手が届きそうだった。蝶は彼の足元に下りたり、頭の上を飛び越したりしたが、決して捕らえられはしなかった。小豆はかっとなった。腹が立つと同時に恥をかいたと思った。この蝶は自分をからかっているに違いない。小豆は着物を脱ぐと、裸の背中を晒《さら》したまま必死に追いかけた。「止まれ。止まれ」、追いながら小さな声で叫んだ。

　こうしてどれだけ追いかけただろうか。小豆は着物の襟をつかみ、漁師が網を打つように着物の網を投げた。だが黄色い蝶はどんどん高く舞い上がった。顔を仰向けて見ると、天から降り注ぐ無数の太陽の針が小豆の目に突き刺さり、蝶の姿を見失わせた。小豆は目がちかちかし、頭がくらくらして、足が萎えてしまった。もう少しの力も残っていない。腰を下ろしたかったが、家も蓮花池もぐるぐる回っていた。窯で焼きものを造る職人が轆轤《ろくろ》の上で器が回るのを目にするように、ぐるぐる回って見えた。蝶はとっくにいなくなっていた。家からどれくらい離れてしまっただろう。振り返ってみると、開け放たれた家の入り口が、黒々とした穴のようで、家の中はまったく見えなかった。あの悪童ども、ろくでなしどものことが頭に浮かび、小豆は慌てて家の方へ走り出した。近所の子供に殴られたことを思い出したのだ。蝶を捕まえようとして脱いだ着物を手に持ったままだった。走り出すと着物は後ろにはためいて、ぱたぱたと音を立てた。怖くて心臓が早鐘のように打ち、胸が膨れあがったように感じ、口の中にも何かを含んでいるようだった。彼の口を塞いでいるそれは、水に浸した海綿のようで、呑み込もうとしても呑み込めず、吐き出そうとしても吐き出せなかった。

蝶を追ったこの日も、小豆は傷を負った。近所の子供たちが追いかけてきて、こん棒や拳で殴り、足で蹴った。小豆の足は狼の子のように細かった。殴られて倒れたとき、膝頭を大きく擦り剥いた。その子供たちはまるで虎の子か狂犬だった。子供ではなく、いくつかの黒い影のようだった。小豆は押し倒され、その黒い影にのしかかられた。泣き声を上げてもどうにもならないことがわかった。彼は気を失った。

このことがあってから、小豆はもう決していつもの窓辺から離れようとしなくなった。蓮花池には、まだ間近で見たことがない、小豆の想像をかきたてた朧《おぼろ》げな美しい花が咲き続けていたのに。

小豆は、子猫のようにおとなしく、少し退屈しながら、日暮までずっと窓辺にうずくまっていた。居眠りをして、そう広くない窓の台から転がり落ちたこともある。怖くはなかったが、いい夢を断ち切られたことが腹立たしかった。眠い目を擦り、目を開いて周りを見まわした。いまのは夢だったんだ！　自分はずっと部屋の中にいる。夢の中のように青い空の下をゆったりと歩いたり、まして蓮花池のほとりに行くなんてとても考えられない。いつもと同じ空っぽの空間に落ちたのだ。目の前はがらんとし、冷え冷えとして灰色で、手を伸ばしても何にも触れられず、目を凝らしても何も見えない。空っぽであることは怖いということだ。小豆は再び窓の台に上りうずくまった。きゅっと身を縮めて後ずさり、背中を窓枠にぴったり押しつけ、背中が痛くなるまでそのままじっとしていた。

小豆は毎日蓮花池を見ていた。池の蓮の花が咲いた。七月十五日の盂蘭盆会《うらぼんえ》に川に流される灯籠のように赤く輝いていた。体が弱い小豆は、いつもの窓辺を離れ、池のところまでその足で歩いて見に行ったことは一度もなかったが、蓮花池への憧れはますます募り、蓮花池は小豆にとって一つの小世界、一つの町となっていた。そこにはすべてがある。蝶、トンボ、バッタ……虫たちも笑い、歌っている。草や花はお話を聞いている子供のようにうなずいている。雨が降ってくると蓮の葉が、大きな扇が風を扇《あお》ぐように揺れ、蓮花池は大きな扇でいっぱいになる。「じいちゃん、蓮の花を見に連れていって」

子供はそう言うと、じいちゃんの脚にもたれかかった。それからじいちゃんの足に抱きつき小さく揺さぶった。

「見たって……なにもおもしろいものもないがな。じいちゃんが明日連れてってやろう」

じいちゃんはいつも夜家にいなかったし、昼は家にいても寝ていた。目が覚めると眠たそうにキセルを吸う。夕方前には吸い始め、やがて晩飯の支度にかかる。

じいちゃんのキセルの雁首がジリジリ音を立てるのを、小豆はじいちゃんの膝に頭をのせて聞いた。そうすると音がいっそうよく聞こえるからだ。その格好は気怠《けだる》そうに日向ぼっこをする子猫のようだった。小豆はせがむように、じいちゃんの膝をさらに何度か揺すった。まだ蓮花池へ連れていってもらえるかもしれない。だが、じいちゃんは返事をしなかった。たちまちなんともいえない悲しみが小豆を襲った。自分でもどうしても行かなければならないと頑張る理由はないように思うのに、心の中ではやはり行かなければならないと感じるので、小豆は悲しくなったのだ。目を閉じると目尻から涙がこぼれ落ちそうになり、鼻が、からしでも食べたみたいに、つんと痛くなった。心の中にふと、蓮花池を恨む気持ちが起こった。蓮花池なんかべつにおもしろくないや！ ちっとも行って見たくなんかないさ！ 小豆はじいちゃんの膝から離れ、部屋の中を子馬が跳ね回るように何度も行ったり来たりした。涙はぐらかされて、ついにこぼれ落ちなかった。

小豆は痩せてひょろひょろしていた。眼は白目が勝って、顔色もあまりよくなかった。すぐに嬉しくなり、またすぐに悲しくなる。嬉しいときは、鼻唄を歌いながら、細い足でひょこひょこと踊るように飛び跳ねた。悲しくなると、目の動きさえ止まってしまう。小豆はこれまで泣くまいとしてきた。何を泣くんだ、泣いて何になるんだと思っていた。だが、いったん泣き出すと、永遠に泣きやまないかと思われるほど泣き続けた。泣き声も大きかった。周囲のすべてを震わせ破壊しようと企んでいるかのように、大声を張り上げ、地面を転げ回って泣いた。そうなるとじいちゃんにも止められなかった。じいちゃんは小豆をぶったことがない。小豆が泣き出すとそのそばにしゃがみ、小豆の頭を撫でたり、帯の端で汗を拭いてやり、あとは手出しせず、見守っているだけだった。

小豆の父ちゃんは大工だったが、小豆が三歳のとき死んでしまった。母ちゃんはそれから二年して別の男に嫁いでいった。母ちゃんが出ていったときの様子を、小豆はぼんやりと覚えている。母ちゃんはひげもじゃの王《ワン》という大工について行ったのだ。大工の王は母ちゃんの荷物を提げ、足を引きずって歩いていた。王は三本脚だった。本当の二本の脚のほかにもう一本、自分で作った木の脚を使っていた。小豆は思い出すと可笑しかった。どうして自分の足があるのにその片足を地面につかず、木の脚の助けを借りなきゃならないのか。母ちゃんはあの日、夕暮れ時に出て行った。ちょっと買い物にでも行くように出かけ、それきり帰って来なかった。

小豆はその晩からじいちゃんのそばで寝るようになった。この子は自分のふとんを持ったことがない。父ちゃんといっしょに寝ていたときは父ちゃんと一つふとんに眠り、母ちゃんと寝るようになってからは母ちゃんがこの子を抱いて寝た。こんどじいちゃんと寝るようになると、じいちゃんは小豆の頭まですっぽりとふとんをかぶせてしまった。

「汗かいてるのか。暑いのか。どうしてふとんを掛けないんだ」

小豆がじいちゃんのふとんに移ったばかりのころ、じいちゃんは夜中にいつも心配した。じいちゃんは子供といっしょに寝る習慣がなかったので、ふとんですっかり小豆をくるんでしまったのだ。小豆は息をつくこともできず、しょっちゅうふとんから逃げ出し、何も掛けずに眠った。

そのうちに、じいちゃんはふとんをすっかりこの子に譲ってしまった。じいちゃんは夜中になると姿が見えなくなり、何度か呼んでみても応えはなかった。そこで小豆は大きなふとんに一人で眠るようになった。

この時からじいちゃんは今の仕事を始めたのだ。その仕事とは墓荒らしだった。

銀白色の夜。緑灰色の夜。何かが触れあって音を立てる夜。墓荒らしは斧と刀と必需品の麻縄を背負い、そのほかに鞭の先に付ける細い革紐を何本か持つ。そしてマッチは墓荒らしの魂を守るものだ。ただし、マッチを身につけるというのは、清朝から始まったことで、そう昔からではない。それ以前は火打ち石だった。墓荒らしたちは、それをしっかり守っていた。宗教的な崇高な気持ちで、いつでも光を発することのできるものを身につけているのだ。

墓荒らしはマッチ箱を開け、一本、また一本とマッチを擦る。三、四本擦ってみて、マッチが湿気《しけ》ていないことを確かめ、どの一本も必ず着火するという保証を得る。それからマッチを数本肌着のポケットに入れる。帽子のつばにも何本か挿しておかなければならない。手でよくねじ込み、途中で落ちたりしないように、しっかり入っているかどうか確かめる。

五月のある夜、長い鬚の老人すなわち小豆の祖父は、黒く汚れた机にキセルをおいた。彼はマッチを体のあちこちにしまった。ズボンの裾の縫い目にまで何本か入れた。マッチの頭を差し入れてから、ぐっと中まで押し込む。その手には血管が何本も浮き出ている。眉毛は二本の刷毛のよう、四角い顔は筋肉が突起している部分とへこんでいる部分がくっきりして、半分白くなってはいるがふさふさした髪は、河岸に密生する草のように、額の生えぎわから直立していた。だが、壁に落ちたその影は、ただの黒い影だった。平板で紙のように薄っぺらで、彼が生きてきた年月の尊厳を消し去っている。ただその影は、そびえ立つ髪と長い鬚のおかげで、『イソップ寓話』に出てくる、木こりの落とした斧を川底から拾って現れる鬚をはやした河の神のようだった。

キセルは今し方までジリジリと音を立てていた。その赤い石の吸い口が、さきほど老人の厚い唇から離れ、間もなく音も止み、雁首から煙もでなくなった。オンドルの上で眠っている小豆と同じように、キセルも机の上で眠りについた。

マッチは明りを点《とも》すだけでなく、煙草を吸うにも、かまどに火を起こすにも、山林で狼を追い払うにも役立つ。言い伝えでは幽霊も追い払えるということだった。墓荒らしがマッチを身につけておくのは、もちろん幽霊を追い払うためだ（彼らは幽霊が怖いから、それを口に出して言おうとしないが）。厄日については、師匠から学んでいた。仏教徒が生臭ものを口にしないのと同じようなものだ。彼らには彼らの厄日があった。九のつく日と二十三日だった。これにあたる日に、火を点《つ》ける道具を持っていなかったら、幽霊が家まで後を追ってきて、彼らの子供や孫たちのいる家に住み着いてしまう。言い伝えでは、髪に五本の簪を挿した女の幽霊がいて、厄日の夜に現れて徘徊し、一歩歩くごとに簪を抜き、最後の一本まで順番に落としていく。もし死人のところから戻ってきた人が彼女に出会えば、彼女はその人を簪で刺し殺してしまう。だが火を点けるものを身につけてさえいれば、殺すことができないのだという。昔、墓荒らしはずっと火打ち石を使っていた。それは彼らの師匠が呪文を唱えながらくれた火打ち石だ。「人間には目があるが、幽霊には目がないから、明りで照らしてやれば、明りをたよりに自分の道を帰っていくのだ」という師匠の言葉を彼らははっきり覚えている。だが墓荒らしは提灯をつけることはできないのだ。

もう一つ、墓荒らしは数本の革紐を必ず持つことになっているが、これは何のためか。彼ら自身も使ったことがなかった。革紐を腰帯の右手のくるあたりに吊るし、必要になったときすぐ取れるようにしてある。だが、もうすっかり装飾品になり、擦れて、てかてかになり黒く汚れている。言い伝えでは、五本の簪を挿した女の幽霊は、馬に乗った男に鞭の先の革紐で縛られたことがあるというのだ。

小豆のじいちゃんは革紐を腰に提げると出ていった。月明かりでぼんやり照らされた板扉の外から、じいちゃんは鉄の門環を閉じた。不釣り合いに大きく重い門環は、門扉の上に生真面目に鎮座している。中に七、八歳の子供が眠っていようとは誰も思うまい。

じいちゃんは夜家にいないだけでなく、昼間もほとんど家にいなかった。死人のところから取ってきたものを町へ売りに行くのだ。古物商との売値のかけひきで、いつも帰るのが遅くなった。

「じいちゃん！」、小豆はじいちゃんが十四、五メートルのところまで戻ってきたのを見ると、そっちに向かって声をあげた。

じいちゃんは小豆のそばまで来ると頭を撫で、子犬を連れるように家の中に連れて入った。中に入ると、小豆は単調にしゃべりだした。午後じゅうずっと窓辺に座り、じいちゃんの帰りを待ちわびていたのだが、その嬉しさを、いつもと同じくらいにしか表さなかった。

「じいちゃん、このでっかい緑豆青《リュトウチン》がね、このバッタがね、窓の穴から入ってきたんだよ……」、そう言いながらオンドルの上に飛びのった。ガタがきている窓枠に張ってある紙は子供の手であちこちが破り取られていた。「ここじゃなくてね、そっちから入って来たんだよ……そいでね、おいらがこうやって手で押さえて捕まえたんだよ」。小豆はそのとおりやるまねをして見せた。「こいつまだ跳ぶよ、ほら、跳ぶよ……」

じいちゃんは聞いていなかったが、小豆は話し続けた。

「そうだよね、じいちゃん……緑豆青だよね……」

「このバッタ、食い過ぎて腹が太っちゃって、速く跳べないから、すぐ捕まえられるんだ……」

「じいちゃん、ほら、こいつおいらの左手から右手へ跳んで、また左手へ戻るよ」

「じいちゃん、見てみなよ、ほら……じいちゃん」

「じい……」

しまいにようやく、小豆はじいちゃんがもう聞いていないことに気づいた。

じいちゃんは小豆から離れてかまどの焚き付け口の前の酒樽に腰かけ、フェルトの帽子を擦っていた。顔じゅうが珠の汗だった。

じいちゃんは靴の底で一本の草の茎をころころと転がした。その目は草の茎が転がるたびに起こる土ぼこりをじっと見つめたままで、目の前で飛び跳ねる青いバッタには目もくれなかった。日が沈みかけても、じいちゃんは、自分の使いこんだ包丁を取って薪を割ろうともしなかった。晩飯を食べるつもりもないようだった。窓から差しこむ夕日がだんだん黄色くなり、黄金色に変り、やがてすっかり赤くなった。じいちゃんの頭は影に入っていたが、手だけは日の光の中に差し出していた。金粉を混ぜたような赤い光の中で、両手を洗うように何度もひっくり返していた。太陽は刻々と沈んでいき、赤い光が壁の上でだんだん長くなった。それにつれてじいちゃんの手の影も長くなって歪み、だんだん手の形をなさなくなった。その怪しい指は掌よりなお何倍にも伸び、四十センチ近くにもなった。

小豆は東の窓に座り、遠くからじいちゃんを見ていた。藁を青い大きなバッタはその手にしっかり握られていた。藁を何本も握っているようにちくちくしてむず痒《かゆ》かった。さっきまであんなにわくわくして想像をふくらませていたのに……。湖の方から戻ってくるじいちゃんの姿が見えたら扉の後ろに隠れて待ち、じいちゃんが入って来たら、わっと言って跳び出し、バッタを出す。できればじいちゃんの鬚にバッタを放して、じいちゃんの唇を噛ませよう。そこまで考えると、自分の思いつきに満足しすっかり嬉しくなった。そんな奇跡が本当に起こったらと思うと、おかしくて涙が出そうになり鼻がつんとして、あわてて手で押さえたほどだった。だが今は、赤く染まった窓の影を小豆は静かに眺めていた。太陽はすぐ目の前を通り過ぎていくように、あっという間に消えていった。赤い影はしだいに縮んで小さくなり、ついに線になり、布巾でさっとひと拭きしたように消えてしまった。

じいちゃんは咳払い一つせず、立ち上がって動こうとする気もないようだった。

空が薄暗くなってきた。じいちゃんの様子も空の色と同じように恐ろしげになってきて、小豆にはそれが、うずくまっている虎か、話に聞く悪魔のように見えた。

「小豆」

突然じいちゃんの呼ぶ声がして、小豆はびくっとした。知らず知らず考えごとに耽っていたからだ。小豆はバッタを放すと返事をした。「なあに、じいちゃん」

その声が先にじいちゃんのところに届いてしまってから、ようやく小豆は窓を離れた。そのついでに、いたずらっぽくバッタの後ろ足をパチンと叩き、バッタがひとりでに逃げて行くようにしむけた。跳び去っていくバッタの方を惜しそうに振り返りながら、じいちゃんの前に進んだ。

小豆はもともとおとなしい子供だった。顔色はいつも青白く、笑うときも歯を二本ちらと覗かせるだけだし、泣くときも涙をほとんど見せない。歩き方も老人のようだった。さっきは一時興奮したが、いまはもう元通りになり、一歩一歩ゆっくりと祖父の方に向かって行った。

祖父が子供を引き寄せても、その青白い小さな顔は無表情のまま祖父の目を見た。子供には何か変化が起ころうとは思いもよらなかった。物心ついたときから、一度だって知らない人が家に訪ねて来たことはないし、珍しいことが起こったこともない。新しい帽子さえ買ってもらったことがない。オンドルの上に敷いてある莚《むしろ》は、かつては新しかったのだろうが、いまでは大きな穴が開いている。それだっていつから破れだしたのか覚えがない。最初からこんな大きな穴になっていたような気がする。天井の蜘蛛の巣も、蜘蛛の巣に積もっている埃も増えも減りもしない。湖の岸辺に垂れている柳の枝のように長く房になっているのが十数本垂れ下がっており、短いものはうるさいほどびっしりと壁際にへばりついている。これらすべてがこの家ができたときからあるもので、何も変っていない。増えもしないし、減りもしない。これらはみな存在しだしたその日から今日までずっと同じ様子だ。家に客を招いたこともなく、食卓にはいつも箸は二組だった。部屋の中は、どんなわずかな音にしろ、単調でないものはなかった。ようするに単調であることに慣れてしまって、二人の暮らしが単調か単調でないか、寂しいか寂しくないかを言うのは難しかった。話し声が壁に反響し、こだまするのさえはっきり聞こえる。じいちゃんが小豆を呼ぶと、小豆が応えるより前に、じいちゃんには自分の音波が空気を震わせて戻ってくるのが聞こえる。飯を作っているとき、鉄の杓子《しゃくし》を鍋底にぶつけると、その音は鳴り響いて、悪夢を見たときのように小豆を跳び上がらせる。家は四方の壁が立っているだけで何もなく、部屋は広く見えた。息子が生きていたときは、この家に住む家族は五人いた。壁にはまだ箸がたくさん入ったままの箸入れの籠が掛かっている。家族は減ってしまったのにそのままにしてあるのだ。もうとうに使わなくなっていたので、箸入れには黴が生え、油煙と埃がべったり付き、けばだって黒々とした海藻のようになり、柳で編んだものか籐で編んだものかも見分けがつかない。だがそこには依然として昔使っていた箸が一束入れてある。箸もすっかり汚れ、それが箸だとわからないほどだ。だがそれでも片づけずに、一年また一年と過ぎてきた。

じいちゃんの鬚も変わらない。ずっとこんなふうに長く、厚く密生している。年を取ったいまでも、人工的に植えつけでもしたように、ふさふさしている。

小豆は手を伸ばしてじいちゃんの鬚に触ってみた。じいちゃんも鬚の先で、小豆の頭のてっぺんの髪の房に優しく触ってくれた。じいちゃんが口を開いたので、何か言うのかと思ったが違った。じいちゃんは上下の唇を合わせ内へ吸い込むように動かしただけだった。小豆にはじいちゃんが舌打ちしたように聞こえた。

何か変ったことがあったのだろうか。小豆はそんなことは考えもしなかった。特に何か変ったようには見えなかった。じいちゃんは相変わらず夜出かけて昼眠っている。小豆自身は窓の台に腰かけ、夕方まで一日そうしている。これもいつものとおりだ。何かが変ったというなら、いったい何が変ったのだろう。子供にはほんのわずかな予感すらなかった。

じいちゃんが小豆を呼んだが、別に何か言いつけるわけではなかった。小豆はこういうことにすっかり慣れっこになっていた。わからないことがあっても聞かない。小豆はわからないことはわからないままにしておく。見えるものだけ見、見えないものは見えなくてかまわなかった。蓮花池へ行きたいという願いだってそうだ。小豆はずっと長いあいだ、ほかの普通の子供たちと同じように、目的が達せられるまではあきらめられなかった。だがしまいに彼は行かなくてもよくなってしまった。小豆は、自分の問題をなかなか言い出さずに心の中でくよくよ思い悩むくせに、いったん口に出してしまうと、もうどうでもよくなってしまうのだった。自分の願うことが一つもうまくいかないとほとんど悟ってしまっているせいだ。だからじいちゃんが自分を呼んでおいて何も言いつけなくても、べつに尋ねてみようとはしないのだった。一人でゆっくりと輝きの弱い小さな目をまたたかせてあたりを見回した。壁の上を一匹のゲジゲジがカサカサと音をたてて這っている。顔を仰向けてみると小さな黒い蜘蛛が糸を吐いて巣作りをしている最中だった。

空がすっかり暗くなろうとしていた。窓の外の、はじめは明るく透き通った青だった空は、やがて濃紺の緞子のようになり、果てしなく深く見えた。今この一瞬は、空は凝結したように静かで、暗い海のような色をしていた。

じいちゃんは手の関節を一つ一つ捩《ねじ》り、ぼきぼきと骨が折れるような音を鳴らした。相変わらず黙ったまま顔を仰向け天井を見上げた。小豆もつられて見上げた。

蜘蛛はまるまる太って鉛の重りのように重たげで、いまにも巣から落ちてきそうだった。蜘蛛の巣と平行に梁から一本の縄が下がっていた。その縄の先に丸く輪が結んであるのがぼんやりと見え、それと同時に壁の隅の棚が見えた。棚の上には斧と、墨壺、墨尺、墨縄が並べられていた。大工だった息子が作ったものだった。老人は突然死んだ息子のことを思い出した。あれは徒弟奉公を終えて帰ってきた翌日に、初めて作った棚じゃなかったか。息子は指物師じゃなかったが、大事な道具を鼠に齧られるのがいやで、あの棚を作ったのだ。梁から下がっているあの縄も息子が結んだのだ。五月一日に嫁が蓬を山ほども採って来て、息子は自分でそれを梁に吊したのだ。そのときのことが目の前にありありと浮かんできた。蓬の匂いまでしてくるようだった。だが今見える縄は黒く汚れて、錆びた重い鎖のように哀しく垂れたまま動かなかった。老人はもう一度縄に目をやった。心臓がきゅっと締めつけられ、顔がかっと熱くなったか思うと、寒気に襲われた。息子が死んで三、四年たつが、そのことが今日ほど心を捉え辛くなったことはなかった。

以前は老人には自信と見通しがあった。自分が最後の力を振り絞れば孫を餓死させることはないと信じていた。自分がもう何年か生きてさえいれば、孫を餓死させることはない。嫁が再婚することになっても、それもよかろう、嫁のように若い者が、薪にも米にも事欠く、連れ合いもいないこんな家に暮らしていても意味がなかろう、と考えた。だがこれも過去の考えだった。今ではすっかり虚しいものになってしまった。これから先どうやって食べていけばいいのか、わからなくなってしまった。孫の成長を見届けられるのかどうかも、確信がもてない。過去の悲しい場面がつぎつぎに浮かんできて、老人の思いは、海上で凪に遭ってしぶきを上げる波のようだった。以前はどんなに心配になったときでも、こんなふうに疲れはてることはなかった。それが今やって来た。目がくらみ、動悸がし、血管が膨張し、耳がかっと熱くなり、喉がからからになった。老人が両手の関節をさすると、関節はぱきぱきと音をたてた。関節が大きくなったように感じた。ぼこぼこ突び出して醜くなった。老人は立ち上がってこれらを振り払おうとしたが、何かが重く纏いついているようで、立ち上がることもできなかった。

「こんなことでどうする」

これ以上過去の記憶に苛《さいな》まれるのが、苦しくて耐えられなくなったとき、老人は自分に気合いを入れて立ち上がった。

「小豆や、起きなさい。じいちゃんが緑豆粥をこしらえてやろう」。老人は子供に話しかけることで自分を落ち着かせようとした。「小豆や、ちゃんと目を覚ましな。……ほら、つまづくよ。……おまえの蝶々は飛んだかい?」

「じいちゃん、違うよ。何が蝶々だよ、バッタだよ」。小豆はじいちゃんの膝から離れ、目を開けようと努力した。小足を動かし走り出そうとした。じいちゃんにあの青いバッタを見せようと思ったのだ。そもそもじいちゃんはあの大きい緑豆青を見もしないから蝶と間違えたりするんだ。だがじいちゃんは手を伸ばして、走り出そうとする小豆を引き戻した。

「ご飯を食べてから見るよ」

じいちゃんは懐から小さな包みを取り出した。取り出すとき包み紙が破れ、豆粒が地面にぱらぱらとこぼれた。小豆は、緑豆の落ちるのを追ってかがみこみ、小さな掌の真ん中のくぼみまで埃の積もった床にぴったりくっつくほど這《は》い蹲《つくば》って、床に落ちた緑豆を拾いだした。緑豆は無数の丸い小石のようだった。子供は豆を拾いながら、たくさんの豆粒を掌と地面の間でころころ転がして遊んだ。

じいちゃんはこの情景を見て、心の底から喜びが湧き上がってきた。

「この子が餓死したりするものか。食べ物の大切さを知っているこの子が」

それと同時に苦い思いもこみあげてきた。このかわいそうな子供は、父親が死んだとき、まだやっと歩けるようになったばかりだった。もう四歳になっていたが、体がとくに弱く、少し雨が降るともう数歩も歩けなくて、じいちゃんがおぶってやらなければならなかった。三日か五日に一度病気になり、その様子を見ているのも辛かった。唸ったり声を上げたりせず、ものも食べないし、何かを欲しがりもしない。ときどき「じいちゃん」と呼ぶだけだ。水が欲しいのかと聞いても「いらない」と言い、おなかがすいたかと聞いても「いらない」と言う。うっすらと目を開いたかと思うと、再びこんこんと眠ってしまう。

三日か五日眠るとよくなって起きだし、何を見ても嬉しそうにしているが、何日もしないうちにまた病気になる。

「病気では死ななかったが、餓死させてしまうのではないか」。夜、明りを消した後、老人は煩悶した。

昔のできごとがつぎからつぎに浮かんできた。嫁が嫁いで行ったあの晩、ふたを開いたままの長持ち……嫁が出て行くときのあの泣き声。思い出している今のほうが、当時よりも辛かった。自分でも不思議だった。もうみんなすんだことだ、思い出して何になる。だがやはり続けて死んだ息子のことを思い出した。

部屋の中も表もすっかり闇に沈んだ。蓮花池も見えなくなった。手で触ろうとしても、足で踏もうとしても探し当てられないほど、闇の中に消え去ってしまった。蓮花池もただの普通の大地の一部なのだ。

子供は、青いバッタのこともとうに忘れ、小さな芋虫のようにまるまって平穏に眠っている。だがその傍らで寝つけずにいるじいちゃんには、小豆の鼻からときおり漏れる、何か悔しい思いをしているようなため息が聞こえた。

老人は息子の死後、墓荒らしを始めた。こんな仕事は初めはしたくなかったし、してはいけないと思っていた。息子の斧や鋸を引き継いで大工になろうとした。お笑い種《ぐさ》だが、二、三日家で練習してみたものの、さっぱりだめだった。厚板の端切れを使って腰かけを作ってみたが、なんとも滑稽なことに、四本の脚の長さがそろわなかった。どうってことないさ、鋸で切りそろえればいいのさ。鋸を挽いてみたが、どうしてもうまく使えず、いくらやっても腰かけの脚が瑕だらけになるばかりで、ちっとも切り落とせなかった。そればかりか、せっかく作った腰かけが、鋸挽きしているうちに、ばらばらになりだした。大工にはなれないと悟った老人は、息子の道具のなかで売れるものはみな売ってしまった。いくつかの道具が手元に残り、彼はそれを使って墓荒らしをするようになった。

死人のところから取ってきたもののなかで一番の値打ちものは、銀杯一対、銀のピアス二対、一対は大きな珠の付いたもの、もう一対は輪の形のもの、それに金メッキの指輪だった。銅製の水ギセル、錫の花瓶、銀の簪もなかなかの品だ。そのほかの、衣装、履物、帽子や、模様のついたグラスや穴のあいた銅銭などの副葬品はほとんど値打ちのないものだ。銅製のキセルの吸い口や雁首、白檀の大扇子などもだめだ。

夜に老人は墓を掘りに行き、昼間は町の古物商のところに取り引きに出かける。日本人が来てからというもの、彼の品物はたびたび日本人に取り上げられた。昨夜も検問に遭って戻ってきた。昼間は日本人憲兵が村から町へ通じる道を警備しているし、夜は私服の密偵が町を歩いており、いつ検問に引っかかるかわからなかった。じいさん、懐に入っているのは何だ、どこから持ってきたのか。彼にはどこから持ってきたのか答えられない。何の仕事をしているか、それにも答えられない。老人の品物は二度三度と没収された。だが恐れてはいなかった。昨日通りで大勢の中国人が日本人に捕まって兵隊にされるのを見かけた。日本人は、仕事のないものは誰でも連れて行くのだと聞いた。

古物商は、兵隊にされたくなければ、さっさと日本人の言うことを聞けと、彼に教えてくれた。そうしたいなら、自分が連れて行ってやろうと言い、昨日老人をある場所に連れて行き、日本人に会わせてくれた。

そんなことがあって昨夜は一晩中眠れなかったが、墓荒らしは夜仕事をするのに慣れているから、今朝起きてとくに元気がないということはなかった。老人は今朝も穴蔵のなかに入って行った。出てきたとき、顔は埃だらけで皺の一本一本が浮き上がって見えた。

小豆は部屋の隅に立ってじっとじいちゃんを見ていた。

老人は数枚の銅貨を帽子の中におしこみ、折れたり錆びたりした鉄釘を、腰帯の端に包みこみ急いで縫いつけた。それから何か小さなものが手の中で何度か光ったが、小豆にはそれがどこにしまわれたのか、よく見えなかった。じいちゃんのすることは手品のように不思議だ。銀のつまようじをしばらく袖口でひねっていたかと思うと、それはやがて袖の中に入ってしまう。じいちゃんが顔を上げると、小豆が目を丸くして自分をじっと見つめているのに気づいた。

「何を見てる。じいちゃんを見てるのか」

小豆は答えずに、小さな口を尖らせてばつが悪そうに向こうを向いてしまった。

じいちゃんも顔を赤らめると、扉を開けて、古物商のところに出かけて行った。

ある日のこと、じいちゃんがとつぜん小豆を呼んだ。その声はほとんど何もしゃべっていないくらい静かだった。

「ほら、おいで。じいちゃんと出かけよう」

じいちゃんは指先で小豆のもしゃもしゃの髪を梳いてやった。

その日祖父は子供に青竹色の綿入れの布鞋を履かせた。布鞋には細いベルトがついていた。祖父はかがみこんで荒い息をつきながらベルトを結んでやった。

「じいちゃん、蓮花池を見に行くの?」、小豆は子羊のようにおとなしくじいちゃんのそばに立っていた。

「行こう。じいちゃんと出かけよう」

この日じいちゃんは、いつも夜出かけるときのように刀や鋏を持っていなかった。穴蔵のなかに銅片や鉄くずを取りに入っていったりもしなかった。ただ何度も「じいちゃんと行こう」と言うだけだった。

いっしょにどこへ行くんだろう。だが小豆は何も聞かず、子羊のようにおとなしくじいちゃんのそばに立っていた。

「今度だけだ。一度きりだ……」

じいちゃんはそう独り言を言ったが、小豆は何のことかわからなかった。おばあちゃんに会いに行くのかな、叔母さんに会いに行くのかな、それとも縁日に行くのかな、などということは、小豆は考えてもみなかった。彼は親戚の誰かに会いに出かけたこともないのだ。もっと小さいとき、母方の祖母が会いに来たことがあった。そのときはまだ物心もついていなかったので彼はそれを知らない。町に市がたつ日も出かけたことはなかった。元宵節の飾り灯籠も見たことがなかった。中秋の月餅も食べたことがない。そんなおいしいものがあることさえ知らなかった。彼には見たことがないものがたくさんあった。このあと町に着いてからじいちゃんが粽子《ちまき》を買ってくれるのだが、彼はそれをどうやって剥いて食べるのか知らなかった。驢皮影《リュビーイン》①も縁日の村芝居も見たことがなかった。今日これからどこへ行き、何を見るのか、想像しようもなかったが、ただ早く出かけたかった。早ければ早いほどいい。いますぐ出発できるならなお満足だった。

だが、じいちゃんの支度は面倒だった。これを着ろ、あれを着ろ、帽子をかぶれ、頭を日に照らされるからと言った。その帽子は大きすぎたので、じいちゃんは風が吹いて来たらつばを引っ張っておさえるように言って聞かせた。それから小豆の顔や手を洗ってやった。顔を洗ってやりながら、じいちゃんは孫の首が垢でこんなに黒ずんでいることにはじめて気づいた。手ぬぐいで拭いてやると、菜っ葉に黒々とたかったアブラ虫のような垢がぼろぼろと落ちた。耳を擦ると耳の穴から白い耳垢が出てきたし、手の爪も鳥の爪のように伸びていた。切ってやろうとしたが、鋏が見つからなかった。町から帰ってきてから頭も刈ってやらなけりゃあな、とじいちゃんは考えた。

小豆はもう待ちきれなくなって、じいちゃんが鋏をさがしあぐねているのを見てわめいた。

「じいちゃんがおととい鋏と……鋏と……鋏を腰帯に隠じて持ってったじゃないか」

老人はきまり悪さのあまり顔を赤らめた。なぜこの子に見られたんだ。この子にはすべて隠してやってきたのに。そこで老人は「行くぞ」と声をかけた。

二人は外へ出た。

空は晴れて眩しかった。空気中に草の蒸しかえる甘い匂いが発散されていた。地平線まで見渡すかぎり緑だった。こんなみずみずしい緑は見たこともなかった。滴るような青緑、澄みきった緑、艶やかな緑。地平線上の緑はもやもやと煙って、そこでは雨が降っているかのように見えるが、近くでは、二、三百メートル以内では、緑はガラスのように輝いていた。

周りには何か小豆の目を魅了するものがあるようだったが、太陽のあまりの大きさに、小豆の目はかすんでしまった。こんなによく晴れたいい天気なのに、見たいものがよく見えない。ずっと思い描いてきた蓮花池でさえ、すぐには見つけられそうもない。太陽の下に連れて来られたもぐらのように目が見えなくなってしまった。小豆はまったくのところ一匹の小さなもぐらだった。目ばかりではない。足も体を支えきれなかった。自分はずっと穴蔵の中にうずくまっているようにできているのだ。

「小豆。小豆や」、後ろからじいちゃんの呼ぶ声がした。「ズボンからお尻が見えてる。戻って取り替えて来よう」。じいちゃんは家の方に戻りかけたが、この子にはズボンがひとつしかないことを思い出して、再び子供と一緒に先へ進んだ。

町は市がたつ日だった。じいちゃんは孫にそのにぎわいを見せてやろうと思ったのだ。それにもうすぐ金も手に入るので、孫に何か買ってやれる。

小豆は何が欲しいのかな。連れて行って、何でも好きなものを自分で選ばせよう。祖父は歩きながら、そう考えた。だがまず生地を何尺か買って、ズボンをこしらえてやらにゃあならん。

蓮花池を廻り、そのまま池からまっすぐ伸びている小道を、二人は進んで行った。小豆の目ももうかすまなくなったし、足にも力が満ちてきた。子供は青い大空の下で美しい歌をさえずっているようだった。彼は一本一本の草に名前をつけながら歩いていった。彼には周囲のすべてが、ざわざわといろんな声をたて、彼が応えるのを待っているように感じられた。小豆の心臓は普段よりはやく鼓動し、顔の上の小さな花が開いたように唇もいつもより少し突き出し、ほんのり紅く色づいていた。小豆はあちらこちらで腰をかがめ、小さな指でいろいろな草花に触れてみた。はじめは自分の好きな色鮮やかな花を選んで摘んでいたが、しだいに手当たり次第になった。大きいのや小さいの、黄色いの、紫の、白の……野生の大麻の黄色い花さえ、彼の手の中に摘まれていた。だがこの小道はあっけなく終わり、こんどは赤茶けたほこりっぽい街道に出た。

「じいちゃん、どこに行くの」、小豆は青白い小さな顔を見あげた。

「じいちゃんについておいで」

子供はそれ以上聞かず、子犬のようにじいちゃんの後に従った。

町の喧騒は、七、八百メートル手前からでも、わんわんと鼓膜を震わすほどだった。祖父の心は不安を感じながらも、穏やかだった。彼は深い喜びに浸っていた。孫のために金を使い、何か買ってやりたいと思ったのは、これが初めてだった。彼の心にはいつも温かいものがうごめいていて、それがこの瞬間に思いやりの情に変わった。祖父は、小豆が今日はいつになく快活な様子なのを見ても、目元に幸せそうな微笑みを浮かべた。あまり健康ではないが可愛らしい足が、一歩一歩跳ねるたびに、利発そうな様子が現れる。じいちゃんは何度か小豆に二言、三言声をかけようと思ったが、愛おしさのあまり、口を開くことができなかった。可愛い子羊をむやみに驚かしたくなかったのだ。町に着いてみると、道の両側は軒並み食べ物を売る屋台が並んでいた。赤い山査子《さんざし》、つぶれて平たくなった黒棗《なつめ》、褐色の橄欖《オリーブ》。さらに進んで行っても、まだ食べ物を売る店が続いた。小豆にはこの町が丸ごと食べられるように思えた。彼はじいちゃんに何かを買ってほしいとねだったりせず、これらの食べ物が気にかかっていることも面に出さず、うわべは無関心な様子で人混みを縫って進んだ。だが、心の中、あるいは口の中に、時おり、これまで経験したことのない不思議な感じがした。とりわけ、酸梅湯《スワンメイタン》[2]売りの、銅の茶托をたたく涼しげな音を聞いたときには。その音を聞けば聞くほど涼しくなり、自分ではその茶わんを取って飲むことはできなかったが、その飲み物を見るだけで爽やかになった。小豆はきまり悪そうに、もうしばらくそこに立って見ていた。普段こういうことに慣れていなかったので、少しの間でも、一人で心の欲するままに、そこに立ち止まっていてはいけないと思ったのだ。それにやはり誰かにぶたれるのが怖かった。でもここは大きな町で、家にいるときとは違う。ここには人がたくさんいるが、自分を殴る人なんているはずがない。その考えは意識のどこかにはあったが、十分納得してはいなかった。だから小豆はじいちゃんから離れず、人混みの中では手を伸ばしてじいちゃんにつかまった。豆を売る人、大きな白菜を売る人、ピーマンを売る人……小豆はどれももう目に入らなかった。一人の女が長い竿を掲げているのにも気づかなかった。竿には様々な色の木綿糸が掛けてあり、それが小豆の首に引っかかってしまった。小豆は神経質に怯えて悲鳴をあげた。じいちゃんは糸を首からはずしてやったとき、孫の目に澄んだ可愛らしい、なんとも哀れを誘う表情が浮かんでいるのを見た。小豆は、じいちゃんの口から何かの香りを帯びた声が吐き出されるのを聞いた。

「何か食べるかい。粽子はどうだ、好きかい?」

小豆はそれがどんなものか知らなかった。五、六年前父親が生きていたとき食べたことがあるのかもしれないが、とうに忘れてしまった。

じいちゃんが素焼きの器から取り出したものは、三角だか、六角だか、とがった角がたくさんある、見たこともないものだった。じいちゃんは素焼きの器の隣で煮え立っている鍋を指さして、「熱いのを食べるかい?」と聞いた。

そのとき首を縦に振ったのか、横に振ったのか、小豆は忘れてしまったが、とにかく確かにその手に角のとがったものを持っていた。

じいちゃんが買うつもりだったものはどれも買えなかった。どっちみち帰りに買えばいいのだからと、持って来たのはわずかな銅銭だけだった。それで何も不足を感じないように、彼は満足げに歩いていった。

小豆のズボンは尻の部分が大きく破れていたので、足を一歩踏み出すたびに、破れ目から黄色い皮膚がのぞいた。それが祖父の孫を不憫に思う気持ちをいっそうかきたてた。

「この子は、三月の若い玉葱のようだ。ちょっと雨の恵みを得れば、すぐ大きくなるだろう……」。そう考えると、彼は歩をはやめた。この町を過ぎれば、金を受け取れる場所はすぐそこなのだ。

小豆は粽子を手に持ったまま、竹の皮を開いてもいなかった。粽子を買ったところで、ほかの人が皮を剥いて食べるのを見たのだが、皮を剥かないでも食べられるのかどうかわからなかったからだ。ついに彼は尖端に噛みつき皮を引きちぎり、噛んだり吸ったりし、さらに両手にしっかり持ちなおして食べ始めた。

小豆が両手にいっぱい摘んだ花は町の通りに捨てられ、幾十、幾百の人に踏まれた。こうして小豆はじいちゃんと町を後にした。

何度も角を曲がり、じいちゃんは小豆を連れて小さな兵舎らしい入口に着いた。

子供はあたりを見回した。それがどんな場所かわからなかったが、入口に長靴を履き、鉄の鉢のような帽子をかぶった兵士が立っているのが見えた。じいちゃんにあれは日本兵なのか聞こうとしたが、じいちゃんが彼の背を推して前に進むように促したので、聞くのをやめた。

日本兵が町に来たばかりのころ、母方のおじが「漢奸」という言葉を口にするのをよく聞いた。それが何の話か、小豆にはよくわからなかったが、いま、目の前にいる日本兵の姿がおじが話していたのとそっくりだったので、一目見ただけで恐ろしくなった。だがじいちゃんが前に進むように推したので、小豆は中に入った。

中ではちょうど昼飯を食べている最中だった。日本人は小豆にも弁当を一つくれた。小豆は怯えながら入口付近に立ったまま、長さが一尺、幅が三寸ほどの弁当箱を受け取った。じいちゃんが蓋を開けてくれた。白いご飯の上にハムというものが二切れのっていて、つやつやとしていい匂いだった。こんなのは見たことがなかった。じいちゃんが食べるのを見て、小豆もすっかりそれをたいらげた。

いまどこにいるのか、じいちゃんに聞こうとした。だが小豆は人がたくさんいるところでは、なおさら話ができなかった。だから聞くのをやめにした。だが、どっちみち良くない場所だろう。やがて向こうから一人、鉄の帽子もかぶらず長靴も穿いていない普通の男がやってきて、じいちゃんを呼んで連れて行った。小豆もすぐ追いかけたが、門衛に止められてしまった。

「じいちゃん、じいちゃん」、小豆は額に汗を浮かべて、助けを求めるように叫んだ。

取調室に着くと、小豆はじいちゃんの後ろに隠れ、じいちゃんの腰帯をしっかり握って放さなかった。

部屋の壁には鞭やこん棒が掛かっていた。縄や竹刀、それに革紐もあった。部屋の真ん中には木の柱が二本組んであり、ブランコのように大きな鉄の輪がふたつ取り付けてあり、牛を鋤の柄に繋ぐような太い縄が結んであった。

じいちゃんが何か話していた。「中国」とか「日本」という言葉が聞き取れた。

じいちゃんに何かを聞いている男は机を叩いていた。じいちゃんがびくびくしている様子を見て、小豆はじいちゃんの腰帯を引っ張った。

「じいちゃん、帰ろうよ」

「家に帰るだと？ 小僧、ばか野郎。おまえの家はどこだ」。机を叩いていた男は、小豆のほうに向かって、ばん、と叩いた。

ちょうどそのとき、入り口からじいちゃんとそう歳の違わない老人が、背中を推されて入ってきた。老人を推して入ってきた者の中には、鉄の帽子をかぶり腰に軍刀を差している者や、一般人の衣裳を身に着けている者もいた。悲鳴をあげながら、老人は男たちに縄で縛られ、木の柱に吊り上げられてしまった。老人の脚はぐるぐる回って、やがて空中で止まった。小豆は日本兵が壁から鞭を取るのを目にした。

じいちゃんが何を言っているのか聞こえなかったが、たしか母方のおじから、中国人が日本人の家に行くのが「漢奸」だと聞いたように思った。それで子供は叫び出した。

「漢奸、漢奸……じいちゃん、帰ろうよ……」

小豆は地面に寝転がって大声で泣き喚きはじめた。自分が引っ張ったのに、じいちゃんが帰ろうとしなかったので、大泣きのヒステリーを起こしたのだ。

じいちゃんが振り返るよりはやく、小豆は日本兵に、三、四メートル先の壁際まで蹴り飛ばされた。鼻や口から血が流れ出し、傷ついた子猫のようにじっと動かなかった。まだ息をしているのかどうかは確かめられないが、泣き声はすっかりしなくなった。

じいちゃんは孫を抱きあげようと立ち上がった。

「ばか野郎、動くな。お前は絶対怪しいやつだ。……」

尋問していた中国人の表情が変った。顔の、陰になっている側が一段と黒くなり、反対側の鼻から半分が青黒くなった。と、彼は日本語をしゃべり出した。老人はしばらく聞いていたが、さっぱり解らなかった。ただ「デスネ……デスネ……」と聞こえた。日本兵が壁から鞭を取った。

柱に吊された男はすでに鞭で打たれ始めていた。

小豆のじいちゃんはしばらく気を失っていた。どこも痛いところはなかった。かっと熱くなったあと、急に冷たくなり、やがて今のような静かな境地に達した。一秒前の、火のような耐え難い痛みもすっかり消え、すぐにきれいさっぱり忘れてしまった。孫はどうしただろう。死んでしまったのか、生きているのか、思い出せない。まるで別世界に来てしまったようだった。痛みも、恐れもない、変動もない、永劫の世界に。こうしてどれほどの時間がたったのかわからなかった。海辺の岩が波間でどれほど長く眠り続けているのかわからないように。

気がついてみると、遠い旅から戻ったばかりのように全身が疲れきっていた。喉が渇き、眠かった。腰を伸ばそうとしたが、どういうわけか身体が伸ばせない。目を開けようとしても、開けることができない。何度も立ち上がろうとしたが、立ち上がることもできなかった。ようやく目が開いて孫が見えると、彼はそちらのほうへ這っていった。孫が死んでいるのか生きているのかは少しも考えず、孫を抱き上げた。孫は彼の膝の上にぐったりと横たわった。

まわりの様子は彼が気を失う前とすっかり変っていた。吊されていた老人は見当たらなかったし、さっきまわりを取り囲んでいた顔もいなくなっていた。部屋は静かで目の前を舞っている土埃さえ見えた。窓の格子の間から差しこんでくる幾すじもの光の中で、埃はきらきら光っていた。耳の中でかすかな音が聞こえていた。その音は遠くで鳴っているようで、ほとんど聞こえないようでもあった。あまりにも静かで、何かを思い出そうとしてもできなかった。もし部屋の外で、カツカツという日本兵の軍靴の音が響いていなかったら、老人は自分がどこにいるのかさえ、わからなかっただろう。

孫は病気でも死ななかったのに、餓死させるわけにいくものか。来る途中あの町を通ったとき、祖父はそう考えた。それに、帰りには必ず生地を買ってこの子にズボンを作ってやるつもりだった。

いま小豆とじいちゃんは来るときに通ったその町まで戻って来た。小豆の布鞋は硬い殻のように、細くて小さい足にベルトで留められていた。露《あらわ》になった尻はじいちゃんの腕の中にあった。鼻と口にこびりついた血は拭っていなかった。じいちゃんの膝が一歩前に出るたびに、だらりと下がった子供の腕と足が揺れた。祖父は子供を両腕で胸の前に抱き上げていた。その身体は、気を付けていないと、液体か何かのように腕からこぼれ落ちてしまいそうだった。子供の身体はそれほどぐにゃりとしていた。まるで蕎麦のようだった。

孫がまだ生きているとようやくわかったのは、家に帰り着き、オンドルの上に寝かせたあとだった。手を心臓のうえに置いてみると、心臓は温かく、鼓動していて、身体のほかのどの部分よりも、生の気配を伝えてきた。

この子が死んでしまっても仕方がない。それが生きていたものだから、祖父は目を丸くした。天井を見上げ、自分の鬚をねじりながら、白痴のようにしばらく呆然としていた。どうしてもまだ信じられなかった。

「この子はまだ生きているのか。おお、まだ息があるのか」

手を伸ばし、もう一度触ってみた。心臓はやはり温かく、鼓動していた。わずかに手に力を込めると鼓動が速くなった。

老人は、子供が生き返るのを恐れているかのように、暗く沈んだ恨めしそうな目で、その子を見つめた。

小豆が口をぱくぱくと動かして、ようやく祖父は孫が生きていることを認めた。

お天道さま感謝します、仏さま感謝します、ご先祖さま感謝します。祖父は孫の耳元に顔を伏せ、その冷たい耳に唇を推し当てた。

「小豆、小豆、小豆、小豆……」

祖父は数珠の玉が落ちるように孫の名を呼び続けた。

子供はそれに応えなかった。蝿に耳を咬まれたかのように軽く頭を振っただけだった。

祖父はなお呼び続けた。

「小豆、じいちゃんだよ。ほら……じいちゃんだよ」

小豆がうっすらと目を開くと、じいちゃんが覆いかぶさった。

「じい……」。子供は微かな声で祖父を呼んだ。

その声のなんと可愛らしく、なんと素直で、なんと弱々しいことか。じいちゃんは心を揺さぶられ、涙が鬚をつたって落ちた。声を立てずに、老牛が泣いているようだった。じいちゃんの目は、大きく見開かれ、二つの窓のようだった。涙の硝子の向こうに深い深い瞳が見えた。

もし子供が、じいちゃんのこんなに大きく見開かれた目をみたら、驚いて泣きだしただろう。だが、子供はうっすらと目を開いただけで、ふたたび深い眠りに落ちてしまった。

この子は生きている。この小さな唇、小さな目、小さな鼻……

じいちゃんの血はふたたび孫のために駆け巡りだした。鼻や口にこびりついたままの血を拭いてやることや、冷たい水に浸した手拭を額にのせてやることを思いついた。

じいちゃんはさっそく取りかかった。頭の中では手順を考えてあったが、やりだしてみると、そのとおりにはいかなかった。まず、水瓶が見つからなかった。さきほど自分でたらいに水を汲んだばかりだというのに。彼は何事に対してもじっくり思いを巡らし、なかなか判断を下さない。その態度は、彼が慎重に生真面目に物事を運ぶ人間であることを示していた。だが今度ばかりは違っていた。あまりの喜びに、周囲のすべてが覆い隠され、見えなくなり、記憶さえ失われてしまった。ぼうっとして自分でもどうなってしまったのかわからなかった。

彼は自分の手にたらいを持ったまま、たらいがどこにあるか探し回っていた。

じいちゃんは穴蔵からぼろ切れを取って来た。墓荒らしをして持ち帰った死人の衣裳だった。火をつけて、かまどでそれを燃やし、その灰をかき集めて茶碗にいれ、冷たい水を注いだ。それを指で捏ね、小豆のみぞおちの周辺に塗った。

こうすれば命が助かるという言い伝えがあった。

付近の住人が寝静まった頃になっても、じいちゃんはかまどに火を焚きつづけ、緑豆粥を煮ていた……

彼は茶箪笥を壊して薪にしようと考えた。斧を振り上げたそのとき、オンドルの上からふーんふーんという苦しそうな声が聞こえた。斧は空中に高々と振り上げられたまま止まった。

「死んだりするものか」

斧の音がカーンカーンと響き、真っ暗な夜を劈《さ》いた。

「じい……」。家の中でふたたび子供の呼ぶ声がした。

じいちゃんは中に戻り、低い声で応えた。

しばらくするとまた声がして、じいちゃんはふたたび中に戻り、低い声で応えた。じいちゃんが背を向けると、すぐまた呼ぶ声がした。せわしく微かな声だった。さらに続けて何度か呼んだ。声はしだいに弱くなり、間遠くなり、やがてじいちゃんを呼んでいるのかさえ聞きとれなくなった。だがじいちゃんには自分を呼んでいるのだとわかった。

雄鶏の声が夜明けを告げた。

蓮花池の虫たちは相変わらずジージーと鳴いている……ときおり青蛙の声が混じった。

どちらを見ても、空の果てで露が光っている。

はたして、子供の生命は続いていくのか、それともこのまま絶たれてしまうのか。

露の輝きは弱かったが、空の雲の遠さとさまざまな雲の層ははっきり見えた。蓮花池の、小豆がいちばん好きだった大きな青いバッタも、きらきらと光を反射しながら蓮の葉の上で跳んでいた。

小豆は死んだ……

じいちゃんには小豆が死んでいることがわかった。もう息をしていないし、自分を呼ぶ声もしなくなった……うめき声もしない。目も開かないし、少しの身動きさえしない。

じいちゃんは薪割の斧を振り上げたまま、それ以上振り下ろすことができなかった。斧を板といっしょに静かに地面に置くと、黙って戸口の枠に寄り掛かったまま立ちつくした。

彼の視線は家の中を彷徨《さまよ》った。壁を這っている蜘蛛、じっと動かない蜘蛛の巣、土間に置いてある三本脚の腰掛け、底の抜けた茶箪笥、息子が自分で蓬を梁に吊した縄、かまどで燃える火。

彼の視線は低いところから高いところへ、ひとわたり見わたすと、ふたたび低いところへ落ちた。しかし彼は孫のほうを見ようとはしなかった。

それから彼は目を閉じた。輝く炎が自分の目を惹きつけるのを避けるように、目を閉じて火を拒絶した。目を閉じると火は見えなくなり、火のほうも自分が見えないだろうと思えた。

しかし火には彼が見えた。火が彼の顔を真っ赤に照らした。彼は真っ赤に照らされた顔を自分の広い胸に埋め、両袖で覆った。

だが鬚だけは覆いきれず、高く膨らんだり低くなったりしている胸の前で暴れていた……彼は喉に大きな玉を呑み込んだようだった。玉が上下に動くと、喉がごろごろと鳴った。喉の中にも涙腺と同じように激痛が起こった。

そのとき、蓮花池はもとのままの蓮花池だった。朝露もきらきらと輝き続けていた。雄鶏の声が遠く近くあちらこちらで聞こえた。

だが、蓮花池の近くの、かまどに火の燃えている家の戸口には、大きな黒い人影が横たわっていた。

それは小豆の祖父だった。

（下出宣子 訳）

〔注〕

①驢皮影　驢馬の皮で作った人形を操って演じる影絵芝居。

②酸梅湯　梅の実を乾燥させた烏梅を煮出して作る、あめ色の甘酸っぱい飲み物。

若い時

張《チャン》愛《アイ》玲《リン》

張愛玲

（1920-95）女性作家。上海生まれ。幼名張瑛。筆名梁京。父方の曽祖父に李鴻章がおり伝統的な読書人の家系に育つが、ミッション系の女学校から香港大学へ進学し、西洋的な教育も身に付けた。41 年香港陥落により学業半ばで淪陥区（日中戦争期、日本の占領下に置かれた地域）となった上海に戻り文筆活動を始めた。同時代の上海・香港を舞台にしたその作品は一世を風靡した。40 年代の著作を収めたものに短編集『伝奇』（44）、散文集『流言』（45）などがある。52 年に香港に移り、小説『赤地之恋』『秧歌』を発表したのち、55 年に渡米した。渡米後は主に翻訳活動に従事した。台湾、香港でも人気が高く台湾の皇冠出版社から『張愛玲全集』が刊行されている。

潘汝良《バンルーリアン》は勉強している時悪い癖があった。鉛筆を握ると何か書かずにはいられなくて、いつも教科書の上にイラストを描き込んでいた。絵を習ったこともなく、さして興味もなかったが、いったん鉛筆を下ろすと、すぅーすぅといつの間にか人の横顔を描いてしまう。それは決まって同じ顔でいつも左向きだった。小さい頃から繰り返し描いているのですっかり慣れてしまい、目を閉じていても、左手でも描けた。唯一の違いは、右手で描いたのがなめらかなのに比べ左手だと少しぎこちなくなり、線がやや尖って痩せて見え、同じ人でも大病を患ったあとの横顔といった感じになることだ。

髪の毛がなく、眉毛も目もない、額からあごまでの至極シンプルな一筆書きだが、中国人でないのは見て分かる——鼻が高すぎた。汝良は愛国的な好青年だが、中国人にはさして好感を抱いていなかった。知っている外国人は映画スターと煙草や石鹸の広告の整った顔立ちの颯爽としたモデルたちで、知っている中国人といえば両親と兄弟たちなのだ。父親は悪い人間ではなく、また一日中仕事で家を空けていてめったに会わないということもあり嫌いというほどではない。だが夕食後決まって客間で一人酒を飲みながら、揚げピーナッツを食べ、顔を酒で赤らめ、てかてか光らせている姿は、まるでどこかの小店の主《あるじ》のようだった。味噌問屋なので、店の主には違いないのだが……自分の父親である以上は例外でなければならなかった。

汝良は酒を飲むのに反対というわけではない。一人の人間が、愛情のことであれ事業のことであれ大きな打撃を被った時、よろよろと壁を伝いながらバーに足を踏み入れ、高いスツールに這い上がり、しわがれ声でこう言う、「ウィスキー、ストレートで」、それから、頭を抱えて、ぼんやりし、髪の毛がはらりと目に垂れかかっても瞬き一つせず、虚ろなまなざしでいる——それはもっともなことで、わからなくはない。飲みすぎはいけないが、つまるところそれは一種上品な下品さなのだ。

だが汝良の父はというと、錫の急須から取っ手のかけた茶碗へ燗酒をだらしなく注いで飲んでは、そばで帳簿を付けている母と話をしている。とはいってもお互い相手とは無関係に勝手なことを喋っているだけだ。子どもたちが食べたそうな顔をしていると、ピーナッツを二つばかり分けてやることもある。

母についてはどうか。元来母親というものは教育を受けたことがなく、古い礼教に押しつぶされながら一生の幸福を犠牲にするかわいそうな存在である。子を思う心に溢れているが、理解することはできず、子どものために食事の世話を焼き、ちゃんと食べさせることだけしか知らない。そしてその後は心配そうに見送りに出て、品のよい白髪を風に靡《なび》かせているといったところだ。汝良が嫌なのは、自分の母がまだ白髪頭ではない上、たまに白髪を見つけると必ず抜いてしまうことだ。しかも、何か気に入らないことがあると、自分は泣かず、子どもに当たって泣かせてしまうし、暇になると越劇を聞くか、マージャンをしている。

上の姉二人は、汝良と同じ大学生だが、化粧をし、十人並みの器量のくせに身の程を弁《わきま》えていない。汝良は姉のような女性は願い下げだった。

下の弟や妹たちに至っては最も馬鹿にしていた。不潔で、ずうずうしくて、わがままで、子どもじみたこと、この上ない。両親や姉たちは、弟たちがいるせいで、汝良がもう大人だということを忘れて、万事何かと弟たちと同じ扱いをする。それがひどく腹の立つことだった。

汝良は家では口をきかなかった。孤独な傍観者だった。冷めた眼で家族を眺め、過度の蔑《さげす》みと冷淡さのせいでその瞳には表情がなく、石の灰色、朝霜に映る人影の灰色をしていた。

しかし誰もそのことを気にしない。そもそも汝良の批判的な態度に不安を感じる者は誰もいなかった。さして重要な人間ではなかったからだ。

汝良は朝から晩までめったに家に居なかった。放課後は外国語専門学校でドイツ語を学んでいた。医学を専攻する上で役立つからだが、理由の半分は家族と一緒に夕食をとらずに済むからだ――夜学の授業は七時から八時半だった。その日はいつものように、六時半にならないうちから学生休憩室で火にあたり復習をしていた。

休憩室の長テーブルの上には幾つかの新聞と雑誌が雑然と置かれている。向かいに座っている人がいたが、新聞で顔が隠れていた。学生ではないだろう――できる学生でもドイツ語新聞が読めるとは思えない。新聞を持つ手の爪には赤いキューデックスのマニキュアが塗ってあったがまだらになっていた。校長室のタイピストに違いない。彼女は新聞を置き、ほかの頁をめくると折りたたみ、目を近づけて読み出した。額には金色の巻き毛が房になって垂れて、細い格子のラシャのジャケットに、緑色のポケットチーフとブラウスの緑色が合わせてある。

上半身の影が折悪しく新聞の上に落ちた。彼女は眉をしかめ、灯《あか》りの方へ身体をねじった。顔の向きが変わった時、汝良はあっと驚いてしまった。その横顔が小さい頃からしきりに描いてきた横顔だったのだ。間違いない。額からあごにかけてのあの線だった。道理で入学申し込みの時にこのロシア女性に見覚えがあるような気がしたはずだ。だが、自分が描いているのは女性の横顔で、しかも美しい女性のものだったとは思いもよらなかった。鼻から口までの間が短かすぎるのは薄命の象徴だという。汝良は薄命の女性の魅力について考えたことはなかったが、人中《にんちゅう》①が短いとある種未成熟な美しさがあると直感的に思った。金色の髪の毛には艶がないが、おそらく太陽の光を浴びると本来のマリア像のような金色になるのだろう。けぶるような眉毛と鬢の毛によって横顔の線がとりわけ目立った。汝良は心の中で奇妙な喜びを感じた。まるでこの人のすべてを自分の手で創りだしたようだった。彼女は僕のものだ。好きとか嫌いとかの問題ではない。彼女は僕の一部分なのだ。近づいて行って、「君だったのか！　君は僕のものだ。知らなかったのかい？」と声をかけさえすれば、その頭を押さえてそっと教科書に挟み込むことができそうな気がした。

汝良が我を忘れて見ていたせいで、彼女に気付かれたようだった。汝良は急いで目を伏せ教科書を読んだ。教科書の左右の隅にはみなあの横顔が描かれていた。見られてはまずい、きっと描かれているのは自分だと思うにちがいない！　汝良は慌てて鉛筆を掴んで塗りつぶしたが、その音が却って注意を惹いてしまった。彼女は身を乗り出して教科書をのぞくと、笑って言った。「似てる。そっくりね」、汝良は訳の分からぬことをつぶやきながら、ものすごい勢いで消していき、頁の半分を鉛筆で黒く塗りつぶしてしまった。彼女は手を伸ばして教科書を引き寄せると、にっこりして、「見せてちょうだい。写真を撮るまでは自分でも自分の横顔を知らなかったわ——最近写真を撮ったの。一枚は横顔のね。だから一目見てすぐ私だとわかったわ。よく描けているわよ。目と口を足さないのはなぜ？」と言った。

汝良は自分が目と口を描けないこと、横顔の線以外何も描けないのだということをどう説明してよいかわからなかった。彼女は汝良をちらっと見て、弱りきった顔から英語を話し慣れていなくて答えられないのだと思い、すぐに話題を切り替えた。「今日はとても冷えるわね。自転車で来たの？」

汝良は頷《うなず》いて言った。

「はい。夜帰る時はもっと冷えるでしょう」

「そうね。本当に困るわ。あなたたちを教えている先生はどなた？」

「シュミット先生です」

「教え方はまあまあ？」

汝良はまた頷きながら言った。

「ただ遅すぎて、じれったいけど」

「それは先生だって仕方ないのよ。学生のレベルがまちまちで、ついていけない人もいるわ」

「クラスに入るとそこがよくないんです。やっぱり個人教授の方が」

彼女は頬杖をつきながら、パラパラ教科書をめくると、「どこまでいったの？」と聞いた。

そして最初の頁を開き、汝良の名前を読み上げた。

「潘汝良……私はシンシア・ロブシャヴィチと言うの」

彼女は鉛筆を手にとり空いているところに書こうとしたが、余白が少しもなかった。全部横顔、彼女の横顔で埋め尽くされていた。汝良は目を見開いているだけで、教科書を奪うこともできず、顔じゅう真っ赤になった。シンシアの顔も赤くなった。ランプシェードに止まっているピンク色の羽根をした蛾が、さーっとほのかな紅色をその頬に映したようだった。彼女はすばやく教科書を閉じると、何でもないような顔つきで、表紙の空いているところに自分の名前を書いて見せた。

汝良は尋ねた。

「ずっと上海に住んでいるんですか」

「小さい頃はハルピンよ。昔少しは中国語を喋っていたのよ。すっかり忘れちゃったけど」

「それはもったいない」

「最初からまた勉強したいと思っているの。もしもあなたが教えてくれるなら、お互いに教え合うというのはどう？ 私がドイツ語を教えてあげるわ」

汝良は微笑みながら言った。

「それはいいですね」

その時、授業のベルが鳴り響いた。汝良が立ち上がって教科書を取ろうとすると、シンシアは本に手をやって押し返しながら、笑顔で言った。

「こうしましょう。明日のお昼、もし時間があるならとりあえず始めてみない？ 蘇生ビル九階のイートン商事に訪ねてきてちょうだい。昼間はそこで仕事をしているの。昼食時は誰もいないから」

汝良は頷いた。

「蘇生ビルのイートン商事ですね。必ず行きます」

こうして二人は別れた。その晩如良はかなり遅くまで眠れなかった。シンシア……彼女は誤解している。僕は密かに彼女のことが好きで、こっそり何度も彼女の顔だけを描いていると思っている。だからこんなにはっきり近づく機会を与えたんだ。なぜだろう?……もしかして……

彼女は働き者だ。昼は会社で働き、夜学の事務の仕事もしている——年はせいぜい姉くらいのはずなのに。姉なんかとは似ても似つかない。

ふつう、ちゃんとした女性なら、自分を好きな人がいると知った時は、結婚する気が無ければその人を遠ざけるものだ。中国でもそうだし、外国でもそうだ。だけど……自分に好意をもつ人とつきあうのを誰が嫌がるだろう。まさか自分に好意をもたない人とつきあおうとするはずがない。もしかしたらシンシアにもこれといった深い意味はないのかもしれない。誤解をしてはいけない、彼女のように誤解をしては。誤解の上にまた誤解を重ねてはだめだ……

でも本当に誤解だろうか?

もしかしたら僕は彼女を愛しているのに、自分自身ではそれに気付いていないのかもしれない。彼女の方はとっくに気付いているんだ——女性はわりと敏感だというから。だが今回のことは少し変だ——縁というのを信じたことはないけど、確かにこれは変だ……

翌日、汝良は一番いいスーツを身につけた。だがこんなにおしゃれをして約束の場所に行くのもいささか愚かに思い、わざと着崩して何気なさを装おうと、出かける時になって色の褪せた古いマフラーを合わせた。

早朝家を出ると、冬の灌木の葉はキラキラ光る宝石のようだった。汝良は太陽に向かって自転車を漕いで行った。前には鞄《かばん》をつるし、荷台には薬品処理を施したT字型の白骨をくくりつけていた。かつてこの骨は人間の足で、自転車を漕ぐことだってできたかもしれない。汝良が太陽に向かって自転車を漕いでいると寒風が熱い身体に吹きつけた。太陽は生者のためのものだ。死者にはその光は届かない。

汝良は走っている路面電車をつかむと、電車と一緒にすいすい走った。窓から中を覗くと、腰をおろした二人の女性が、顔を突き合わせてひそひそ話をしていた。二言三言話しては頷いている。黒い睫《まつげ》が陽光を受けて白くみえた。顔を突き合わせて何か面白い話でもしているのだろうか、太陽の下、白い睫がしきりに動いていた。太陽は生者のためのものだ。死者にはその光は届かない。

汝良は温かい朝食で胃袋が満たされたせいか気持ちがうきうきしていた。このように何となく気持ちが浮き立つのは、よくあることだったが、今日はきっとシンシアのせいだと汝良は思った。

野犬がキャンキャン吠え、学校でチャイムが鳴り始めた。晴れ渡った空にひとつながりの金色のベルの音が響いた。シンシアの金色の巻き毛の一房一房はまさにそれだ。愛しいシンシア。

汝良は午前中の最後の授業を受けずに、急いでマフラーを換えに家へ戻った。何度も考えた末、やはり真新しいウールの白いマフラーの方がふさわしいと思ったからだ。

途中で荒れ地に新しく建てられた豪奢な洋館の前を通った時、そこのラジオから思いがけず越劇の一節が流れてきた。鮮やかなピンク色のレースのカーテン越しに、太くてよく通る表情のない声で「十八個の引き出し」を歌っている……世も末だ！ こんな素敵な場所に住む女主人も母と何ら変わらない。汝良は母のような女性は願い下げだった。シンシアは少なくとも別の世界に属している。汝良は清らかで美しいものすべてを彼女と一つに結びつけた。奨学金、サッカーの試合、ドイツ製の自転車、新文学といったものを。

汝良は医学を専攻していたが、文芸に極めて関心が高かった。そんなに忙しくなく、かつ珈琲をたっぷり飲んだなら、必ずや人を感動させる文章を書けると信じていた。汝良の珈琲に対する崇拝はその風味自体に向けられたものではなく、複雑な構造をした、銀色の科学的なポット[2]ときらきら輝く硝子《ガラス》の蓋に向けられたものだ。同様に、医学に身を捧げることの理由の半分が医者の使う器具がいずれも斬新でピカピカに光っているからだった。革の鞄から一つずつ取り出されるひんやりした金属器具は精巧で全能なのだ。とりわけ電気医療器は素晴らしい。精密で、歯車はやすまず動きながら、火花が迸《ほとばし》るようなジャズを演奏する。軽快で明朗で健康だ。現代科学はこの不完全な世界にあって唯一非の打ちどころのない素晴らしいものなのだ。医者となり、清潔でシミ一つない白衣を身につければ、揚げピーナッツをつまみに酒を飲む父親や越劇を聞く母親、化粧に余念のない低俗な姉たちとは何ら関わりをもたなくて済む。

それは汝良が待ち望んでいる未来であった。今はその未来にシンシアが加わった。理想の実現のためには努力が必要なことを汝良は十分知っていた。医学部は七年経たないと卒業できず、先はまだ長い。途上でロシア人の娘を巻き込むのは、どう考えてもあまり適切ではなかった。

自転車はまた一軒越劇をかけている屋敷の前を通過した。ラジオから悠々と歌が流れてくる。その太くて表情のない声には昼夜の区別はない。白昼の部屋に電灯を点《とも》しているように、目まいを催させ、うるさくて不自然なのだ。

紹興娘は穏やかなリズムで、「思えば、思うほどに募～る～悔や～み～」と歌っている。汝良は突然悟った。越劇を聞く観客の世界は一つの穏やかな世界なのだ――穏やかでないのは自分自身なのだ。

汝良の心の中は混乱していた。外灘《ワイタン》の蘇生ビルに着いた時は、まだ少し不安で落ち着かなかったが、気に病んでいたのは別のことだった。来たのが早過ぎた。彼女の職場の同僚がまだ残っていたらきまりが悪いではないか。しかしみな出払っているというのもまたきまりが悪い。汝良はだいぶ経ってから、エレベーターに乗った。ドアを開けるとシンシアが窓に面した机の前に一人で座っていた。汝良は一瞬驚いた――どこか記憶の人と違っているようだ。実際昨日知り合ったばかりで、記憶なんていえないほど時間は短かった。でも思ってきた時間は長い――汝良はあまりにあれこれ考えすぎて、実際と食い違ってしまったのだ。今、目にしているのはまずまずの容貌だが平凡な娘だった。金髪といっても、濃淡があり、根っこの方は濃い栗色だった。彼女は簡単な昼食を取ったばかりとみえて、汝良がやって来たのに気がつくと、紙袋を丸めてごみ箱に放り投げた。彼女は話しながら、口紅の上にパン屑がついていないかをしきりに気にして、ハンカチで何度も口元を拭いた。そっと注意深く手を動かしているのは口紅が唇からはみ出さないか心配だからだ。机の下の足は、肌色のストッキングだけで、窮屈さを嫌ってハイヒールを脱いでいる。汝良は彼女の前に座ったが、近すぎて靴でなければ、その足を蹴ってしまうことになる。彼女は一人で何本もの足を持っているようだった。

汝良は戸惑いを覚えたがすぐに自分を責めた。なぜ不満を抱くのだ。人前で靴を脱いでいるからなのか。タイプライターの前に朝から晩まで座っていると、足だって痺《しび》れるに決まっている。緊張をほぐそうとするのも無理はない。彼女は血の通った人間なのに、自分の見ているのは漠然とした夢だ。彼女の着ているワインレッドのセーターが動悸で波打っていた――汝良はそれを目にして自分の胸の動悸を感じた。

汝良はこれからは彼女と英語で話すのを止めることにした。発音があまりよくなかった――悪い印象を与えてはいけない。自分がドイツ語を話せるようになり、彼女が中国語を話せるようになったら、心置きなく話せばよいのだ。当面は教科書の会話文に頼るしかない。「馬は牛より値段が高いですか。羊は犬より役立ちます。新しいものは古いものよりきれいです。鼠は比較的小さい。蝿はもっと小さい。鳥と蝿は飛ぶ。鳥は人間より速い。光は何よりも速い。光より速いものはない。太陽は何よりも熱い。太陽より熱いものはない。十二月は最も寒い月だ」。どれも永遠に覆ることのない真理ばかりだが、ただ残念なことに自分の細かな気持ちのあやを表すことはできない。

「明日は晴れるでしょうか——たぶん晴れるでしょう」

「今晩は雨が降りますか——たぶん降るでしょう」

会話教材の作者は年寄りばかりに違いない。丁寧だが、くどい。

「煙草をお吸いになりますか——余り吸いません」

「お酒を飲まれますか——毎日は飲みません」

「カードはお好きではないのですか——好きではありません。賭け事が最も嫌いです」

「猟がお好きですか——好きです。スポーツをするのが最も好きです」

「読みます。教科書を読みます。小説は読みません」

「見ます。新聞を見ます。芝居は見ません」

「聞きます。話を聞きます。人の悪口は聞きません」

汝良は四六時中こうした言葉を繰り返し、寄せ集めて使ったが、愛情を表すものは作りようがなかった。しかしシンシアは汝良のように教科書に束縛されることはなかった。彼女の中国語は下手だったが、物怖じせず、ひたすら口に任せることを旨として話をした。話題に詰まると、すぐに家のことを話した。母親は寡婦だったが再婚して、ロプシャヴィッチは継父の姓であること。妹が一人いて、ルチアということ。継父も商社で働いているが、その給料では一家は養えず、かなり逼迫していることなどである。彼女の限られた語彙では、硬く拙い文になり、その話は生硬な潤色のない現実を映した。ある日、彼女は妹のことを話題にした。「ルチアは悩んでいます」。汝良が「どうしたのですか」と聞くと、シンシアは「結婚のため」と答えた。汝良は驚いて、「ルチアはもう結婚しているのですか」と言うと、「いいえ、まだだからです。上海ではよいロシア人がとても少ないです。今ではいなくなりました[3]。イギリス人、アメリカ人も少ないです。ドイツ人はドイツ人としか結婚しません」とシンシアは答えた。汝良は少し黙ったあと、「だけどルチアはまだ若いでしょう。悩む必要はありません」と言うと、シンシアは肩を少しすくめて、「そうです。彼女は若いです」と言った。

汝良はシンシアのことが割合わかるようになった。だが決してそう願ったわけではない。わかってしまうと夢は壊れてしまう。

二人は授業が終って時間があると、たまに汝良が彼女を誘って昼食に出ることもあった。彼女とレストランに入ること自体はどうということはなかったが、最も緊張する瞬間は何といっても支払いの時だった。どのくらいチップを払ったものかよく知らなかったからだ。時に汝良が簡単な食べ物を携えてやって来ることもあった。すると彼女は皿代わりに教科書を開くと、砂糖の粒や胡桃の屑をその上に撒き散らし、平気でそのまま閉じてしまう。汝良はそうしただらしなさが嫌いだったが、つとめて見て見ないふりをしていた。彼女の詩的な部分だけを選んでみつめ、そこに浸っていた。汝良は自分が愛しているのはシンシアではないことがわかっていた。恋愛のための恋愛なのだ。

汝良はドイツ語辞典で「愛」と「結婚」の項目を引き、「シンシア、僕は君を愛している。僕と結婚してくれますか」と陰でこっそり言えるようになっていたが、口にしたことはなかった。だがその二つの言葉はいつも舌の上にあった。注意しないと、うっかりその致命的な言葉を口にしてしまいそうだった——致命的、そうだ、命を落とすのは自分なのだということも自覚していた。軽率な結婚は自分の人生を破壊してしまいかねない。しかし……考えただけでかなり興奮することだった。彼女がこれを聞いたら、承諾するかはさておき、やはり興奮するに違いない。そして彼女が承諾しようものなら、汝良の家はきっと天地がひっくり返ったような大騒ぎになるだろう。汝良はこれまで重要な人間と見なされてこなかったけれども。

春が来た。教科書にも「春は一年で最も美しい季節だ」とある。

ある晩、小雨が降っていたので、汝良は自転車に乗らず、路面電車に乗って学校から家に帰った。電車の中で、肌身離さず持っているドイツ語の教科書をまた開いた。

私は毎朝五時に起きます。
それから、着替えて顔を洗います。
顔を洗ったあとで、少し散歩をします。
散歩から戻ると食事をします。
それから新聞を読みます。
それから仕事をします。
午後四時に仕事を止めて運動をしに行きます。
毎日だいたい六時に風呂に入り、七時に夕食をとります。
夜は友だちに会いに行きます。
遅くとも十時には眠ります。十分休み、翌日またしっかり仕事をします。

これは最も標準的な一日だ。服を着て顔を洗うのは個人の体裁を整えるためである。新聞を読み、政府の主張を把握するのは国家への責任である。仕事は家族への責任だ。友人に会うのは「課外活動」であり、これも意味のあることである。食事をし、散歩をし、運動をし、眠る。これらは仕事の効率を維持するためのものだ。風呂は余分な気もするが——おそらく妻の顔を立てるためだろう。このスケジュール表は見たところ理想的すぎるようだが、実際はどうだろうか。結婚して仕事をもつ者のほとんどは、この通りにはいかずともそれ程はずれないに違いない。汝良にはわかっていた。自分が父親を責めるのは父親が体裁に余り構わないからだ。息子は父親に干渉する権利がある。もちろん、先に妻がいて、世間があるが。教科書には、「なぜこんなに遅いのですか。なぜこんなに忙《せわ》しないのですか。行けといったのに、なぜ行かないのですか。呼んだのになぜすぐ来ないのですか。なぜ人を殴るのですか。なぜ人を罵るのですか。なぜ私の言うことをきかないのですか。なぜ私たちのようにしないのですか。どうしてそんなに行儀が悪いのですか。どうしてまともにやれないのですか」という言葉が載せてある。だからそのほかに「これから二時間出かけたいのですが構いませんか。今日は早目に帰りたいのですが構いませんか」という控えめに要望を述べる言い方もある。さらに、「どんなことであれ軽率にしてはいけません。どんなことも自分の思い通りにいくとは限りません」と、痛ましく自らを戒める言葉もあるのだ。汝良は手を教科書の上に置いて顔を上げると、窓の外は小雨が降っていて、映画広告の「自由魂」[4]という大きな三文字が目に入った。

そのあと、汝良はずっとぼんやりしたままだった。路面電車は馬霍路《マーフォルー》[5]から愛文義路《アイウエンイールー》[6]に向けてごとごと揺れながら走った。愛文義路にある二本の柳がちょうどキラキラ光る金色の葉っぱを伸ばしていた。灰色の漆喰《しっくい》壁は下半分が濡れている。雨は止んでいた。黄昏の空は雨水を含んで暗くどんより広がっている。若者の空は果てがなく、若者の心は遥か彼方へと飛んで行く。だが人はやはり小心なものだ。世界がどんなに広くとも、いずれは自分をつなぎとめるものを見つけなければやっていけない。

ただ若者だけが自由なのだ。年を取ると少しずつ習慣の泥沼の中に落ち込んでいく。結婚せず、子どももつくらず、型にはまった生活を避けたとしてもだめなのだ。孤独な人にはその人自身の泥沼が存在する。

ただ若者だけが自由なのだ。いろいろなことが分かり始め、自由の希少価値に気づいた時にはもうそれを守り続けていくことはできない。自由は貴重だからこそ扱いにくいもののようだ——自由な人間があちこちで額《ぬか》ずいて、自らの自由を引き取って下さいと人々に手を合わせている……

汝良は初めてそのことに気が付いた。気付いたとたんシンシアへ求愛するという考えはなくなってしまった。あと何年かは若者でいたかったのだ。

汝良はこれ以上彼女にドイツ語を習うことはできなくなった。それは余りにも危険なことだった。汝良は言い訳を用意した。その日の昼、いつものように彼女の仕事場に行きドアを開けると、ちょうど彼女が帽子をかぶって革のバッグを小脇に出て来た。あやうくぶつかるところだった。シンシアはあっと声を上げると、手で口を押さえて、「私ったら忘れんぼうね！　来ないでってって電話するつもりだったのに。気持ちがそわそわ落ち着かなくて忘れてしまったわ。今日は、昼休みのうちに買い物に出るつもりなの。一日お休みにしましょう」

汝良がついて出ると、彼女は近くの洋服屋で寝巻き、ガウン、スリッパなどを見て値段を確かめた。喫茶店のショーウィンドウには三段重ねのウェディングケーキが飾ってあり、千五百と値段があった。彼女は足を止めてチラッと見たが、爪を噛むとまた歩き出した。少し歩くと汝良に向かって微笑み、「知ってる？　私結婚するの」と言った。汝良はただ彼女を眺めているばかりで言葉が出てこなかった。シンシアが笑って、「『おめでとう』と言って」と促したが、汝良はただ眺めるばかりだった。それは肩の荷が下りた気楽さなのか、それとも単に驚いただけなのかはわからなかった。

「『おめでとう』って教科書にちゃんとあったでしょう。忘れたの？」、シンシアは笑った。

「おめでとう」、汝良は微笑んだ。

「商社も夜学も辞めたの。私たちの勉強もしばらくお休みにするより仕方ないわ。そのうち——」

「それは当然です。そのうちまた話し合いましょう」、汝良は急いでつけたした。

「どっちみち私の電話番号は知ってるわね」

「実家のは。結婚後はどこに住むのですか」

「彼が家に越して来るのよ。しばらくの間だけど。今部屋を探すのはとても大変なの」と急いでシンシアは答えた。汝良はそれはそうだと頷いた。二人はある商店の前を通った。ショーウィンドウの大部分には緑色のペンキが塗られてあった。シンシアはまっすぐ前を見ていたので、汝良のよく知っている横顔が、強調された、舞台背景のようなその緑色と対比をなし、こわいほど輪郭を際だたせていた。頬は少し赤みがさしているようだったが喜びの色はなかった。

「どんな人ですか……彼は」、汝良は聞いた。シンシアの澄んだ大きな瞳は心に何か引っかかりがあるのを隠せなかった。彼女は警戒するような表情で答えた。

「彼は工部局警察⑦で働いているの。私たちは幼馴染よ」

「ロシア人ですか」と汝良が尋ねると、シンシアは頷いた。

「きっとハンサムなんでしょうね」、汝良が笑って尋ねると、シンシアは微笑んだ。

「ハンサムよ。結婚式の時に見るといいわ。きっと来てね」

それは世間ではもっとも当然のことだろう——若くてハンサムなロシア人の下級巡査で幼馴染。だが汝良は知っていた。もしも彼女にもっとよい話があったなら、決して彼とは結婚しなかったはずだ。汝良自身も十分まぬけだった。恋愛のための恋愛とは。だが自分の愛する女性はもっと取り返しのつかないことをする羽目になったのではあるまいか——結婚のための結婚を？

汝良は長いこと招待状が届かなかったので、きっと彼女が忘れてしまったのだろうと思った。だがとうとう送られてきた——六月末だ。なぜこんなに遅れてしまったのだろうか。経済上の問題か彼女が心を決めかねたのか。

汝良は出かけて行って、祝い酒を飲み酔っ払うことに決めた。酒が出ないとは思いもよらなかった。

ロシア礼拝堂の先の尖った丸屋根は、こぬか雨の中、硝子鉢に酢漬けにされた薄い緑色の大蒜《にんにく》の玉に似ていた。礼拝堂の中にはさして人はいなかったが、雨だったので革靴の臭いが充満していた。司祭は壇上の金緞子の絨毯と同じようなガウンを着ていた。長髪が肩にかかり、金色のあごひげにあたっていたが、絶え間なく流れる汗でひげも髪の毛もびっしょり濡れていた。司祭は背が高くて整った顔立ちのロシア人だったが、酒の飲みすぎのせいで顔が赤くむくんでいた。酒飲みで、しかも女に甘やかされてきた口だ。眠たげな目をしていた。

司祭のそばに唱歌隊のリーダーが立っていた。容貌、格好とも司祭に似ていて、背が低いだけだ。だが声は大きい。情感たっぷりに歌い、叫ぶため、額には汗がびっしょりとしたたり、蒸すせいかかつらも脱いでいる。

聖壇の後ろから静かに輔祭が盆を手にやって来た。あばたの浅黒い顔をした中国人で、黒い僧服の下から白い竹布綿のズボンがのぞき、素足に靴をつっかけていた。油が浮いて黒光りした長髪は、真ん中から人の字形に分かれて両頰に垂れて、まるで亡霊のようだった。『聊斎志異』にでてくるような亡霊ではなく、無縁塚の、白蟻が出入りするところにでてきそうな亡霊だ。

輔祭はまず夫婦に固めの杯を渡し、それから冠を二つ差し出した。親戚や友人の中から予め選ばれた二人の大柄の男性が冠を高く掲げて、新郎新婦の頭上一寸ばかりのところにかざした。ほの暗い、臭いのこもった礼拝堂の中で、司祭は聖典を唱え、唱歌隊は歌いつづけた。新郎は不安を感じているようだった。彼は落ち着きのない金髪の青年だ。古典的でまっすぐな鼻をしていたが、見たところ大して出世しそうになかった。ただ着古した普段着の白いスーツをぞんざいに着ていた。新婦の方はそれに反して立派な白い緞子の礼服を着ており、汝良のそばの二人の老婦人は、その服がやれ貸衣装だの、やれ誰かに借りたに違いないなどと顔を寄せあいひそひそ話をしていた。

汝良はシンシアに感服せずにはいられなかった。それ故にすべての女性にも。結婚の式典全体の中でシンシア一人だけが美しかった。彼女は、自分のために美しい思い出を作ろうと決心しているようだった。白い蝋燭を手に持ち、敬虔に頭を垂れていた。顔の上半分はベールの影に、下半分は蝋燭の火の影になっていたが、揺れ動く光と影の中で彼女のかすかに蒼ざめた微笑が見えた。彼女は自分自身のために新婦に相応しい神秘と厳かさを醸しだしていた。たとえ司祭がやる気のなさそうな様子をし、輔祭の男が目に余るほど不潔で、新郎が面倒くさそうにしていても。彼女のドレスが貸衣装か誰かに借りて来たものだとしても。一生に一度しかないこの日はどうしても記憶に値するものでなければならなかった。年老いた時の思い出として残すために。汝良は悲しみが込み上げ、目頭が熱くなってきた。

式が済んだあと、老若男女がいっせいに二人のもとへ駆け寄り、新郎新婦に相次いで接吻すると三々五々帰って行った。わずかな親族だけが家での茶会に招かれた。汝良は遠くに佇みながら、ぼんやりしていた。彼女に接吻することはできなかった。握手もできない——汝良は自分が涙を落とすことを恐れた。それでこっそりその場をあとにしたのだ。

二ヶ月後、シンシアが電話をよこし、家にばかりいては滅入ってしまうので、英語やドイツ語、ロシア語を教える仕事か、タイプの仕事を探してくれと頼んできた。汐良は彼女が家計のやりくりに困っているのだとわかった。

しばらくして、英語の補習を希望する同級生が一人いたので、汐良はシンシアに電話をかけてみた。だが彼女は病気でしかもかなり重かった。

汐良は一昼夜ためらったのち、とにかく一度見舞いに行こうと決心した。家族が見知らぬ人間を寝室に通すわけのないことはわかりきっていたが、自分の気持ちを示せればそれでいいと思った。都合のいいことに、その日は妹のルチアが家にいただけだった。おおざっぱな感じの娘で、シンシアに判で押したように似ていたが、ただ膨《ふく》らし粉が少し多すぎて、いびつに膨らみ、姉のようには整っていなかった。ルチアは汐良をシンシアの部屋に案内しながら、「チフスなの。昨日お医者さまが、峠は越えたとおっしゃったわ。まだ予断は許さないそうだけど」と言った。

ベッドの枕もとの小さな棚の上には、夫婦で撮った写真が置かれていた。正面写真だったので、彼女の夫の古典的でまっすぐな鼻を見ることはできなかった。部屋はロシア風だった。シンシアは両目を薄開きにしてぼんやりとこちらを見た。この世のものすべてに対する無関心が、淡く青い瞳から色を奪っていた。彼女は目を閉じると顔をそらした。そのあごと首は極端なほど痩せて、棗の砂糖漬けをしゃぶったあとの、わずかに果肉をつけた種のようだった。だが、それでもその横顔は元のままで、大して変わっていなかった——汐良が描きなれた、額からあごにかけてのあの線をしていた。

汐良はそれ以降教科書に絵を描き込むことはなくなった。教科書はずっときれいなままである。


（伊禮智香子 訳）

〔注〕
①人中　鼻の下から口唇までを指す。
②複雑な構造…　パーコレータのことか。
③イギリス人…　太平洋戦争勃発後、租界から連合国側の人々が撤退した。
④自由魂　四三年四月十六日封切の映画。
⑤馬霍路　現在の黄陂路《ホワンポールー》。
⑥愛文義路　現在の北京西路《ベイチンシールー》。
⑦工部局　旧中国で諸外国が租界に設けた行政機関。

ある秋の夜

沙《シャー》汀《ディン》

沙　汀

（1904-92）四川省安県出身。本名は楊朝熙。27 年中共に入党したが、白色テロを逃れて上海に赴き、左連に参加。日中戦争開始後は一時成都に戻るが、38 年延安に赴く。40 年以降再び故郷に戻る。この時期に書かれた、四川における国民党や地主の腐敗、苛酷な徴兵などを、濃厚な地方的色彩とともに、円熟した筆致で辛辣に描き出した作品群が彼の代表作となった。短編に「在其香居茶館」（40）、長編に『淘金記』（43）などがある。本編「ある秋の夜」（原題「一個秋天晩上」）もその一つで、四川の田舎町を背景に、苛酷な徴兵の結果、流れ者の娼婦にならざるを得なかった少女を描いている。人民共和国成立後は、作協理事、社会科学院文学研究所長など文芸界の指導者として活動した。

山風に小糠雨が混じり、暗闇にはこの山地の秋特有の冷え込みが凍みわたって、通りにはすでに人影もなかった。とりわけ村役場のあたりはそうだった。裏はすぐ大山、目の前は波打つ川という人気の少ないところにあったからだ。いつもの日中だとて、役場の大扉が閉まれば人影を目にすることは滅多にない。

しかし、つい先ほど、食事一、二回分ほど以前には、いつもは体操場に使い、市の立つ日には香具師《やし》たちが屋台店を開く役場前の堤の上で、ひとしきり大騒ぎがあったのだ。というのも、一風変わった見せしめ刑があって、それで街中の老若男女がこぞって集まって来ていたのである。彼らはそれぞれの退屈な日常生活に少々刺激が欲しいというわけで、もし天気が急変していなければあるいはまだそのあたりをうろついていたかも知れない。しかし、今はもう、粗末な竹編みの小屋がけ、市の日に豚のモツを煮る臨時の竈《かまど》、それに野犬が一、二匹残っているだけで、ほかには風の音、川の音、それに気の滅入るような冷気しかない。

しかしよく目を凝らせば、人が一人すぐ目に入る。それが先ほど引きずり回され見せしめにされた流れ者の娼婦である。女は呼び名を筱桂芬《シアオクイフェン》といって、今日の午後にこの田舎町に初めて来てたちまち好運に出くわしたのだったが、しかし、いま彼女を苦しめているのはその思いがけない災難ではもうなかった。横になりたかった。疲れ痛む全身の関節をゆるめたかった。泥の地べたに横になるのでもかまわないと思った。

女はもう何時間も立たされていたし、それに、午前中に十余キロも歩いて来たのに何も食べていないのだった。ここに着いたときにはもう夕方近くになっていて、村の手前の川岸で髪をとかし、安物の白粉《おしろい》をつけ、絹地の藍染め旗《チー》袍《パオ》を着、赤地に白模様の布靴を履いてしゃきっとし、これ見よがしに大通りを歩いて宿をさがしていたところ、すぐに先方に出会ったというわけだった。

これは、この一両年で遭遇したことのない災難だった。罵られたのは言うに及ばず、ビンタを食ったうえに引きずり回され見せしめにされたのだったから。とはいっても、おとなしく出ていれば、足枷[1]をはめられることも、ここで寒風に晒《さら》されることもなかったろう。彼女の同業が二、三日前に遭遇したときと同じように、この村から追い出されるだけですんでいただろう。

何度もしゃがみこもうとしてみた、足も少しは楽になるし。しかし、体の重心を支えきれず、脛《すね》が擦れて痛むものだからすぐに立ち上がるしかなかったのだった。

今やしゃがむことすらあきらめて、すすり泣き始めた。

「あたい何か悪いことしたの?」、すすり上げながらつぶやいた、「不義密通したわけじゃあるまいし……」

泣いてよけいに悲しくなった。そして、自分が哀れだと初めてはっきり意識した。一度のご飯をまともに食べるためにだって、あちこち流れて会う人ごとにお愛想しなきゃいけないし、時には叩かれたりもする。しかし今は、罪人《ざいにん》よりひどいことになっているではないか、彼女は罪人がこんなふうに晒し者にされているのを今まで見たことがなかった。

めそめそしているうち、ふと口をつぐんだ。自分を取り囲んでいる闇夜を恐怖のおももちで見回した。

「まさか一晩中こうしていろってんじゃないだろうね?! おーい」

自分でも思いがけない大声が出た。そして、これが女に勇気を与えた。もう泣くのは止め、そして声はより大きくなった、怒りも高まった。何が何でもこんなふうにして夜を過ごすわけにはいかないと、ふと気づいたからだった。

大声をあげていると、役場の大扉がギギーと音を立てて開いて、

「焼けたスコップでも突っ込まれたっちゅうのか」、汚い言葉だが、口調はそれほどでもない声が聞こえた。

「そうよ、焼けたスコップを突っ込まれたのよ!」、娼婦の筱桂芬は、相手が警防隊の隊員だというのも、ねらいは助けを求めるところにあるというのも忘れて言い返してやった。「ちょっと来てみてよ。寒いし、お腹はすくし、腰が痛くてしょうがないのよ。あたい不義密通したわけじゃないじゃない……」

「そんでもなぁ、足枷はめたのはわしじゃないって」、隊員は不満そうに口を挟んだ。

「誰がはめたかなんて言ってられないわよ! 罪人だって吹きっさらしにしておくことないでしょ、ちょっとの枯草くらい……」

女はしゃくりあげて、急にわめく力を失った。隊員は思わずため息をついて、

「まるで、わしのせいのように、聞こえるでねぇかい」

と、一語一語、独り言のように弁解するように言った。

そしてもう一つため息をついて黒々とした大扉の中に戻った。彼は謝老娃《シエラオワー》といって、頭がとろく動きもにぶい、チビだががっしりした男で、もう何年も隊員をしてきたが、ずっと土臭さが抜けていなかった。彼はゆっくりと向きを変え、大扉にかんぬきを掛けようとしたが、その伸ばした

手をまたゆっくりと引っ込めた。

分隊長の陳耀東《チェンヤオトン》の呼びかける声が耳に入ったのだ。そこで一息つき、手を止めて、言いつけを待った。

「まったくうるせーなー」、分隊長は腹を立ててつぶやいた。「ミミズクでも化けてきたんかい?」

分隊長というのは三十前の若い衆で、背が高く、疥癬だらけの手をしている。小地主の一人息子で、紅宝攤子②とそれに紙牌③以外には何にも興味がないくせに、やると十中八九は負けるのだった。警防隊にひっぱられて一年足らず、目的は徴兵逃れである。他にすることもなく、頭の中にはとうに良からぬ考えが、この娼婦をものにしてやろうという企みが巣くっていた。それで頭がいっぱいになって、先ほど徳娃子《トーワーズ》の飲み屋で焼酎を引っかけてきたところだ。

分隊長は何かごまかすようににやついて、隊員の目の前にやってきた。

「おまえ、寝ろと言っといただろ」、間延びした口調でそう言って、すぐに気まずそうな笑いを浮かべた。

「寝る? そんなにうまい話は……」

「こいつ!」、分隊長は相手に口を利かせずに言った。

「俺が替わりに夜警をしてやると言っといたじゃないか」

隊員の謝老娃はしばらくきまじめに考えを巡らして疑わしそうに聞いた。

「賭場へ行って夜を明かすんじゃねえでしょうなぁ?」

「賭場へ行くって?! 酒だって付けにしてきたってぇのに。ほら、触ってみろ」、分隊長は言い訳しながら制服のポケットを両手ではたいてみせた。

隊員は彼をじろっと見て、頭を振り、そしてちょっと狡《ずる》をして寝てくることにしたが、すぐには動こうとしなかった。聞き耳を立てると、ため息をついて、心の中で「まるでわしのせいのように聞こえるでねぇかい」と不平を言った。というのは、闇夜を通してあの娼婦が国旗掲揚台あたりでまだすすり泣いているのが聞こえたからだった。

彼は分隊長に女のことをひとこと言おうとして、結局一つあくびをしてこう言った。

「今晩はわしら二人だけじゃな」

隊員が奥に入っていくと、分隊長は大扉のところにとり残された。

野望を実現するために、さんざん考えを巡らしていた。そしてその全ての中心は同僚を追い出すことにあった。事務員はいつもの通り役場には泊まらないし、村長は県の医者にかかりに行っている。この役場中で隊員が四五人泊まっているだけだ。彼らはだいたい自分の家族があるから騙して追い払うのは難しくなかった。ただ、あの独り身の老娃にはかなり参った。今日の夜警を替わってやると何度も言うのに、あの馬鹿正直は俺が我慢できなくて賭場へ行ってしまうのではないかと疑って、なかなかうんと言わない。もう諦めかけていたところだった。さて、今やうまいこと追い出してやった。

　とはいえ、すぐに掲揚台の娼婦のところへ行くようなまねはしなかった。万全を期して、わざと大扉を閉めきらずにおいて、ゆっくり老娃の後を追って中へ入った。そこは本堂の広間だったが、真ん中の東岳大帝[4]、冥界の主神像はもう運び出してあり、梁から長いこと使っていないランプが一つぶら下がっている。床にはテーブルが一卓と腰掛けが数脚。ただ、両壁側の廷吏役の神像はまだ残っていて、その中のみんなが太っちょ様と呼ぶ神像の足下には、欠け茶碗の灯明が点っていた。中央の神座の下では焚き火が勢いよく燃えていた。分隊長はその傍らに座り込み、奥の気配に耳を傾けた。老娃のあくびする声が聞こえ、草履を落とす音が聞こえ、続いてベッドがギギーと軋《きし》む音がし、そして何も物音がしなくなった。

　しかし、そうなっても分隊長はまだ身動きしなかった。一種のだるさが彼を覆った。老娃から伝染したのか、あくびが出て眠気がおそってきた。それに、火にあぶられて手の疥癬が痒くなった。一人で疥癬を掻いていると、他のどんな幸福でも彼を惹き付けるのは難しい、思いっきり掻きむしったらどんなに気持ちいいかと思うのだった。しかし、じんわり薄笑いを浮かべ、一息吐いて、ようやく心を決めて立ち上がった。焚き火を離れ、そっと大扉を押し開け、盗人のように暗闇へ身を滑らせた。

　娼婦はまだ泣いていた。誰かが助けてくれるなんてもう思いもよらなかった。さっき隊員の物言いを聞いて、今日どんな悪運に当たったのかを思い出したのだった。あの、彼女を懲らしめた女の威張り様は、これまで見たこともないすごさだった。どんな人だってあの女の言いつけを聞くみたいで、自分をつるし上げている間中、ほとんど街中の人が手助けしているようだった。一番ひどいのはあいつら、犬みたいに、あの女が声を掛けるとパッと足枷をはめてしまったんだから。

　よく知っている仲間のうち、二、三人がやはり焼き餅婆《ばばあ》の虐待に出くわしたことがある。一張羅を破かれたり、陶器のかけらで顔に傷を付けられたりして、長いこと商売できなくなったり。それはそれでうんと酷いことだろうが、今はむしろ、そうなってた方がまだましだったと思った。今はただ、暖かさと食べ物が手に入り、そしてゆっくりと横になれるものなら、服や顔なんてどうでもいい、惜しくなんかあるものか！

周りを見渡しても暗闇ばかり、思わず知らず声をあげて泣き出した。

「くそったれ。俺様がなにやったってんだ?!」、女は粗野な言葉で叫んだ。「不義密通したわけじゃあるまいし」

急に口をつぐんだ。さっさっという足音が聞こえたからだ。分隊長だった。彼は目の前までやってくると立ち止まって、しかし、にやにやするだけで、うまく口が利けなかった。女は初めてではない。結婚して何年にもなり、子供もいるのだ。ただ、商品として扱われる種の女に近づいたことはこれまでなかったのだ。

そのにやにやは、あの原始的欲望で膨れあがっていながら、同時に話し方が様にならないことを恐れていたからだった。

「一体どういう風の吹き回しかね、昨日今日に来るなんて?」、彼はやっと話の糸口を見つけて一息ついた。

「あたいのせいだって言うの?」、女は反発しながら、恨みを言える相手が現れたことを喜んだ。「来たのがいけなかったんだったら、出て行きゃすむことでしょ。罪人みたいに……、罪人の方がまだましだわ！人のこと吹きっさらしにしておいて……」

喉が詰まって言葉が続かなかった。涙がこぼれてきた。

「ねえ、人助けしておくれよ」、ひくひくと泣きじゃくりながらお願いをした。「恩にきるわ」

分隊長はさえぎって嘲った。「恩にきるだとぉ。てめぇ口から出まかせ言いやがって」

こんな風な口調が出てくるなど自分でも思いもよらなかった。しかし、口に出してみると、躊躇や恥ずかしさも消えてしまった。逆に一種の態度、商品と見られている女に向かうのにこれ以上はないといった態度をそのまま固めることになった。そこで、遊び慣れたような安っぽい口調で話し始めた。

女もたちどころに反応して、その職業に見あった態度をとった。というのも、ちょっとの希望、そうすることで急を要する食べ物と暖かさが手に入りそしてゆっくりと横になることができるかも知れないという希望が見えたからだった。その希望を実現するために、女はいつもの品《しな》を作るのさえ忘れて、何でもいうなりになると、しかも相手より露骨にはっきりと言った。ちょうど相手の求めているのが番茶一杯ぐらいでしかないように。

そこで分隊長はすぐ足枷から外してやり、闇の中を役所に連れ帰り、焚き火の傍らに座らせた。そして、裏の台所に冷や飯が残ってないか見に行こうとして、ふと立ち止まり、痩せこけた体で丸まっている娼婦に、薄ら笑いを浮かべて、

「二階に上げて梯子を外すようなまねはしねぇだろうな、え?!」と言ったが、とはいえ、興ざめというふうに一息ついた。

「騙してどうなるって言うの?」、女は疲れ切ったふうにそう言いながら顔を上げた。

その口調も動きもぞんざいで、まるで、できることなら今このときどんな偉いさんが来たって見向きもしたくないというようだった。彼女はとにかく、今のまま焚き火の前でうずくまり、頭を抱えこんでじっとしていたかった。ところが、お腹も空いているのだと思い出すと、相手の顔が沈んできているのに急に気がついた。

そこで、がんばってにっこり微笑みかけて、急いで言った。

「ほんとよ、うそ言わないわ。できたら、熱いお茶でもないかしら、のどが渇いて死にそうよ」

「わかったよ」、分隊長はいやいやそう答え、女の愛想には応えなかった。

分隊長は台所へ向かったが、もう気が萎えていた。髪の毛はぼうぼう、白粉は雨と涙とで流れてしまっているし、それに、尖った鼻、ひしゃげた口、丸めた薄っぺらい体、そのうえ、ぞんざいな口利きに、わざとらしい愛想、女の全てが不満をかき立てた。彼はいささか失望していた。

まさにその故であったろう、戻ってきたときに、そこで隊員の老娃と鉢合わせしても、思わず怒ったりうろたえたりしなくてすんだのは。老娃の方は、もともとしくじりが起きはしないかと気掛りで、それに自分でも不快で腹膨れる思いをしていてよく眠れず、そのうえ分隊長と大きく声を掛けても返事がなかったものだから、焦って起き出し、一歩早く寝室から出て来ていたというわけだった。

ばったり顔を合わせた老娃の方は、大安心したといったふうに言った。

「ああ、とんずらして賭場にでも行っちまったかって思いましたよ」

「賭場になんぞ行けるかよ」、分隊長は無理に笑いを作って答えた。「腹痛《はらいた》おさえの小銭⑤だってもってねぇのに……」

「あいつを放してやんなすった?」、老娃は、顎で指しながら急いで聞いた。

「そうさ」、分隊長はうんざりした風を装って答えた。「あいつがあんまりわんわん泣いてやがるもんだから……」

老娃は言葉を引き取り、深くため息をついて言った。

「あー、人間融通を利かせるもんですなぁ」。分隊長は良いことをしたのだと、弁解などいらぬのだとたちどころに信じたのであった。「わしもとうにそうしようと思っておりました。ただ、わしがそうして良いもんかどうかと迷うばかりで。お役所は、何でもお堅くしなきゃいけませんでなぁ。まったくのところ……」

そう言って、世の中なかなか難しいとばかりに頭を振りつつ、火のそばに座り込んだ。

分隊長は、二人の声で目を覚ました娼婦に冷や飯を渡すと、むっつりした顔で、自分も火のそばに座り込んだ。最初は、この正直者に企みがばれるのではないかとびくつき、続いて、彼の善良さに恥ずかしくなり、そして今また逆に、楽しみをぶちこわしたと腹が立ってきた。

明るいのは女だけだった。食べ物を手にして疲れを忘れ元気が出てきたのだ。

「ほんとにまぁ今夜は、お二人のお蔭様で助かりました」、ありがたそうにそう言うと、飯をかきこみ始めた。

「冷えて硬くなってんじゃないかい」、老娃はあくびをしながら言った。

「だったら、湯でも沸かしてくりゃいいじゃねぇか」、思わず分隊長が言った。

それは棘のある言葉だったが、しかし老娃は、「焚き付けがあるかなぁ」と心配そうに言いながら台所に駆け込んでいった。そして、大鉢一杯の白湯《さゆ》と素焼きの碗を三つ持って帰ってきたときには、女はわぁーと大喜びしたし、分隊長だって気分が明るくなり、彼の実直さがおかしくなった。

「やっぱりなぁ、みんなが好い人だと言うわけだ」、からかって言った。「今日見せてもらったよ」

「何もそんな好い人だなんぞ……」、老娃は気恥ずかしそうに言った。

碗に白湯を注いで分隊長に渡し、ついで干柿顔を上げて女を見、ため息をついた。

「顔をやられんでよかったなぁ」、そうつぶやきつつ、キセルを取り出した。

「あのー、聞きたいことがあるんだけど」、彼の言葉が触発したらしく、女は飯を掻き込む手を止めて一気に話し始めた。「一体何なのあの人? あたいだってあちこち歩いていやな人は見てきたつもりよ。女ごろつきだって見てきたけど、こんなにひどいのは初めてよ。あたいがあいつの誰かをたぶらかしたなんて言ってたけど、あたいここへ来たのは初めてなのよ！」

女はちょっと体を起こし、きつく老娃を見据えたが、その目は濡れていた。

先ほどの恥辱を、被った不公正な待遇を思い起こしていたのだ。宿屋を探そうとして艶やかに装って歩いていて、とある黒塗りの立派な大扉に通りかかると、突然人を罵る声が聞こえた。何事かと立ち止まり、振り返ってよく見てみようとしていたところ、びっくりした。デブで上唇にほくろのある女が自分に向かって来る。パーマをかけたばかりのような前髪で、手いっぱいに金の指輪をはめていた。話を聞く間もあろうことか、ばちんとビンタを浴び、嵐のように罵られて……

「うっうっ」、しゃくり上げながら言った。「あたいは人間じゃないっていうの？」

「暦をめくり間違えたんじゃ」、老娃はそう言って、煙を鼻から吹き出した。「半月前じゃったらなんてこと無し、村長がおられたらそれでもよし。たまたまおとつい女を追い払ったばかりのところへ、おまえさんが来たちゅうわけだ。小麦粉売りが突風に遭ったというわけじゃな」

彼は言葉を切り、キセルで地面をぽんと叩いて灰をはたきだした。分隊長は突然笑いだして言った。

「人の旦那のぶつをだめにしたからじゃねぇか、え？」、ひっひっ笑いながら女を見つめた。

「ま、そりゃ自分が悪いんじゃがな」、老娃はまともに受けて言った。「手当たりしだい、来るやつ来るやつ……」

女は顔を赤くした。見られるのがいやで、また飯を食べ始めた。

というのは、その「ぶつ」とか「手当たりしだい」というのが何を意味しているかが分かって、急に気恥ずかしくなったのだ。実のところ、彼女はことの真相を了解してはいなかったのだが、村長は荒淫がたたって性機能をだめにしてしまい、そこで奥方が憤怒をあらゆる娼婦の身にぶちまけていたのである。

女はごまかして飯を食べ始めたが、ふとまた飯碗を口から離して、

「あたいがその人をだめにしたって言うの?!」と大声をあげて、頬骨の張った痩せ顔を上げた。「あたい、前に来たことある？　その人どんな人？　あばた面？」

「ふざけてるんじゃ」、老娃が口をはさみ、女が腹を立てたのを見てにっこり笑った。

「あ、ふざけたんですって?」と女は繰り返して、「人を人とも思わないで、なにがおふざけさ。自分でやられてみてご覧よ」、またしゃくり上げて、つっかえながらぼそぼそと言った。「あんたなんかに我慢できるもんですか……人のこと人だとも思わないで……誰が好き好んでこんな罰当たりの飯を食べたいと思ってるもんか……」

最初はへらへらにやついていた分隊長も、最後は本気でかわいそうになってきた。

「おいおい、おふざけ一つで恨まれちまったなぁ」と、きまり悪そうに笑って言った。

「恨まれてどうだって言うの!……あたいたちなんて生まれつきの人でなしでしょ……」

箸を翻し、手の甲で鼻脇に流れる涙を拭いて、黙り込んだ。

女はまた食べ始めたが、二口掻き込んだだけで、それ以上食べる気を失い、碗の中の白湯だけをすすった。

老娃はちらちらと女を見ては分隊長をひと見して、キセルをまた吸い始めた。分隊長ももう言い返さずに、痩せた顔のうえの薄ら笑いを保とうとつとめた。それは照れ隠しだった。この娼婦はなんと言っても俺様の尊厳を汚したのだ。もし自分がいなかったら、こいつはまだ寒さに凍えていたはずだったのに、食べ物も暖かさも……。そして自分の企みも忘れて、腹が立ってきた。

「おい。言っとくけどな」、ふと気が付いて言った。「夜明けの鐘が鳴ったら外へ出るんだぞ」

そして睨みつけたが、その脅しが何らの反応を呼ばなかったので、くじけてしまった。

「おい、時間になったら俺たちに迷惑かけんでくれよ」、口ごもりつつ、言いにくそうに続けた。「足枷をはめたら、またひーひー泣いて俺たちに恨みごとを言うんだろ、いじめるって。人が聞いたらどうするんだ。あー?」

「安心してよ」、女は気落ちした様子で返事した。「分別くらいちゃんとあるんだから」

「そうじゃねぇか。可哀想と思ったからだよ、そうでなきゃ今どき布団にくるまって寝てた方がよっぽどましじゃねぇか……」

「そうじゃ、そうじゃ」、老娃が取り持つように言った。「二口吸って寝たらいい。ほれ。」

分隊長は老娃が差し出したキセルを硬い顔で受け取り、吸い始めた。

二、三口吸ったら、その正直者に番をさせて寝に行くつもりだった。夜明けの鐘が鳴ったときになすべきこともこいつにやらしたらいい。しかし、その気持ちは急に素直になり、もう欲望とか企みだとかには惑わされなくなった。それに、夜更しはいつものことだし、手の疥癬がやたらに痒くなって、それで、タバコを吸い終わり、キセルを女に渡したときには、気分がすっきりしてきて、眠気もなくなっていた。

　彼は鶏の爪のような手で掻きむしりながら、女をちらちら見ていた。気持ちは伸びやかになって、落ち着いた。

「おまえさん、二十歳過ぎとるかのう?」、老娃はひとしきり女を眺めてぽつりと言った。

「とんでもない」、女は否定して、きまり悪そうに微笑み、口の中の煙をゆっくり吐き終わってから、はっきりと言った、今年十八歳になると。

「んー」、老娃は鼻の奥で相づちを打ったが、疑っているようでも、驚いているようでもあった。

「本当だって」、女は、キセルの灰を叩き落としながら、とても大事なことのように証拠を挙げていった。「数えてご覧。辰年、龍なのよ。今年ちょうど十八になるでしょ。あたい、今まで歳で嘘ついたことないの。一人でしょ、隠したってしょうがないから」

「商売始めて何年になる?」、分隊長が横目で見ながら、自分は手首の脈門に唾を塗りつけながら聞いた。

「年が明けると二年になるわね」

　女は平気な口振りだったが、ふとひくっとして、牛皮の袋から煙草をつまみ出そうと手を伸ばした。

「本当言うとね、誰だってこんな事したかぁないわよ」、続いて、気乗りしない口調で話し始めた。「笑うでしょうけど、あたいだって前は自分でご飯を食べてられたのよ。自分で畑何畝[6]か持っていたし、人から何十畝も借りてて、一年に豚七、八匹も売りゃ……、今こんな飯を食うことになるなんて思いもよらなかったわ」

　両掌をそろえて広げ、分隊長と隊員に助けを求めるように視線を送って、それから身を丸めて何も言わなくなった。

「くそったれ！　あの金剛鑽、本当にひどいことをしやがる」、女は体を伸ばし、そう言ってキセルに煙草を詰めた。

「金剛鑽たぁ誰だい」、分隊長が興味を引かれて聞いた。

「あたいたちんところの警防隊主任よ」、女は暗い口調でそう言いつつ、木屑で火を着けようとしていた。

「おまえのとこじゃ、村長たぁ呼ばねぇのか?!」

「息子が村長さ」

　木屑には火が着いたが、すぐにはキセルを吸おうとせず、説明して言った。

「多分、自分も村長だったんでしょうね。息子が訓練受けて帰ってきたら、自分の替わりをさせたってことね」

「そうか、俺たちのところとおんなじだ」、分隊長ははっと理解して、老娃をちらと見た。

「あぁ、あぁ、ふん」、老娃にもやっと通じた。「分かったぞ」

「父さん母さんはいないのかい」、分隊長は手を掻くのを止めて、親身になって聞いた。

「父さんは一昨年死んじゃった」

「こいつぁ、天下の烏はどこでも黒いってやつだ⑦」、老娃は独り言を言った。二人の話は耳に入っていなかった。体を起こして薪を取りに行こうとしていたが、その薄べったいくすんだ顔には、嘲りのようなまた怒りを含んだような表情が出ていた。戻ってきたときにまた言った。「こいつぁ、天下の烏はどこでも黒いってやつだ」

彼は座り込み、薪を足しながら、女が兄の出来事を話しているのを耳にした。

「えっ！ お前さんたちのとこじゃ金出して買えんのか?⑧」、驚いて、薪を加えるのも忘れて聞いた。

「二回も出したのよ」、女は沈みこんだ顔つきで言った。

「でもやっぱり捕まったの」

女は我慢できずにだるくなった腰を伸ばし、続けざまにあくびをした。とはいえ、彼らの親切心には答えようとした。

「考えても見てよ」、ほとんど一言ごとに息をつくように続けて言った。「そうなると、残ったのは子供ばかり、……母さんは動けないし、……義姉さんは体が弱くって、風に吹かれりゃ病気になるし、誰に助けてもらえるの?……あー、自分家《ち》の畑何畝かくらい、何とか耕せるって、義姉さん言ったけど、だけど、やっぱり食べるのに足りゃしない、……ついにぁ、母さんがあたいを、綿陽県の紡績工場に連れて行ってね、お金が楽にもらえるって言うもんだから、……」

女はこっくりし始め、すぐはっと目を覚まして、自分の薄い着物に気づき、

「しわくちゃで漬けものみたいだわ」、落胆して言った。

「手提げも返してくれないし」

「返してくれるじゃろ」、老娃が言った。「ゆっくり眠ったらどうかい」

「ああほんとに、今日はあんた方好い人に出会って……」、女はあくびをしながら言った。

にっこり笑って感謝の気持ちを伝えようとしたのだが、成功しないうちに、頭はがっくり膝のうえに落ちてしまった。

「ちょっと寝さしてね」、寝言のようにお願いすると、たちまち鼾《いびき》をかき始めた。

二人の田舎者は思わず顔を見合わせて笑い、継いでため息をついた。

「風邪ひかんようにな」、老娃が心配そうに言うと、分隊長が答えて言った。

「こんなに燃してるじゃないか」、いくらかうんざりした口ぶりだったが。

そのうんざりは、別に老娃の気遣いが嫌だったのではない。娼婦の話から自分のことを思いだしたのだ。自分も何度も徴兵逃れに金を出した、それでも今ここで分隊長なんぞをやらされている。親父は体が弱いし、お袋や嬶《かかあ》だけじゃ大したことはできゃしない。今は秋の種まきの時期だっていうのに、老いぼれめ、罰受けやがって……

胸の内で「一日二日休みがもらえたらなぁ」と言いつつ、老娃に向かって言った。

「おい、対対福⑨でもやらねぇか」

老娃はちょっと考えて、口中で大きな音を鳴らした。

「そうだな、やるか」、怒りでくぐもった声でそう答えて、ため息をついた。

そこで、腰掛け一脚、それに太っちょ神像足下の欠け茶碗の灯明を持ってきて、分隊長は縁に油汚れが染み渡った紙牌を取り出した。彼らは対対福を始めた。次第にあらゆることを忘れた。暗闇、真夜中、それにあの黒い上着に赤い帽子、垂れ下がった下唇に煤《すす》がべったり付いた太っちょ様……

紙牌を切り直す隙に、二人とも娼婦をちらちらと見、火をかき立て、そしてまた紙牌を引き始めた。

（尾崎文昭 訳）

〔注〕

①足枷（原注）　二つの大きい木片でできた刑具、四川省西北部の農村で犯罪人の逃亡防止に広く使われる、一般の足かせより有効で、与える苦痛も大きい。

②紅宝攤子　賭博の道具、未詳。

③紙牌　花札の類の賭博道具、麻雀に似ている。

④東岳大帝　泰山府君のこと、道教での冥界を司る神。裁判もす

るので周りに「廷吏役」の神像がある。
⑤腹痛おさえの小銭　小銭に油や水を付けて腹や背中をこすり、胃痛・腹痛を楽にするという民間療法があった。
⑥畝　畑・土地の面積単位、一畝は約六・七アール。
⑦天下の烏は…　中国民間の言い回しで、道理が通らない事情はどこでも同じような形で存在するという意味。
⑧金出して…　金を出して徴兵逃れをすることを言う。当時、対日抗戦中の国民党政府は地方団体に徴兵命令を出していたが、各地の有力者たちは、自分らの子弟には口実を設けて兵役を免れさせ、庶民には見逃すと言って金を巻き上げていた。
⑨対対福　紙牌の遊び方、未詳。

王《ワン》婆さんと子豚

路《ルー》　翎《リン》

路　翎

（1923-94）江蘇省蘇州で生まれ、南京で育つ。本名は徐嗣興。1937年から46年まで四川省で過ごし、その作品の多くが四川時代に書かれた。胡風が編集する雑誌『七月』『希望』で活躍。早熟で、代表作の長編小説『飢餓的郭素娥』（42）『財主底児女們』（45）は二十歳前後の作品である。40年代後半から戯曲を書くようになり、人民共和国成立後は北京中国青年芸術劇院の所属となった。しかし、「胡風批判」に連座して二十年に及ぶ獄中生活を余儀なくされ、80年の名誉回復までは不遇であった。晩年の詩と散文を中心にした創作は『路翎晩年作品集』に結集されている。その他に『路翎文集』（全4巻、95）がある。

冬の夜、まだ時刻は九時だというのに、川岸のこの小さな村はすっかり静寂に包まれている。集落、川岸、周囲の畑には明かり一つ灯《とも》っていない。灰色に暗く垂れ込める雲の下には、坂の斜面に密集して建てられた家屋と川岸に一かたまりに浮かぶ木造船があり、暗く、寂寥として荒れ果てた影を投げている。川はほの暗い中でわずかな光をひらめかせ荒々しい叫び声とともに流れていく。雨が降り、寒風が音を立てて吹きすさんできた。

通りにはとっくに通行人の影はない。風雨の音がこの村をよけいに暗く荒れ果てたものにしている。この時、大通り裏の、ぼろ小屋が密集する路地から甲高く響き渡る感情丸出しの声が聞こえてきた。その声は怒ったり、いらだったり、諭したり、なだめたりしているが、声に混じって聞こえてくるのは割れ竹の鞭のビシビシしなう音と甲高く荒々しい豚の叫び声だった。ひっそりとした夜だけに、その声はひときわ響き渡り、冷たい風雨のせいでとても緊迫して、遠くまで聞こえた。

風雨が激しくなった。その声は風雨と競うかのようである。

その声の主は身寄りのない六十歳の老婆だった。割《さ》いた竹と玉蜀黍《とうもろこし》の茎で編んだぼろ小屋に住み、老婆と同様貧しい隣近所の者からは王《ワン》婆さんと呼ばれていた。王婆さんの子供たちは死んでしまったか、さもなくば出て行ってしまっていた。王婆さんに必要なものはごく僅かであったにもかかわらず、暮らし向きは見た目にもかなり厳しかった。数日前、市へ行った時、王婆さんはこの地区の保長①である段《トワン》保長に保証人になってもらい、二割の利息で一千元②を借りて一匹の子豚を買った。保長にはもともとその気はなく、王婆さんの保証人など恐ろしくてなれたものではなかったが、泣いてせがまれ、王婆さんがいつまでも喚くのを止めないので、皆の手前もあって、段保長は大いに同情を示したのだ。「安心しなさい。婆さんはかわいそうなお人だ。この金はわしが何とかしよう」。みんなを前にして、高利貸しの塩商人に向かって言ってしまった。王婆さんはその子豚に幸せな未来を託した。というのは誰も身寄りのない王婆さんは安らかな永遠《とわ》の眠りを待ち望んでいて、子豚がそれをもたらしてくれるものと期待したのだ。死装束一式とあの世に持っていく紙銭がいくらか手に入るよう王婆さんは望んだ。なぜなら裏の坂上の馮《フォン》婆さんが先月死んだ時はあまりにみじめで恐ろしかったからだ。また子豚は王婆さんに誇りをもたらした。暮らしはその日から以前とぜんぜん違うものになり、王婆さんは大胆にも隣近所の連中の豚に関する話の輪にも加わった。まるで最初の子どもをもった母親のように、人の陰口や罵声を苦に思わなくなった。しかし、王婆さんはいつもみんながうちの子豚をあまり誉めないのは変だと思っていた。

王婆さんには丸々と太ってかわいく思えても、その子豚は痩せて弱々しかったのである。しかも利かん気が強かった。王婆さんは子豚のために自分のぼろぼろの寝台——もう何十年にもなる——のそばに寝床を作ってやった。だが子豚はいつもあちらこちらと逃げ回った。時には寝台の下、時にはじっとり湿った草の山、壁際の水溜りの泥の中へと逃げ込んだ。今日のような風雨を伴う寒い夜は、よけいに子豚を落ち着かなくさせる。ぼろ小屋の腐った屋根の半分はすでに風でめくられ、小屋のあちこちはじっとり湿って藁灰と泥だらけだ。王婆さんは全身濡れそぼち、草の山の傍らに縮こまって、竹の鞭をしっかり手にして、おぼろげな光をたよりに子豚を見張っていた。子豚はないていたが、やがてむやみに駆け回り始めた。そこで王婆さんは竹の鞭を手に握り豚を追いかけた。

「眠りな！　眠りなよ。ちゃんとお眠り」、王婆さんはいらだたしげに甲高い声を上げると、鞭で地面を打った。

子豚は落ち着ける場所が欲しかったが、王婆さんの叫び声と鞭の音でかなりいらいらしてきて、入り口の辺りまで行くと、立ち止まり、少しためらってから小便をしだした。王婆さんはそれを見ると鞭で壁をビシッと打った。

「しょんべんなんかするんじゃないよ！　お前はおらと眠るんだよ」

子豚は王婆さんを見つめた。その子、子豚は、自分が結局どうすればよいかわからず、知恵も浮かばなかったが、すべて——寒さ、焦り、知恵が浮かばないこと——は王婆さんのせいで、その叫び声と鞭の音がすべての不幸の根源なのだと思った。子豚は怒った。寒風にあおられて、突然壊れかけた扉が開くと、復讐だとばかりに子豚は怒ったまま外へ飛び出した。

王婆さんもあとを追って出て行った。子豚は道ばたの竹垣の下で王婆さんを見つめた。まるで「おいらは外へ出るつもりなんかなかったんだ。いいとも。どうでるかみてやる」と言っているようだった。

王婆さんは子豚を追い駆けながら、甲高い叫び声を上げた。六十年来の気のふさぐ、苦しみばかりの暮らしのせいで、その声は感情が包み隠されることなく溢れでていた。不幸と年のせいか、王婆さんは落ち着きということも感情を押さえるということも知らなかった。叫ぶのを止めず、寝ている周囲の隣人にまったく配慮がなかった。だが、この利かん気の強い子豚には、ずいぶん心配りをしていて、鞭が豚の体に振り下ろされることはなかった。王婆さんの声がどんなに怒っていようとも、そこには辛抱強い愛情がにじんでいた。王婆さんは自分の子どもと同じように子豚に接していたのだ。

王婆さんの叫び声はその孤独を表しており、利かん気の強い子どもを王婆さんがどう愛《いと》おしみ、どう憎んでいたかを表していた。そして今も愛しく思いながら憎んでいるのだということを表していた。その子どもたちはみなすでに大きくなって、王婆さんのもとを去ってしまった。王婆さんは叫び続けた。まるで子豚がそのことすべてを理解して自分の味方になってくれているかのように。

風雨はまだ続き、王婆さんと子豚は寒さと湿気の中で震えていた。王婆さんは、あちこち追い駆け回し、叫びながら、鞭で地面や竹垣、塀を打った。

子豚は見つからないように隠れたかと思うと、荒々しく甲高いなき声を上げながら、怒ってむやみに逃げ回った。子豚は恐れてもいたが、怒りも感じていたのだ。だが次第にわけがわからなくなってきて、すべてがはっきりしなくなった。

王婆さんは、やっとのことで一本の溝をまたぐと、叫びながら、子豚の行く手を塞いだ。子豚は暗闇に隠れると、頭を上げて王婆さんを見つめた。まるで「どうしてほっとかないんだ？　おいらは何だってこんな所まで逃げなきゃいけないんだろう？　何でこんなひどいことになっちまったんだ？　結局、王婆さんは何でおいらにいちゃもんつける必要があるんだ」と言っているようだ。

ビシ、ビシ、ビシ。地面を打つ鞭の音だ。「このみなしごめ。よくお聞き。戻ってちゃんと寝な」。王婆さんは子豚を見ながら興奮して叫んだ。「いいとも。お前なんぞ雨に打たれて死んじまえ」とまた叫んだ。「みなしごのお前はおら同様哀れなやつじゃ。うまい食いもんも、ぐっすり寝るとこもない。お前はおらと同じしょうもないやつじゃ！」、ビシ、ビシ、ビシ。「このみなしごめ。よく見な。こんな大風と大雨だ。ほかのやつらはみな眠っちまってるよ」。王婆さんは大声で叫ぶと、駆け寄り鞭で地面を打った。

子豚はためらった。自分がどうしたって、王婆さんは気をゆるめっこないと感じたからだ。子豚はひらりと身をかわすと、かすかになきながら、頭を上げてそっと王婆さんを見つめた。

「そんでおいらをどうしたいんだい?」と子豚の目は言っていた。

王婆さんが注意深く竹垣の方に足を運び、鞭を振り上げ、今にも竹垣を打とうとしたとたん、子豚は怒って声を上げて、道の方へ逃げ出した。

王婆さんがうぅっと苦しげにうめいた。子どもたちが自分を捨ててしまったことを思い出して苦しくなったのだ。

「ふん。このみなしごめ。おらを苦しめるがいい」、王婆さんは怒って叫んだ。「お聞き。おらはお前を粗末に扱いやしない。一生誰もいじめたりゃしない! 息子と嫁は親不孝にもおらを捨てちまった! 六十まで生きたって何の望みもありゃしない!――このみなしごめ。おらを苦しめやがって! このみなしご。聞いておるか!」、婆さんは怒って大声で叫んだ。そしてまた鞭で地面を打つ音が響いた。

「お前、ちゃんと聞き分けておくれよ。戻ってよくお眠り。明日の朝早くにゃ、ご飯をやるから」、王婆さんは懇願するように又辛そうにそう言った。王婆さんは鞭を握ったまま雨の中に佇んでいた。子豚が自分の話を理解できないなどとは全然思いもしないようだ。「お前、考えてもごらんよ。こんなふうにやたら飛び出して何の得があるんだい。お前だって寒いんだろう」、王婆さんはそう言うと優しく子豚を見つめた。子豚は服も着てない、雨の中で立っているのはきっと寒かろうと思ったのだ。子豚は自分が大きくなったら、殺されてしまうことを、少しもわからないのだ、かわいそうなもんだ。王婆さんは切なくなった。

「おい、みなしごよ。かわいそうによ。人の情もわからなければ、話もできない。心に苦しいことがあっても言えないんじゃな」。王婆さんは感極まって大声で子豚に向かって言い、竹の鞭を持ったまま雨の中に佇んでいた。

子豚は静かに頭を上げて、道ばたに立って王婆さんを見つめた。子豚はすっかりわけがわからなくなってしまった。こんなふうにどうなるかわからぬまま待つより、横になったほうがよいと思い、横になることにした。首を縮めて眠ると、これですべてはよし、とても安らかだと感じた。

「みなしごめ! 起きな!」、王婆さんは叫び、子豚の周りを鞭で打ったが、子豚は動かず、わずかな声すらたてない。このままでいるのがいいと思ったのだ。

この時、ぬかるみを踏む足音が聞こえてきた。人と一悶着を起こし、和解の席で酔っ払った段保長が、提灯を下げてよろよろしながら帰ってきたのだ。保長は提灯を掲げると、訝しげな表情と怒りを露《あらわ》にして、王婆さんを照らし、さらに子豚を照らした。保長は自分の預かる区域には、夜中に礼儀もわきまえず外へむやみに出るものがいてはならないと思っていた。

「誰かと思ったら」、保長は蔑《さげす》むように言った。提灯が風で揺れていた。王婆さんは自分が馬鹿にされたように思い、怒って鞭で地面を打ち、子豚に向かって叫び始めた。

保長は眉間に皺を寄せて王婆さんを見下すように見た。

「まったく！　わしがとっくに言っとるじゃろう。いい年寄りが、分別ないこった。やることがなけりゃ眠りゃいいんじゃ。子豚なんぞ構うことはない。それがお前さんときたら、いっときも頭から離れないで。昼も夜もそのことばかりじゃ。どこぞの若妻だってお前さんほど子を欲しがりゃしないが」、保長は頭を振って、ゆっくり歌うような声で言うと、「寄越しな！」と鞭をひったくり袖をまくって、怒って子豚を鞭打った。

子豚は唸り声を上げたものの動こうとは思わなかった。だが終いに何だか変なことになったと感じて、飛び跳ねると、道ばたへ逃げ出し、驚いた目をして保長を見つめた。保長が追い駆けてきた。

「この疫病やみの豚め！　こいつめ！　こんちきしょう！」と保長は言いながら力いっぱい鞭打った。王婆さんは大いに慌てた。保長の鞭が、まるで婆さんの心に振り下ろされたかのようだ。

「段保長、おらに寄越しなされ！　寄越しなされ！」、婆さんは怒って大声を張り上げて、保長のあとを追い駆けた。

子豚はぐずぐずとあちこち行ったり来たりしていた。動かなくて済むことだけを考えていたのだ。それでさらにひどい目に遭うことになった。保長は怒って豚を鞭打った。子豚は提灯がぬかるみに落ちて明かりが消えてしまった。子豚は鋭いわめき声を上げると、再度道へ出て逃げ出した。

「このみなしごめ。ああ、すっきりした。体が温まったわい」、保長はそう言うと鞭を返した。

「何て打ち方をなさる？　自分の豚じゃないから、大事にせん」、王婆さんは怒って言うと鞭をひったくった。

「よかろう。自分で打ちなされ、そおっと撫でるようにな」。保長は冷ややかに言うと歩き出した。「わしの提灯が消えちまった……王婆さん、わしはとっくに言ったが」、保長は立ち止り大声で言った。「お前さんのこの様子では、豚は養えんぞ。こいつは病気じゃ！　あの金はどうするつもりだ？　四ヶ月で利息もろとも返すことに話がついてるぞ。言っとくが、二度とわしのところへ話を持ち込まんでくれよ！」、保長は暗闇の中で言うと、泥水を跳ね上げながらその場をあとにした。

王婆さんは怒りでぶるぶる震え、ひとことも言葉にならなかった。この時、周囲は完全な静寂に包まれていた。雨は降りやみ、寒風が空の上で激しく吹きすさんでいた。王婆さんはとても耐えがたくなり、同時に恐怖のようなものを感じた。子豚が道ばたでこっそりこちらへ向かって顔を上げているのを見ると、すべては豚のせいに思えてきて、狂ったように怒りがこみ上げてきた。子豚は同情して王婆さんを見ていた。

「さっきのは、結局どういうことなんだい」、子豚の眼差しが聞いていた。

「このみなしごめ！こいつ！このみなしご！」、婆さんは怒って叫ぶと、駆け寄り狂ったように子豚を鞭打った。「このみなしごめ。ほかの奴に打てて、おらが打てないとでもいうのかい。このみなしご！こんちくしょう！……」

子豚は失望と怒りで喚きだすと、王婆さんの足もとを勢いよくすり抜けて行った。こうして恐ろしい風の音以外には何の音も聞こえなくなった。王婆さんはふと怖くなり、子豚は打たれて怪我をしたのだと思った。王婆さんは子豚を呼んだ。弱々しい、哀れむような声だった。しかし、風が吹くだけで、子豚が応えることはなかった……王婆さんはさらに強い恐怖を感じた。それと孤独を。何かが起こりそうな予感がした……さーっと寒風が王婆さんに吹きつけた。目の前が真っ暗になり、手足がふわーっと浮いた——王婆さんはかすかに何か叫ぶと、ぬかるみの中に倒れ込んだ。

王婆さんは自分が倒れてしまったことがわかった。たちまち安らかな気分になり、気持ちがとても和やかになった。「おらはもうすぐ死ぬんだ！ああ、なんて気持ちがいいんだ」、王婆さんはぼんやりと鋭い風の音を聞いたように思った。自分の一生には何のやましい事もなかったと思うと、穏やかな気持ちになった。王婆さんは別の世界が自分に向かって扉を開いているように思った。平坦な道が、暖かな、慈悲深い光に照らされている。天には五色の雲があり、彼方には金色の光がある。王婆さんには見えた。その金色の光の中から、美しく、健康で、はつらつとした女の子がこちらへ駆けて来るのが。首、肩、腰には華やかに美しい光を放っている絹の帯がたなびいている。手には大きくつやつやした冬瓜《とうがん》を一個持っていた。それは王婆さんの孫娘だった。

「お婆ちゃん！あたし先に来たの。みんなも来ているよ」、女の子は耳元で優しく囁《ささや》いた。王婆さんは子どもたちが一斉に明るくはっきりした声で歌を歌うのを聞いた。

臼を引いて豆腐を作り、
おばさんを呼びましょう

王婆さんは幼い頃、ほかの子どもたちと一緒にこう歌った。嫁入りした時も、子どもたちはこう歌っていた。王婆さんの長い一生のそこかしこで、近所の子どもたちがやはりこの歌を歌っていたのだ。……

王婆さんの子豚はこっそり戻ってきて、寒風の中で震えながら、しばらく訝しげに王婆さんを見つめていた。目の前のことは少しも理解できなかった――子豚は王婆さんの身体にぴったり寄り添うとぬかるみの中で横になった。

（伊禮智香子 訳）

〔注〕
①保長　十戸を甲、十甲を保とした保甲制における長。
②一千元…　戦時下のインフレで物価が急騰したことによる。

復讐①

「復讐する者は鏌干《ばくかん》を折《くじ》かず。忮心《きしん》有る者と雖《いえど》も、飄瓦を怨まず」——荘子②

汪《ワン》曾《ゾン》祺《チー》

汪曾祺

（1920-97）江蘇省高郵出身。江陰の南菁中学、昆明の西南聯合大学中国文学系で沈従文に学び、40年代から創作を開始する。卒業後、昆明、上海で中学校教員、北京で歴史博物館職員を勤める。その間、最初の小説集『邂逅集』を出版。49年解放軍南下工作団に参加、50年には北京に戻り『北京文芸』『説説唱唱』『民間文学』の編集に携わる。58年右派とされ張家口に下放する。その後62年に北京市京劇団（現京劇院）に配属され脚本を担当。「文革」期は数編の小説と、63年に小説集『羊舎的夜晩』を刊行したのみであった。「文革」終了後、「受戒」（80）「大淖記事」（81）が高い評価を受け、以後つぎつぎと作品を発表する。98年には『汪曾祺全集』（全8巻）が刊行されている。

一本の白い蝋燭、缶半分の自然の蜂蜜。いま蜂蜜が男の目には入っていない。蜜は缶の中に、男は寝台に腰掛けている。だが彼は濃い、どろりとした蜜の感覚で満ち溢れている。男の喉に酸が上がってくるわけではない。彼の胃はとても丈夫だ。一生のうち数えるほどしか嘔吐したことがない。一生、一生とはいったいどれくらいなのか。自分のこれまでが一生なのか。心配ない、これは一つの常套句だ。誰もが「自分の一生は……」と言うものだ。たとえばあの和尚のように、――和尚はきっといつもこの自然の蜂蜜を食べているにちがいない。男は目を少し細めた。蝋燭の炎が揺れて、影が揺れているからだ。男はにやりとした。心に和尚に対する呼び名が生まれた。「蜂蜜和尚」。べつに不思議はない。蜂蜜、和尚、その後ろには「一生」の二文字が隠されているからだ。明日別れを告げるとき、本当にそう一声呼びかけたら、どうするだろうか。和尚には呼び名ができたが、自分にはどうか。和尚は私を何と呼ぶだろうか。おそらく「宝剣の客人」ではないだろう（男は和尚が自分の剣をひと目で見つけたのを知っていた）。この蜂蜜は――と男が思い起こしているとき、道すがらミツバチの羽音が聞こえてきた。まちがいない、ミツバチが飛んでいた。それは非常に多い（羽音によって山が揺れ動いたほどだ）。今までその音が耳に残っている。ここから私の今日の夜が始まり、明日またここから続けていく。人生とは実にはっきりとは説明できないものだ。男は突然、今は秋だと感じた、ミツバチの羽音から。羽音を聞いて男は体中が軽やかになった。まちがいない、世の中どこも、今はすっかり「秋」になった。男は蜂蜜を探しにいく和尚を想像する。一面の野の花。和尚は目の前に広がる花を前にして立っている。実にみごとな美しさだ。和尚は花を摘む。本堂の鉢に生けてある花は、とても美しく花を咲かせ、しなやかで、鉢からまるで霧が立ち上っているようである。男はこの和尚が気に入った。

和尚は出ていった。片方の手を上げ、後ろに数歩下がった。礼儀にこだわらず、それでいて心がこもっている。和尚、あなたはきっとごく自然に何度もこのような礼をしてきたのでしょう。和尚は蝋燭を置いて少し話した。寺は辺鄙なところで、何もおもてなしができない、山は高く、風は強いが気候は涼しい、早くお休みなさい、と言ったにすぎなかったが。和尚が言わなくとも、男には聞こえる。和尚が話すと、男は聞いていなかった。彼はこの和尚だけをずっと見ていた。男が身を起して礼をすると、和尚はふわりと去っていった。両袖がなびいて、大きな蝶のようだった。

男は和尚の姿を思い描くことができない。和尚がもし髪を剃っていなければ、きっとすばらしい白髪にちがいないと思う。真っ白い髪が心の中で光っている。

白髪の和尚よ。

男は髪が白くなった母を思い出した。

山の夜は暮れるのが実に早い。日入りて群動息《や》み③、まったく静まりかえっていた。男は来る途中、あたり一面に静けさを感じた。しかし山の中と路上ではまったく違う。男が小さな山村に入っていくと、私塾で勉強する子供の声、馬の鈴、殻竿《からさお》で豆がらをたたく音が聞こえる。小道では新しい牛糞から湯気が立ち、白い雲が藁の山のそばをゆっくり通りすぎていく。お下げを結った少女が紅梅色の上着を着ている……だがもともとは静を描いていたのに、今はすべてが動を表わしている。男は自ら物売りとなってこの山村に音を少し添えようとまで考えたが、このひと時この山々に囲まれたところでポンポンとでんでん太鼓を鳴らすことはできない。

物売りのでんでん太鼓が小さな石橋の前で鳴っている。そこは男の家だ。男には、自分が思っているのは母のことだとわかっていた。しかし母の輪郭に色をつけると急にそれは妹になった。男はこの山村でさっき出会ったような妹がほしいと心から思う。紅梅色の上着を着て、家の前の井戸で水を汲んでいる。黒い石でできた井戸わく。井戸のそばの小さな赤い花。少女は一輪摘もうとするが、母の糸を紡ぐ音が聞こえると、家に帰らなくては、もう遅いのだと気づき、声をかけた。「あした朝早くあなたを摘みに来るわ。そこにいるのね、覚えておくわ」。少女は旅人に道を示してやる。「山にお寺が一つ、お寺の和尚さんは親切よ、宿が借りられるわ」。少女と旅人が去ると、井戸が一つ残された。二人が去ってしばらくすると、井戸わくに残っていた水滴がポタポタと井戸の中に落ちていく。村の外れにある児手柏《このてがしわ》の大樹は真っ黒い。夜がそこへ向かって一つになろうとし始める。小麦粉をひいていた石うすのゴロゴロという音が一点に止まっている。

妹を思い出しているとき、母の髪は黒々としていた。男はどれほど赤い花を一輪摘んで母にさしてやりたかったことか。しかしこれまで花をさした母の姿を男は見たことがない。この髪にさされなかった花が、彼の運命を決めたのだった。

母さん、私はあなたの老いた姿を見ていない。

だから母は若々しい顔かたちでありながら、髪は真っ白だった。長年この白髪が男の心の中で光っていた。

男は心からあのような妹がほしいと望んだ。

しかし彼に妹はいない、いないのだ。

男のいる現在と、母のいる過去。母は時間の中で止まっている。まだとても若く、花を摘むあの少女のようであり、妹のようである。しかし男はずいぶん歳を取り、顔に長い年月が刻まれた。

男はよく似た風景の中でそれぞれ違う人間となった。風景は変わらない、男にどれほど変えることができるのだろうか。今、男は山の上にいる、多くの山の中にある一つの小さな寺にいる、多くの小さな寺の中のとても小さな部屋にいる。

長い間、男は上を、さらに上を目指した。高く昇り、少し下がって、またさらに高く昇った。登った山は非常に多い。山はますます高くなり、峰と峰が迫ってますます険しくなっていく。道はますます細くなり、またどんだんとぼやけてくる。男はそこに自分の姿を見たような気がした。一人の小さな人間が、体を前へと傾けながら、一歩一歩、青や赤褐色の大自然の中を通る一本の細く白い道を進んでいく。うつむき、また顔を上げる。空を見上げては、また道を見る。道は長い一本線のように、どこまでも前に伸びている。雲が来て、彼は影に入り、雲が過ぎて、彼はあらわれた。服にたんぽぽの綿毛がつくと、男はそれを連れて遠くへ進んでいく。ある時目を開くと、一羽の鷹が目の前をすばやく横切った。山はあらゆる変化をその身に留めるために古来不変に見える。彼は思った。山よ、君らはどんどん早く歩くが、私はひたすらこうして歩くことしかできないんだ、と。その村に入ると、上を眺め、山を登って一晩宿を借りようと決めた。明日にはひき返さなくてはいけない。ここで線は終わる、もうこの先に道はなくなった。

男はしばらく目を閉じた。もう少しで眠りに入り、もう少しで夢を見るところであった。苔の匂いと干し草の匂い。風化した石が体の下で裂けて、音をたて、そして匂いを発した。草むらで葉のかすかに擦れ合う音がして、イナゴが一匹跳び出た。遠くから鳥の羽が一本ひらひらと飛んできて、近づいて、もっと近づいて、ついに枸杞《くこ》の樹の枝に遮られた。男はこの羽が黒いと確信した。丸い石が一つ山頂からコロコロ、コロコロと転がっていき、山のふもとの深い池に落ちていった。一番低い所から牛の鳴き声が聞こえてくる。反芻する音は（牛の下顎が臼を回すように動き、ピンク色の舌が覗いている）上がってくると、一陣の風に巻き上げられていった。梅檀《せんだん》の老木についた虫は、食べた葉っぱが苦くて、一つ身震いした。松ぼっくりが裂けて、寒気が鱗形の弁の間に入り込んでいった。魚よ、そんなに高い水の中で生きているが、君はまだ寝ないのか。おやすみ、苔の陰湿さ。おやすみ、干し草のふんわりとした柔らかさ。おやすみ、背中にあたって痛みを与える石。老僧が磬《きん》をたたく。今、旅人は眠りに就こうとしていた。眉間のしわを伸ばし、口元の力を抜いて、顔の緊張を解き、肩と腕を楽にして、足を伸ばした。

蝋燭の火はいつの間に消えていたのだろう。男が吹き消したのか。

男は果てしない夜の中心に包まれ、まるで果実の核が種の中に包まれているようである。

老僧は磬をたたいている。

水上でみた夢は漂っていた。山里の夢は懸命にもがきながら飛び出していく。

男は夢の中で一面まっすぐな暗闇を目の前にして、自分も細く、長くなっていく。暗闇を超えようとするが、それは限りなく高く、見上げるとどこまでも暗闇は続いている。違う方向を向いても、やはり同じ。もう一度向きを変えても、同じ。もう一度、同じ。同じ、同じ、どこも垂直で平らで、暗闇だ。男はくたびれて、長い棒のようになって地面に倒れる。「もう少し柔らかく、丸くなったらどうだ」。するとと暗闇は一輪のハスの花になった。男は重なり合った花びらの中にいる。男はなんて小さいのだろう、自分を探し出すことができなかった。彼は黒いハスの花にそってぐるりと一周した。チン――、ハスの花の上に現れた星は、薄緑色で、燐火《りんか》のように光ったり消えたりしている。残光は靄のように、静かに消えていった。チン――、また音がした。

和尚が、夜の読経の最中で、一回、一回とたたいている磬の音だった。男は音を追い、また次を待つ、いったいどのくらいの間隔でたたくのだろう。しだいに、和尚のところで一回鳴ると、彼も心の中で一回たたくようになる。早くも遅くもなく、自然にリズムがぴったり合っている。「今ここに磬があれば、私も一人の和尚だ」。仏堂には、消え入りそうで永遠に消えることのない明かりが一つ。しなやかな、鉢の花。一本の線香、煙がゆらゆらと立ち上り、しだいに消えてなくなる。だが香りはすべてのものに染み透り、すべてのものをおおう。男はとても和尚に会いたいと思った。

和尚は、きっと寂しくはないのでしょう。

客人、その寂しさとは疲れを意味するのか？　あなたはまだ疲れてはいないのかもしれない。

客人はそっと自分の剣に触った。この剣は毎日握っていても、どうしても親しみが感じられない。だがその存在を忘れそうになったとき、ようやくどれだけ身近なものかと気づくのであった。剣よ、おまえは私のものではない、実は私がおまえのものなのだ。和尚、あなたは磬《きん》をたたくが、誰もその磬の音を止《とど》めることはできないだろう。あなたの部屋には、何人の客が泊まったのだろうか。ここで私は私の一夜を過ごした。これまで様々な夜を過ごしてきたが、この一夜はそのすべての夜の中に数えられるのだろうか、それとも特別な一夜と見なすのか。もう良いとしよう、太陽が出れば、すぐ昼だ。明日には出発する。

太陽が港に照りつけ、潮の香が土手の柳の葉まで染み付いている。海はあおく、生臭い。

名も知らぬ大きな果物が一つ、人の頭ほどの大きさで、腐りかけている。

貝殻は砂に埋まってしだいに石灰に変わっていく。波のしぶきによる白い泡の上を一羽の鳥が飛んでいる、ただ一羽だけ。日が沈んでいった。

夕日が人々の額を照らし、額の半分を金色に染めた。

何人かが三角州の先端へと押し寄せ、また向きを変えて、散っていく。

人は遠方を見る、靄がかかっているようだ。

自分は靄の中にいて、船の帆が遠くへ去るのを眺める。

瓜を乗せた船がやって来た、色彩と欲望の船。

石を乗せた船、先を争っている。あるいは——

鳥を乗せた船、ゆりの花の船。

奥深い路地で杏の花を売っている。駱駝。

駱駝の鈴が柳の枝葉が生い茂る中で揺れている。あひるの鳴き声、一匹の真っ赤なとんぼ。

深緑色の、雨が降る前の燐火。

街じゅうの明かり。

ああ、客人よ！

客人、これはわずか一夜のことなのだ。

あなたの空腹、あなたの喉の渇き、空腹の後の飽食、渇いたときに得た飲物。一日の疲労と疲労の解消、種々のベッド、種々の方言、種々の病、あなたは記憶するよりも、それらを一つ一つ忘れていった。あなたは失望を感じないし、希望も抱いていない。あなたはどこを通って来たのだ、そしてどこに行こうとしているのだ。小さなあなたは、体を前へと傾けながら、黄青赤褐色の大自然の中を通る一本の細く白い道を歩いている。あなたは自分に感動しているのか？

「だが自分がここで出家したいなど少しも思っていないことは知っている」

男は自分の声にびっくりした。寺の中には彼を不安で落ち着かなくさせる何かがある。男は自分の気持ちをごまかすように仏殿のことを考えた。ここの和尚はとても不思議だ。和尚は一人、座布団は二つ。一つは和尚のもので、もう一つは誰のだろう。経机にのせてある経巻も二つある。男が今泊まっている部屋も、和尚が使う部屋でないのは明らかだ。

この部屋に入ると、男は何か特別な感覚をおぼえた。壁は真っ白く、とても平らで、すべてが四角く垂直で、厳粛で圧迫感がある。だが四角く垂直な中にとても丸く見える物がある。動かすことも、取り替えることもできない。黒い色の物だ。白と黒の間にはっきりと境がついている。これはとても大きな竹の笠だ。笠の色はもとはこんな色ではなく、黄ばんで、茶色くなり、最後に黒くなったのだった。笠のてっぺんに宝塔の形をした銅の装飾がついていて、それも黒くなっていた——緑色の花が咲いたように一、二ヶ所さびている。この笠は旅人を不快な気分にさせる。どんなやつがこんな笠をかぶったのだろう。剣を抜いて、男は部屋を出た。

男は剣を舞う。

この剣は男が手にして以来、一日も放っておいたことがない。たとえ寒村の宿屋、宿駅、山野の中、使わなくなったレンガ作りの窯の中にいても、毎日朝晩一回、必ず剣を舞う。毎回それは男にとって、新しい刺激であり、新しい体験であった。男は自分自身、彼の愛と憎しみを舞っている。最高の興奮であり、最大の快楽であり、最も激しく感情がほとばしる時であった。男は自分の舞いに酔いしれた。

剣をしまい終えて、男はどきりとした。人の呼吸を感じる。

「私です。すばらしい舞いだ」

和尚だ。和尚はすぐ近くにいた。あやうく刺し殺してしまうところだった。

旅人は体中、指先まで力がみなぎっている。半ば誇り高く、半ば反抗するように、大声で叫んだ。

「私は道という道をすべて歩いてみるつもりです」

男が和尚を見ると、目が輝いていた。男はこの二つの目に、皮肉が込められてはいないかと見ている。もし和尚が彼を怒らせたら、男は和尚を殺すかもしれない。だが和尚はしっかりと立って、男の声や表情に動揺するわけでもなく、落ち着いて朗々と述べた。

「それはいい。道のないところから歩み出していこうとする者もいる」

山々に囲まれた静けさの中からある音が聞こえてくる。コツンコツン、ためらいがなく、ゆっくりと、どこか奥深い場所から発せられている。


旅人は父の死後に生まれた子であった。父が仇に斬られ、担がれて家に帰って来たときには、すでに虫の息だった。父は指に自分の血をつけて仇の名前を書くと、死んでいった。母は父の残した剣を拾い上げた。その剣は旅人の手に握られている。仇の名は彼の腕に残っている。息子が井戸のそばに咲いた赤い花を手に入れるまでに成長してから、母は父の剣を授け、腕に仇の名前を彫って青く塗った。男はすぐに家を出て、腕に刻まれた青い名前をたよりに仇を捜しに出た。父のために復讐するのだ。

しかし男は一生のうち一度も父と呼んだことはない。自分が父と呼ぶ声を聞いたこともない。

父と仇、男はどちらもどんな姿なのか想像できない。だがもし仇が彼の前に現れれば、必ずわかる。小さいころ村の人はみんな自分を父に似ていると言った。だが今では自分の姿さえもはっきりしなくなってしまった。

嘘ではない、いつの日か仇を捜し出したときには、たった一突きでそいつを殺す。男は一言も言い出せない。そいつに何を言うのだ。何も浮かんでこないなら、言わないまでだ。

時々男は自分が仇に殺されるほうを願った。

時々男は仇に対してとても好意を抱いた。

時々男は自分があの仇のような気がした。仇の名前がほとんど自分の名前になっているのだから、男はその名を借りて存在しているのではないか。では仇が死んだらどうなる？

それでも男はやはり仇の名前をあちこち尋ねて歩く。

「この人を知っていますか？」

「いや」

「聞いたことはありませんか？」

「ないね」

…………

「だがどうしても私は復讐しなくてはならない」

「私にはおまえとの距離が、一日一日と近づいているのがわかっている。私の進む一歩は、すべておまえに向かっている」

「出会うことさえできれば、必ず見分けられるし、一目見れば、おまえだとすぐわかる。間違えるはずがない」

「たとえ一生おまえを捜し出すことができなくとも、私のこの一生はおまえを捜すものとなる」

男は自分の最後の言葉に対して涙を流し、自分の悲哀のために悲哀を覚えた。

夜が明けると、男は絶壁の近くまで走っていった。振り向くとようやく空が見え、蒼天とごつごつした岩肌が、拒むことのできない力で迫ってきて、呼吸が荒くなり、顔が青ざめ、両股がぴったりくっついて、汗が吹き出し糊のようにべったりしていた。彼は剣の存在を感じ取る。剣は背中にあり、とても重い。絶壁の中から、地球の中心から、コツンコツンという音が聞こえてくる。ためらいがなくゆっくりと。

男は絶壁の中に入っていった。真っ暗だ。長い間何も見えない。戻るか？　だめだ！　男は氷水の中にいるようだった。しだいに目の前一、二尺先が見えるようになっていく。少しの間立ったままで、呼吸を整えた。コツンと音がして、火花が一つ散る、赤い。コツンとまた音がする。風が洞窟の入り口から吹き込んできて、男の背中にあたる。前から冷気が漂ってくる。形容しがたい不気味さ。つばをごくりと飲み込んだ。奥に進む。自分の足音が聞こえ、その音が男を励まし、足取りをしっかりと、つまづかないようにした。中はだんだん狭くなっていき、かがまなくては進めない。男が真っ直ぐ前を見ると、一つまた一つと火花が飛び散っている。着いた、行き止まりだ。

ぼさぼさの長い髪。長い髪が体を覆っている。這いながら、片方の手にノミ、もう片方の手に金槌を持ち、頭を下げて膝の前を掘っていた。間違いなく足音が聞こえているのに、その男は振り返らず、掘り続けている。ノミは下から上へ動いていく。一つ、また一つ火花が散る。男は手を振り上げる、また振り上げる。僧衣の二つの袖が旅人の目に入る。腰の下まで覆っている長髪が揺れている。男は振り上げる、また振り上げる。男の手が旅人の目に入る。この手は！　異様に痩せて、骨までみえ、筋しかない。旅人は一歩後ずさりした。和尚が振り向いた。二つのぎらぎらした目が、乱れかぶさった長髪の奥で光った。旅人は呆然とした。手を振り上げる、また振り上げる、火花が一つ、また一つ。もう一つ、火花だ。旅人はもう少しで意識が遠のくところだった。和尚の腕に突然あらわれた三つの文字、針で彫られ、青く塗られたそれが、父の名前だったからだ。

しばらくの間、旅人の目に他の何も入らなくなり、ただ三つの文字だけが見えた。一画ずつ、心の中でその三文字を書いた。コツン、火花が一つ。火花とともに文字が飛び跳ねた。洞窟の外では時が飛ぶように過ぎていく。渦巻いた白い雲が入り口をかすめていった。旅人は背中の剣の存在をすっかり忘れていた、あるいは彼自身がすべて消え去り、この剣だけが残されたのかもしれない。男は小さく小さくなっていき、とうとう無くなった。それからまた戻って来た、戻って来た、よし、青い顔に赤味がさしてきて、彼自身が体中に満ち溢れた。剣だ！　男は剣を抜いて握る。

突然男は母がもう死んでいるにちがいないと確信した。

カチャンという音。

男は剣をさやに戻した。一つ目のさび。

男は足下に目をやると、そこには新しく掘った跡が残っている。足の前には、もう一つ金槌とノミが置いてある。身をかがめて、金槌とノミを拾い上げる。和尚は少し横にずれて、場所をあけてやる。

ふた粒の涙が寺にいる白髪の和尚の目に光った。

いつの日か、二つのノミは同時に空を切る。もう一方から射し込んでくる最初の光。

一九四四年頃、昆明黄土坡にて④

（子安加余子 訳）

〔注〕

①復讐　初出は『文芸復興』一巻四期（一九四六年五月）、後に『汪曾祺短篇小説選』（一九八二年二月）に収めるにあたり、改訂される。検討の結果テキストには改訂版を用いた。また物語構成が菊池寛「恩讐の彼方に」と似ていることは、楊義『中国現代小説史三』（人民文学出版社、一九九一年）に指摘されている。

②復讐する者は…　『荘子』外篇・達生第十九より。ここでは原文に従い文字を補って訓読した。その意は、「復讐する者は仇を恨んでも、仇が用いた鏌邪《ばくや》や干将の剣を恨み、それを折るようなことはしない。また、どんなに狂暴な心を持つ者でも、風に吹き飛ばされて自分に当たった瓦を怨むということはしない」となる。

③日入りて群動息み…　晋の陶淵明の詩「飲酒二十首」其七に同様の語句がみられる。「日が沈めば、昼間のすべての活動も

静まる」の意。

④一九四四年頃…　初出では「一九四〇年初稿。四五年末再び書く。四六年一月また再び書く。」とある。

あとがき

この『中国現代文学珠玉選――小説1・小説2』は別々に発想したものではなく、最初から一緒に計画し、その上でそれぞれに特色を出そうとした。その結果、『小説1』は経典的作家の代表的な作品、『小説2』はそれに次ぐ作家の代表的な、しかも本邦初訳の作品ということになった。その経過は丸山昇の解説と芦田肇の『小説1』のあとがきに詳しい。二集合わせて三十一人の作家を取り挙げることになったが、作者の選択はほぼ順当だったように思う。この計画を中途で知った中国の現代文学研究者たちは、一様に我々がどんな作家を選ぶかに興味津々だったようだが、この結果には頷いているようだ。丸山昇が言うように、政治と深く関わらざるを得なかった中国の文学界を、左翼の側から主導してきた作家がやや少ない観もあるが、それは彼らの作品そのもののレベルの問題であるとともに、ソ連崩壊以後の、二〇〇〇年代の日本の若手読者には受けないだろうという配慮も幾らか働いている。勿論中国現代文学史の副教材にという第一目的から、歴史の事実を打ち消してしまう程の偏りにならぬよう配慮したが。

作品の選定では、訳者達の年齢差がかなりぶつかり合った。中国三十年代文学研究会は、日頃の研究会も「老壮青の三結合」を実践しているが、今回の仕事はそれがうまく生かされたと思う。作家の選択が終わった後でそれぞれ分担したい作家を名乗り出、適材適所・向き不向きで担当する作家を決めていったが、これにはそれ程苦労しなかった。担当者に委せたものの、作品の選択は結局好みの問題だから老壮青の意見がくい違い、議論がはずんだ。一番楽しい時間だった。

翻訳の過程で老壮青はそれぞれの役割を自覚的に荷なった。結局老壮に負担がかかったが、中国三十年代文学研究会がもともとそのような「丸山一刀流」の師範・師範代・直弟子・外弟子を抱えた「道場」である以上、やむを得ぬことだった。老壮の査読班が翻訳に駄目を出し、訂正を求めると、壮青の訳者は勿論素直に誤りを認め、長者への尊敬をますます深めたが、自分の理解と翻訳に固執し、そこで議論が始まることもよくあった。これこそ得難い修行の場であった。

それにしても中国現代文学の翻訳は難しい。中国の広さ

（地域習慣や方言）、歴史の長さから来る文化伝統の重層性、中国語の可変性、文法の多様性……、五四以来の中国文学が格闘してきた、諸々の近代化と統一を阻む諸要因とあらためて直面させられる思いだった。そのことは、この翻訳集を読んで頂ければ読者にも看取できるであろう。日本の常識に置き換えて理解してしまうのはそんなに難しくはないが、それこそが日中の誤解のもとだったという深い反省をなんとか翻訳に生かせないかと苦労した。

丸山昇がよく若い世代の知識の無さと日本語の乱れを嘆くが、中国文学の翻訳を一緒にやる中で、この嘆きがますます重みを増した。言葉よりも図像・数表というのは世の趨勢だろう。しかしそれはまた、苟も文学研究に携わる者が、言葉という最大の想像力の翼への過小評価を重ねている結果でもあると反省せざるを得ない。その反省を生かすべく、訳語の選択、漢字にするか、仮名に開くか、主語や目的語の人称代名詞をどれ位省略するか、方言や年齢語をどう処理するか……、こんな言ってみれば初歩の初歩、些末なことで悩み、できるだけ統一しようと努力してみたが、結局途中であきらめた。作家が全存在を賭けて独自な世界の創出を目指すように、訳者の個性や筆遣いも無理に切り揃えない方がよいと判断したせいだが、これは見えすいた逃げでしかないだろう。

ともあれ一年という短期間に、ある程度満足できる翻訳集二冊を皆の力でまとめ上げたことは、編者として大きな喜びである。若い読者がこの二冊から、我々世代とは違うどんな中国現代文学像を読みとられるのか、楽しみである。無論この本は大学での教材を第一目的にまとめたものであるが、当然同時に学生以外の広い読者にも読んで頂きたいという隠された第二目的もある。中国への関心がますます高まる中で、中国の重構造社会の理解の一助となれば、それこそ望外の喜びである。

親友であり編者の片われである者の仲間誉めはあまりしたくないが、この二冊は事務担当を買ってでた芦田肇の献身的な努力がなければ完成しなかった。二玄社の森島基裕氏も本当に辛抱強く面倒を見られた。二人の苦労を見ながら何もしなかった編者として、このことは特記しておきたい。

最後に『中国現代文学珠玉選――小説2』の構成を表にして結びとする。

二〇〇〇年二月

佐治俊彦

● 収録作品リスト

邦訳題名	原著者・原題 訳者	初出誌 翻訳底本
*1「ヨルダン川の水」	張資平「約檀河之水」 芦田肇	『學藝』2-8, *1920.11* 〃
2「秋夜」	王魯彦「秋夜」 下出宣子	『東方雑誌』20-22, *1923.11* 〃
3「鴨緑江上」	蒋光慈「鴨緑江上」 佐治俊彦	『創造月刊』1-2, *1926.4* 〃
4「音楽会小曲」	陶晶孫「音樂會小曲」 小谷一郎	『創造月刊』1-7, *1927.7* 〃
5「上海のフォックストロット」	穆時英「上海的狐歩舞」 西野由希子	『現代』2-1, *1932.11* 〃
6「菉竹山房」	呉組緗「菉竹山房」 丸尾常喜	『清華週刊』38-12, *1933.1* 呉組緗『時代小説』[中国現代名作家著珍蔵本], 上海文芸出版社, 1997.8
**7「包さん父子」	張天翼「包氏父子」 近藤龍哉	『文學』2-4, *1934.4* 〃
8「蓮どろぼう」	葉紫「偸蓮」 加藤三由紀	『小説（半月刊）』19, *1935.3* 『葉紫創作集』, 人民文学出版社, 1955.3
9「貨物船」	蕭軍「貨船」(「搭客」改名) 下出鉄男	『新小説』1-4, *1935.5* 〃
10「夕立の女」	蕭乾「雨夕」 丸山昇	『籬下集』[文學研究會創作叢書], 商務印書館, *1936.3* 初版 *** 『籬下集』[中国現代文学史参考資料・京派文学作品専輯], 上海書店, 1990.9 影印
11「一週間と一日」	駱賓基「一星期零一天」 前田利昭	『烽火』13, *1938.5.1* 〃
12「蓮花池」	蕭紅「蓮花池」 下出宣子	『婦女生活』8-1, *1939.9* 『曠野的呼喊』, 上海雑誌公司, 1946.5
13「若い時」	張愛玲「年輕的時候」 伊禮智香子	『雜誌』12-5, *1944.2* 〃
14「ある秋の夜」	沙汀「一個秋天晩上」(「堪察加小景」改名) 尾崎文昭	『青年文藝』1-6, *1945.2* 『堪察加小景』[文學叢刊], 上海文化生活出版社, 1948.8
15「王婆さんと子豚」	路翎「王家老太婆和她底小猪」 伊禮智香子	『希望』1-2, *1945.5* 〃
16「復讐」	汪曾祺「復仇」 子安加余子	『文藝復興』1-4, *1946.5* 『汪曾祺全集』巻一, 北京師範大学出版社, 1998.8

* 公刊されたものではないが, 中国当代文学読書会編集・発行『中国語文研究』第4号（1993.7）に松岡純子訳「ヨルダン川の水（The water of Jordan River）」があり, 初出に拠る全訳の後に, 15項目にわたる興味深い訳注が附されている。

** 邦訳として、宇野木洋訳「包さん父子」『中国の児童文学11　故郷』（太平出版社　1984.5）がある。

*** 『蕭乾文集』第一巻（浙江文芸出版社, 1998.12）所収の「雨夕」の「余墨」に,「ある時期の『水星』にはほとんど毎号私の小説が載った。しかし『雨夕』は唯一の返却されてきた一編で, ――後にやはり『大公報・文芸』に掲載された。あるいはこれが返却されてきたために, かえってますますその作品を偏愛するようになったのかもしれない。……」とある（執筆は1995年5月6日）。編者は,「雨夕」の脱稿日時である1934年9月7日前後から, 1936年末までの期間の『大公報』の頁を, 何度かにわたって慎重に繙いてみたが,「雨夕」の掲載を見いだすことは出来なかった。蕭乾氏の記憶違いではないかと推測される。したがって, ここではとりあえず1936年3月初版の『籬下集』を初出とした。

翻訳者紹介（掲載順）

芦田　肇	國學院大學文学部教授
下出宣子	中央大学法学部兼任講師
佐治俊彦	和光大学表現学部教授
小谷一郎	埼玉大学教養学部教授
西野由希子	茨城大学人文学部助教授
丸尾常喜	大東文化大学外国語学部教授
近藤龍哉	日本女子大学文学部教授
加藤三由紀	和光大学表現学部助教授
下出鉄男	東京女子大学文理学部教授
丸山　昇	桜美林大学文学部教授
前田利昭	中央大学経済学部教授
伊禮智香子	横浜国立大学教育人間科学部兼任講師
尾崎文昭	東京大学東洋文化研究所教授
子安加余子	お茶の水女子大学大学院人間文化研究科博士後期課程

中国現代文学珠玉選《ちゅうごくげんだいぶんがくしゅぎょくせん》　小説《しょうせつ》2

2000年3月10日　初版第1刷発行
2001年2月1日　初版第2刷発行

監　修　丸山《まるやま》　昇《のぼる》
主　編　佐治俊彦《さじとしひこ》
発行者　渡邊隆男
発行所　株式会社 二玄社

〒101-8419　東京都千代田区神田神保町2-2
営業部　〒113-0021　東京都文京区本駒込6-2-1
電話03(5395)0511　Fax 03(5395)0515

印　刷　平河工業社
製　本　積信堂
装　丁　岡本洋平

ISBN4-544-03037-4